AF236984

Suza Hensson

IM SCHATTEN DES JÄGERS

Roman

Wanted Men: Band 1

Impressum

© 2021 Suza Hensson

Herstellung und Verlag: BoD – Books on Demand, Norderstedt
ISBN: 9783755700869
Coverdesign: Dream Design - Cover and Art

Bibliografische Information der Deutschen Nationalbibliothek:
Die Deutsche Nationalbibliothek verzeichnet diese Publikation in der
Deutschen Nationalbibliografie; detaillierte bibliografische Daten sind
im Internet über http://dnb.dnb.de abrufbar.

Prolog

Etwas wuchs in ihr heran. Johanna konnte an nichts anderes denken, als sie an einem regnerischen Herbstabend die Hauptstraße in den Nordteil der Stadt hinaufeilte. Ununterbrochen sah sie auf den Asphalt zu ihren Füßen, um die Pfützen zu umgehen, dann erreichte sie den dunkelroten Altbau und blieb unter dem Vordach stehen. Sie strich sich die Kapuze vom Kopf und grüßte den Nachbarn, der aus dem Haus kam und ihr die Tür aufhielt. Johanna lief die Treppen in den dritten Stock hinauf und hielt inne. Laute Stimmen drangen aus Leroys Wohnung. Dem Klang nach zu urteilen, war ein Mann bei ihm.

Eigentlich spürte Johanna, dass sie da jetzt nicht reinzuplatzen hatte, aber ihr Drang, Leroy zu sehen und ihm die Neuigkeit zu überbringen, war stärker. Sie kramte den Schlüssel aus ihrer Manteltasche und steckte ihn in das Schloss. Leroy hatte ihr vor einigen Monaten einen Zweitschlüssel machen lassen, nachdem sie einige Male mit dem Fahrrad den Weg von Kaiserslautern nach Ramstein gekommen war und dann vor seiner Wohnung gesessen hatte.

Johanna schlüpfte in den dunklen Flur und schüttelte sich die Stiefel von den Füßen. Leroy und sein Besucher waren im Wohnzimmer. Die Tür war angelehnt, ein Lichtschein fiel durch den Spalt. Johanna hörte die beiden auf Englisch miteinander streiten.

»Vergiss es, wir haben zweihundertfünfzigtausend gesagt«, waren Leroys erste Worte, die sie hörte. Johanna bewegte sich nicht. Sie hätte doch auf ihr Bauchgefühl hören und im Treppenhaus bleiben sollen. Wenn es um eine solch horrende Geldsumme ging, hatten ihre Ohren hier ganz bestimmt nichts verloren.

»Eine Viertelmillion«, tönte die Stimme des fremden Mannes aus der Nähe der Tür zu ihr heraus. »Das ist eine Menge Holz.« Er lachte auf. »Eine ganze Menge. Und zusätzlich verlieren wir dich.«

»Wie auch immer«, gab Leroy zurück. Johanna kannte diesen Tonfall und wusste, Leroy würde das Geplänkel mit Sicherheit gleich beenden.

»Komm schon. Du weißt, dass wir dich decken können«, versuchte es der Fremde. Dann hörte Johanna mehrmals hintereinander das Klicken eines Feuerzeugs.

»Überleg mal, worum es hier geht«, sagte Leroy, jetzt mit gedämpfter Stimme. »Ich habe den Typen kaltgemacht.« Eine Pause entstand. Schwere Schritte auf den Holzdielen, Leroy näherte sich der Tür. Johanna wich in den Schatten des gegenüberliegenden Schlafzimmers zurück.

»Es bleibt dabei. Ich habe den Coup gerettet und bekomme die Kohle. Es läuft so wie geplant, das kannst du auch Franklin sagen.« Er zog die Wohnzimmertür auf und wartete darauf, dass sein Gast das Zimmer verließ. Kurz darauf schritt ein hochgewachsener Mann von etwa fünfzig Jahren mit grauem Bürstenhaarschnitt an ihm vorbei. Die Kiefer aufeinandergepresst, der Blick finster. Er riss seine Jacke von der Garderobe und verließ türenschlagend die

Wohnung. Leroy blieb in der Wohnzimmertür stehen, bis das Poltern aus dem Treppenhaus verklungen war. Erst jetzt regte er sich, nahm die Zigarette aus dem Mund und blies Rauch in die geheizte Luft.

Johanna wagte nicht, sich zu bewegen, aber sie zitterte und musste heftig einatmen. Leroys Blick fuhr herum und nach einer kaum nachzuvollziehenden Bewegung hielt er eine Pistole in beiden Händen, mit der er in das für ihn schwarze Loch des Schlafzimmers zielte. Seine Zigarette hatte er auf den Boden fallen lassen.

»Wer ist da?«, schrie er.

Johanna erstarrte. Als ihr erneut die Luft ausging, wurde sie von einem unkontrollierten Schluchzen geschüttelt. Sofort ließ Leroy die Waffe sinken, sein Blick veränderte sich.

»Johanna?« Mit einem Schritt war er im Zimmer, schaltete das Deckenlicht ein und sah sie im selben Moment schluchzend am Heizkörper unter dem Fenster hinunterrutschen. Die Härte verschwand aus seinem Blick, er warf die Pistole auf das Bett zu seiner Linken und kniete sich neben sie auf den Fußboden.

»Oh Gott, es tut mir so leid, wenn ich dir Angst eingejagt habe«, murmelte er in ihr Haar und schloss die Arme um sie. Johanna klammerte sich an ihn. Sein Herz schlug genau wie ihres hart und schnell. Anscheinend hatte auch er gerade einen ganz schönen Adrenalinschub erhalten.

»Wer war dieser Typ?«, fragte sie, nachdem er sie einige Minuten gehalten hatte. Leroy antwortete nicht sofort. Seine Muskeln spannten sich an, bevor er sie losließ und auf das Bett sank.

»Wieso?«

Johanna rappelte sich auf und lehnte sich rücklings gegen das Fensterbrett. »Ich habe gehört, was ihr geredet habt«, gab sie zu, woraufhin Leroy den Blick senkte. Seine Gedanken schienen zu rasen.

»Was hat das zu bedeuten?«, fragte Johanna, die es auf einmal leid war. Sie selbst hatte kein einziges Geheimnis vor ihm und er konnte ihr noch nicht einmal in die Augen sehen.

»Leroy, was wollte der Typ von dir? Und was hast du da vom Kaltmachen gesagt?«

Langsam schüttelte er den Kopf. »Ich kann mit dir da nicht drüber sprechen.«

»Was soll das heißen?« Johanna lachte auf. »Wir lieben uns doch. Es sollte nichts geben, worüber du nicht mit mir sprechen kannst.«

Ein gequälter Ausdruck erschien auf seinem Gesicht. »Johanna, es ist folgendermaßen …«

»Du … du hast jemanden *umgebracht*?«

»Ich … nein … das ist nicht so einfach zu beantworten …«

Johanna stieß sich vom Fensterbrett ab. »Das ist völlig einfach zu beantworten«, fuhr sie ihn an. »Ja oder nein, Leroy?«

Als er nicht antwortete, fuhr sie fort: »Und was tust du überhaupt mit dieser Pistole hier?«

»Die habe ich schon ewig. Ich bin bei der Army, Hanna.«

»Ja, klar. Aber mit einem netten kleinen Nebengeschäft, oder wo kommt diese Viertelmillion Dollar her, von der ihr geredet habt?« Sie blieb vor ihm stehen. »Denn darum ging es doch, oder?«

Er biss sich auf die Unterlippe. »Diese Sache hat nichts mit dir und mir zu tun.«

»Welche Sache? Die Sache, dass du jemanden getötet hast?«

Er schwieg eine Weile. »Es ist vorbei, das musst du mir glauben.« Er streckte eine Hand nach ihr aus, aber sie wich zurück. Sie starrte ihn an und hatte plötzlich das Gefühl, einen Fremden vor sich zu haben.

»Ich muss hier raus«, stieß sie hervor. Dann stürmte sie aus dem Zimmer.

Auf dem obersten Treppenabsatz hatte er sie eingeholt. Er umfing ihr Handgelenk, zog sie in die Wohnung zurück und stieß mit dem rechten Fuß die Tür zu. Sie wehrte sich, aber er hielt sie zwischen den Jacken gegen die Flurwand gedrückt fest.

»Du kannst jetzt nicht einfach verschwinden«, sagte er. Sein Griff war hart, aber seine Augen waren weich vor Liebe zu ihr.

»Leroy, lass mich los! Ich kann jetzt nicht hierbleiben. Ich ... ich weiß nicht mal, ob ich überhaupt noch mit dir zusammen sein kann.« Sie wollte sich die Tränen aus dem Gesicht wischen, aber sie konnte ihre Hände nicht befreien.

»Wieso nicht? Johanna, ich schwöre dir, ich bin immer noch derselbe Typ, der ich war, als wir uns kennengelernt haben.« Er ließ sie los und wischte ihr mit den Daumen die Tränen von den Wangen. Dann schloss er sie in die Arme und küsste ihr Haar. »Bleib bei mir.«

Johanna wollte gehen, ihr Verstand wollte es, aber ihr Herz und ihr Körper wollten bleiben und Leroy wusste es. Er wusste, sie war ihm verfallen, seit er vor etwas über zwei Jahren in das Krankenhaus eingeliefert worden war, in dem sie arbeitete. Er hatte eine Schussverletzung gehabt, von der sie bis heute nicht wusste, wie er zu ihr gekommen war.

Was wusste sie überhaupt von ihm?

Leroy drängte sich an sie und küsste ihren Hals. Er wollte ihr den Mantel von den Schultern streifen, aber Johanna versteifte sich. Sie versuchte, ihn von sich zu schieben, bis er von ihr abrückte und sie ansah.

»Johanna, bitte. Wir können doch darüber reden. Ich kann das alles hinter mir lassen. Wir könnten zusammen weggehen, ein neues Leben beginnen ...«

»Nein«, unterbrach sie ihn und spürte, wie ihr wieder die Tränen in die Augen stiegen. »Du hast jemanden umgebracht. Und du hast mich angelogen. Ich habe dir vertraut. Ich habe dir mein Kind anvertraut. Und jetzt bin ich wieder schwanger. Von dir.«

Er wich einen Schritt von ihr zurück und starrte sie an. »Nein ...«

»Doch. Ich habe zwei Tests gemacht. Einen davon gerade eben, beim Arzt.«

»Oh ... Scheiße.« Leroy ließ sich mit dem Rücken gegen die gegenüberliegende Flurwand fallen und fuhr sich mit beiden Händen durch die Haare. Sein Gesicht nahm eine ungesund-blasse Färbung an. »Gott, Johanna, ich ... ich kann jetzt nicht ...«

»Du musst auch gar nicht«, erwiderte Johanna und wandte sich ab. Bevor sie die Wohnungstür öffnete, drehte sie sich zu ihm um. Er stand gegen die Wand gelehnt und zitterte am ganzen Leib. Genau wie sie, als sie in den Lauf seiner Waffe geblickt hatte.

Diesem Mann genügte anscheinend nur die Vorstellung eines eigenen Babys und schon verlor er die Fassung.

»Was willst du jetzt tun?«, fragte er, während sie sich den Mantel zuknöpfte. »Willst du ... es wegmachen lassen?«

Nach dieser Frage schaffte sie es, ihm einen angemessen verachtenden Blick zuzuwerfen.

»Du bist ein Mistkerl«, sagte sie. »Ich hoffe, ich muss dich nie wiedersehen.«

Das waren die letzten Worte, die sie an ihn richtete.

Teil 1

Eins

Juli 2008

Jaxons Handy klingelte und er fuhr aus einem tiefen, traumlosen Schlaf. Er spürte die Nachmittagssonne, die durch die Holzjalousien in sein Zimmer fiel, und sein T-Shirt, das nach Rauch stank und ihm am Körper klebte. Er wartete, ob das Klingeln wieder aufhörte, dann streckte er den Arm aus und stieß aus Versehen den Kater aus seinem Bett, bevor er das Telefon auf dem Tisch fand.

»Ja?«

»Hey«, drang Liams muntere Stimme an sein Ohr. »Noch nicht wach?«

»Jetzt schon.« Jaxon rappelte sich auf, stellte die Füße auf den Boden und stützte den Kopf in seine freie Hand. Während er darauf wartete, dass sein Kreislauf in die Gänge kam, dachte er an die letzte Nacht zurück. An den etwas heruntergekommenen Schuppen, in dem sie gewesen waren, die ohrenbetäubende Musik und die blauen Rauchschwaden unter der niedrigen Decke. Das blonde Mädchen mit dem enganliegenden, roten Top, das sich an ihn gedrängt und mit dem er kurz darauf eine Nummer auf der Toilette geschoben hatte.

»Was gibt´s?«, brummte er.

Liam lachte. »Du warst unser Fahrer, Jax. Du müsstest taufrisch sein. Oder bist du etwa alleine weitergezogen, nachdem du uns abgesetzt hast?«

Jaxon schaltete den Lautsprecher ein, legte das Handy neben sich auf das Bett und zog sich das T-Shirt über den

Kopf. »Es war nach fünf, als ich im Bett war, okay?« Er warf das Kleidungsstück auf seinen Schreibtischstuhl und tastete unter dem Bett nach einer Pizzapackung, die vom Vortag noch dort liegen musste. Er klappte den Deckel auf und stellte fest, dass sie leer war. Um einen Weg in die Küche würde er also nicht herumkommen.

»Schon gut. Ich wollte dich fragen, ob du heute mitkommen willst zu Eriks Party.«

Jaxon rieb sich über das Gesicht. »Erik? Wohnt der nicht in … was weiß ich, Overberge?«

»Jan kommt auch mit. Wir können mit meinem Auto hinfahren, das steht doch sowieso noch bei dir vor der Tür.«

Jaxon stand vom Bett auf. Momentan verspürte er eigentlich keine große Lust auf die nächste Party, aber er wusste, dass sich das in einigen Stunden ändern würde.

»Okay«, sagte er. »Ich hole euch ab.«

Kurz darauf beendete er den Anruf und verließ sein Zimmer. Er hörte jemanden in der Küche herumwerkeln und befürchtete schon, seinem Karnickel von Bruder oder etwa seiner Mutter zu begegnen. Aber als er nach unten kam, war nur Sarah da. Sie stand barfuß, mit Top, Shorts und gelben Gummihandschuhen bekleidet am Spülbecken; rechts von ihr türmte sich gespültes Geschirr, links ungespültes.

»Morgen«, sagte er und inspizierte den Inhalt des Kühlschrankes. Wie zu erwarten gewesen, war er bis auf eine Packung Milch, ein Glas Essiggurken und einige Fläschchen Nagellack leer.

Das Geschirrgeklapper setzte aus und als er sich die Milch herausnahm und den Kühlschrank schloss, begegnete er Sarahs Blick. Sie lächelte.

»Happy Birthday, kleiner Bruder«, sagte sie.

17

Jaxon verzog einen Mundwinkel. »Danke.« Er schraubte die Milchpackung auf und merkte, dass er allmählich doch Lust auf die Party heute Abend bekam.

Noch während er trank, schlenderte er an Sarah vorbei, zog die Gartentür auf und trat auf die Terrasse hinaus. Eine Weile stand er an die heiße Hauswand gelehnt in der Sonne und hörte Sarah beim Spülen zu.

»Sag mal«, kam es irgendwann durch das gekippte Küchenfenster, »hast du dich eigentlich mittlerweile eingeschrieben?«

»Was?«

»Eingeschrieben. In der Uni.«

Jaxon verdrehte die Augen. Seit Wochen ging Sarah ihm Tag für Tag mit dieser Frage auf die Nerven.

»Noch nicht.« Er legte den Kopf in den Nacken, leerte die Milchpackung und als er ihn wieder senkte, stand sie mit tropfenden Handschuhen in der Tür.

»Was ist?«, fragte er, während er den Getränkekarton in der Hand zerdrückte.

»Heute ist der allerletzte Tag, Jax!«

Als er nichts erwiderte und sie lediglich gegen das Sonnenlicht anblinzelte, verfinsterte sich ihr Blick. Sie strich sich mit dem Unterarm ein paar Haarsträhnen aus dem vom heißen Spülwasser geröteten Gesicht.

»Du warst tatsächlich schon wieder feiern«, stellte sie fest. »Obwohl gestern Donnerstag war und heute die Einschreibefrist endet. Ich meine, hast du mal auf die Uhr geschaut? Das Büro schließt in einer Stunde. Wie willst du das noch schaffen?«

Sie klang ziemlich aufgebracht und Jaxon wandte sich ab. Er ging ein paar Schritte zur Mülltonne an der Hausecke und warf die leere Milchpackung hinein. Er war seit heute zwanzig Jahre alt. Wann würde Sarah damit aufhören, sich seine Schuhe anzuziehen?

»Es ist dir egal, stimmt's?«, fuhr sie fort und wich einen Schritt zurück, als er herankam und an ihr vorbei die Küche betrat. »Du hast überhaupt nicht vor, dich einzuschreiben.« Sie folgte ihm durch den Raum hindurch. »Jaxon, verdammt nochmal!«

Im Durchgang zum Flur blieb er abrupt stehen und Sarah, die hinter ihm war, stockte und stieß gegen ihn.

Seine Mutter kam durch die Haustür herein. Sie hatte einen Mann in ihrer Begleitung und lachte über etwas, das er sagte. Ein beklemmendes Gefühl ergriff Jaxon, das er zunächst nicht einordnen konnte, doch es hatte etwas mit dem Unbekannten zu tun, der mit seiner Mutter den Flur betrat. Neben ihr wirkte er sehr groß und breitschultrig. Er trug ein dunkelblaues Poloshirt, das seinen athletischen Oberkörper betonte, seine dunklen Haare waren an den Schläfen ergraut und in einem Pferdeschwanz zusammengebunden.

»Oh, man«, hörte Jaxon seine Schwester neben sich murmeln.

Das Polohemd hob die Hand. »Hallo, ihr.« Seine Stimme war tief und freundlich. Er hatte wettergegerbte, dunkle Haut, wodurch seine blauen Augen sehr hell wirkten.

Sarah hüstelte. »Äh, hallo.«

Jaxon spürte auf einmal den halben Liter Milch in seinem Magen; er brachte kein Wort heraus. Der Anblick des Mannes rührte an etwas in ihm, einer Erinnerung, die er nicht zu fassen bekam.

Johanna legte ihren Arm um die Hüfte ihres Begleiters. »Das ist Levin«, sagte sie und sah auf einmal ernst aus. Sie fing Sarahs Blick auf. »Wir dachten, wir könnten heute hier zusammen essen. Was meint ihr?«

Drei Sekunden lang herrschte Schweigen.

»Ehm …«, machte Sarah und da seine Mutter ohnehin an ihm vorbeisah, nutzte Jaxon den Moment, um sich Richtung Treppe zu verdrücken. Irgendwas ist los mit dem Kerl, dachte er. Johanna lachte normalerweise nicht. Sie brachte auch keine Männer mit nach Hause. Soweit er wusste, hatte sie seit Michaels Auszug überhaupt keinen Freund mehr gehabt.

Am Fuß der Treppe wandte Jaxon sich um. Sarah hatte die Arme vor der Brust verschränkt und eine Falte zwischen den Brauen, unter denen sie ihn durch den Eingangsbereich hindurch ansah. Sie war sauer auf ihn, weil er das Weite suchte und sie es aussitzen musste. Eine Sekunde lang überkam ihn der Anflug schlechten Gewissens, doch er unterdrückte das Gefühl, wandte sich ab und lief die Treppe hinauf.

***

Miriam hatte etwas Neues erschaffen. Sie trat einen Schritt zurück, dehnte ihre Arme und betrachtete das Resultat. Es war, natürlich, ein Brunnen.

Seit Wochen malte sie nur Brunnen und von Bild zu Bild wurden sie düsterer. Miriam kniff die Augen zusammen. Silhouetten knorriger, laubfreier Bäume waren zu sehen und im Zentrum der Brunnen als schwarzer, tiefer Schlund. Sie überlegte, ob sie einen Vollmond hinzufügen sollte, um die Atmosphäre etwas zu retten, als ihre Mutter ins Zimmer kam.

»Miriam, wir müssen reden«, verkündete sie und nahm auf ihrem Schlafsofa Platz. »Ich habe in Heidelberg angerufen.«

Miriam hielt mitten in der Bewegung, sich den Kittel über den Kopf zu ziehen, inne. »Du hast *was*?«

»Und es ist so, wie ich schon vermutet hatte.« Ihre Mutter lächelte. »Es gibt auch für Leute wie dich die Möglichkeit, Medizin zu studieren.«

Miriam warf den vollgekleckstesten Kittel auf ihren Schreibtisch. »Leute wie mich?«

»Leute mit einem Zweierschnitt, meine ich.« Ihre Mutter machte eine Pause. »Wir werden dich in den Studiengang hineinklagen. Dein Vater recherchiert bereits, wer auf dem Gebiet der Erfolgreichste ist.«

Miriam wandte sich zu ihrem Bild um und sah in die Tiefen des Brunnens hinein. Sie spürte etwas Schweres, das ihr in den Magen fiel. »Mama, ich habe euch doch schon gesagt, dass ich Kunst studieren werde.«

Ihre Mutter erhob sich. »Und ich habe dir gesagt, dass wir das für eine fixe Idee halten und keinesfalls bezuschussen werden.«

»Es ist keine fixe Idee.« Miriam riss ihren Blick von dem Bild los. »Ihr verschwendet eure Zeit. Ich bin schon seit Jahren dabei, mir eine Bewerbungsmappe anzulegen.«

Ihre Mutter zog die Tür auf und wedelte in Richtung Staffelei. »Hör schon auf damit, Miriam. Kunst ist bestenfalls ein Hobby, kein Beruf.«

Miriam holte Luft, um etwas zu entgegnen, als es an der Haustür klingelte. Sie hörte ihren Vater aus dem Wohnzimmer kommen und öffnen.

»Willst du sie gar nicht sehen?«, fragte sie, als sich ihre Mutter zum Gehen wandte.

»Sehen? Wen?«

»Meine Bewerbungsmappe.«

Ihre Mutter verzog das Gesicht, als hätte Miriam vorgeschlagen, ihr ihre Schneckenzucht zu zeigen. Dann kam Miriams Freundin Lena die Treppe heraufgetrampelt und schlängelte sich an der Mutter vorbei in das Zimmer.

»Hi«, rief sie. Sie wartete, bis Miriams Mutter die Tür hinter sich zugezogen hatte und ließ sich auf das Sofa fallen. »Was ist denn mit der los?«

Miriam schlüpfte aus Jeans und T-Shirt und warf beides in den Wäschekorb neben ihrer Kommode. »Das war gerade das Ende von *Unsere Tochter soll Ärztin werden, Teil drei*«, erklärte sie und schaffte es nicht, ihre Stimme vollkommen frei von Bitterkeit zu halten.

»Tsss.« Lena begann damit, in ihrer Handtasche zu kramen. »Man sollte meinen, dass sie genug zu tun haben, so voll wie es bei denen im Wartezimmer immer ist.« Sie packte einen Kaugummi aus und steckte ihn sich in den Mund, während Miriam ihre Schranktüren öffnete.

»Kannst du mir mal sagen, was ich zu dieser dämlichen Party anziehen soll?«

Lena machte es sich auf dem Schlafsofa bequem. »Keine Ahnung. Du bist die Kreative von uns beiden.« Sie kreuzte die Arme im Nacken und musterte das Kunstwerk auf der hölzernen Staffelei. »Das Bild ist total geil. So schön gruselig. Wenn du es nicht für deine Mappe brauchen würdest, würde ich es in mein neues Zimmer hängen. Wie heißt es? *Künstlerin in der Brunnenphase, Teil zwölf*?«

Miriam musste lachen. »Du kannst es gerne haben. Ich glaube nicht, dass ich es für die Mappe nehmen will.«

»Wie kann deine Mutter glauben, dass sie dich zum Medizinstudium kriegt, nachdem sie so ein Bild gesehen hat?«

Lena ließ ihr Kaugummi knallen.

Miriam knöpfte ihre Jeans zu, dann stellte sie sich auf die Zehenspitzen und angelte ein rosafarbenes Oberteil aus den Tiefen ihres Schrankes. »Sie hat es sich doch gar nicht angesehen«, sagte sie.

Wenig später saß Miriam mit Lena zusammen an der Bar, hinter der Erik stand und Willkommens-Cocktails mixte, und sah sich in dem verrauchten Raum um. Ihr wurde wieder klar, warum sie sich normalerweise von ihrem Bruder und dessen Freunden fernhielt. Hier drängten sich ungefähr fünfzig Leute zusammen, deren Daseinszweck anscheinend hauptsächlich aus Partys, Gras und den Möglichkeiten seiner Beschaffung bestand. Aber sie konnte ihre Freundin, die sich gerade den Kopf nach allen Seiten verrenkte, schlecht alleine hier sitzen lassen.

»Siehst du Tom und Gregor irgendwo? Es kann ja nicht sein, dass sie immer noch nicht hier sind«, sagte sie.

Miriam nippte an ihrem Erdbeer-Cocktail und begann, ebenfalls Ausschau zu halten, als ein Typ zur Tür hereinkam. Er war groß und breitschultrig und hatte dunkle Haare. Unter einem offenen, weiten Hemd trug er ein weißes Shirt und Jeans, die ihm tief auf den schmalen Hüften saßen.

Miriam verschluckte sich an ihrem Getränk und hustete. »Wer ist *das* denn?«

Lenas Kopf fuhr herum. »Oha.« Sie verfolgte den Typen mit den Augen und stieß Miriam gegen das Knie. »Und er kommt direkt auf uns zu.«

Tatsächlich bahnte er sich, gefolgt von einem sportlich aussehenden, blonden Surfertypen und einem Kerl mit dunklen Locken, einen Weg zur Bar vor. Er grüßte ein paar

Leute, dann setzte er sich zwischen seinen Surfer-Kumpel und Miriam auf einen freien Barhocker und bedachte sie und Lena mit einem kurzen Blick.

»Hey, Liam!« Erik stellte eine Flasche beiseite und lehnte sich über den Tresen. »Und du hast deine Kumpels mitgebracht.« Er begrüßte alle drei mit einem Handschlag.

Während sie bei Erik ihre Getränkebestellungen aufgaben und anfingen, mit ihm zu plaudern, musterte Miriam den dunkelhaarigen Kerl von der Seite. Er hatte ein scharfes, ebenmäßiges Profil und muskulöse Unterarme, die unter seinen hochgekrempelten Hemdsärmeln zu sehen waren. Als er den Kopf senkte, fielen ihm die Haare in die Augen, die er mit einer Armbewegung beiseite strich. Miriam bekam Herzklopfen. Sie wünschte, er würde sich einmal zu ihr umdrehen und sie ansehen, da beugte sich Lena mit einer unangezündeten Zigarette im Mundwinkel an ihr vorbei in seine Richtung.

»Hey, du! Hast du mal Feuer für mich?«, rief sie gegen die Musik an. Ihr schien sein Anblick jedenfalls nicht die Sprache verschlagen zu haben.

Der Typ hob den Kopf und sah herüber. Entschuldigend zuckte er die Achseln.

»Na, dann nicht.« Lena zog sich wieder zurück. Sie holte ein Feuerzeug aus ihrer Tasche, steckte sich die Zigarette an und klinkte sich denkbar ungezwungen in das Gespräch zwischen Erik und den drei Jungs ein, das sie gerade unterbrochen hatte.

»Aha«, sagte sie, paffte blaue Schwaden in die rauchgeschwängerte Luft und warf Miriam einen vielsagenden Blick zu. »Ihr habt hier also eine Gärtnerei?«

»Offiziell schon.« Erik, der gerade Eiswürfel auf zwei

Gläser verteilte, zwinkerte zu ihr herüber. Dann reckte er den Hals und winkte über seine Bargäste hinweg. »Aah, da kommen gerade meine besten Abnehmer.«

Lena drehte sich um. »Tom und Gregor sind endlich da«, sagte sie zu Miriam. »Komm, lass uns rübergehen.«

Schon war sie aufgestanden, hatte Zigarettenschachtel und Feuerzeug in ihre Jacke gestopft und schob sich durch die Partygäste ins Zentrum des Geschehens vor. Miriam, die noch gar nicht bereit war, ihren Platz neben dem gutaussehenden Unbekannten zu verlassen, blieb sitzen und wandte sich noch einmal zu ihm um. In diesem Moment drehte er den Kopf in ihre Richtung und ihre Blicke trafen sich. Miriam hielt den Atem an, als sie seine Augen sah, die von einem ungewöhnlichen Türkisblau waren. Sie hatte den Eindruck, er würde gleich etwas sagen, sie aufhalten vielleicht. Da reichte Erik ihm sein Getränk über den Tresen und der Moment war wieder vorbei. Er nahm seinen Cocktail entgegen, wandte sich seinen Freunden zu und Miriam folgte Lena in das Getümmel hinein.

Um einen großen Tisch in der Mitte des Raumes hatten sich sechs Männer versammelt, unter ihnen Lenas Freund Tom und Miriams älterer Bruder Gregor. Als Miriam hinter Lena die Runde erreichte, spürte sie gleich, dass eine aufgeladene Stimmung herrschte. Bis auf Tom, der mit vor der Brust verschränkten Armen dasaß und so tat, als hätte er mit dem Geschehen am Tisch nichts zu tun, schienen alle schon ordentlich getrunken zu haben. Am schlimmsten von ihnen war Gregor, der Tom gegenüber in seinem Stuhl hing und sich nur noch mühsam artikulieren konnte.

»Und ob ich das mache«, brachte er heraus. »Ich muss ja,

wenn dieser Drecksack mir seine Knarre nicht gibt. Und er gibt sie mir nicht, stimmt´s?«

»Stimmt«, bestätigte Tom ruhig, während der Rest des Tisches in Gelächter ausbrach.

»Das will ich sehen. Das wäre sowas von irre«, sagte ein tätowierter, fetthaariger Typ namens Norman, von dem Miriam wusste, dass er zu Gregors Clique gehörte. Er nahm von seinem Sitznachbarn eine verdächtig riechende Zigarette in Empfang und zog tief daran. Miriam musterte Gregor und erkannte, die Jungs waren nicht einfach nur besoffen. Sie waren high.

»Komm«, murmelte sie Lena zu, die neben ihr stand und die Arme von hinten um Toms Hals geschlungen hatte. »Wir verschwinden lieber.«

»Na gut.« Lena biss Tom zum Abschied zärtlich in den Hals und wollte Miriam folgen, aber er hielt sie fest.

»Heh, wollt ihr Mädchen schon wieder verschwinden?«, sagte er. »Setzt euch doch.«

»Danke, aber wir haben keinen Bedarf an eurem kleinen Gesprächskreis.« Lena versuchte, ihren Arm aus Toms Griff zu befreien, aber er zog sie auf seinen Schoß hinunter. In dem Moment hatte der Joint seine Runde gemacht. Tom nahm ihn entgegen und steckte ihn Lena zwischen die Lippen, die genüsslich daran zog und sich danach von Toms Bier bediente. Miriam spürte, wie ihr der Kopf schwer wurde von dem Geruch des Grases und sie verließ das Haus und stieg die Treppenstufen in den Garten hinunter. Nächtliche Naturgeräusche empfingen sie und ihr wurde erst jetzt bewusst, in was für einer zähen Luft sie sich in der letzten Stunde aufgehalten hatte. Gott, wenn ihre Eltern sie hier sehen würden. Wenn sie wüssten, dass sich ihre Tochter auf einer Party befand, auf der gekifft wurde. Wenn sie wüssten, dass es zwischen ihr und dem gescheiterten Sohn eine außerfamiliäre Schnittmenge gab, sie würden Zustände bekommen. Denn Gregor bemühte sich so sehr, ein aussichtsloser Fall zu sein, dass ihre Eltern von ihm nicht einmal mehr erwarteten, dass er morgens das Bett verließ.

Miriam ließ sich auf einer verwitterten Hollywoodschaukel nieder, die ohne Bedachung mitten in dem großen, verwilderten Garten stand. Eriks Party fand in dem Haupthaus eines alten Gutshofes statt, auf dem es mehrere Gebäude gab, die wie ehemalige Ställe aussahen. Auf dem runden Platz vor dem Haus drängten sich die zahlreichen Autos der Partygäste, dahinter erstreckten sich mehrere schwach erleuchtete Gewächshäuser.

Die Tür flog auf und mit der Musik drang eine ganze Traube Menschen grölend und lachend heraus.

Miriam stand von der Schaukel auf. Sie konnte niemanden erkennen, nur, dass die Horde laut palavernd auf der Terrasse vor dem Haus stehen blieb. Mehrere Personen schienen miteinander zu streiten. Sie hörte Tom irgendwas brüllen, was sie dazu veranlasste, durch den Garten auf das Haus zuzugehen. Als sie die Terrasse erreichte, sah sie, dass sich beinahe alle Partygäste hier versammelt hatten. Sie bildeten einen Halbkreis um jemanden.

»Spring-en, spring-en«, riefen sie im Chor.

Miriam stieß sich bis in die vorderste Reihe vor und sah als erstes Gregor, der sich daranmachte, eine alte Holzleiter auf das Dach hinaufzuklettern. Die anderen feuerten ihn an. Sie feuerten aber auch Norman und Tom an, die in der Mitte des Halbkreises in eine Auseinandersetzung geraten waren. Norman versuchte Tom daran zu hindern, zu

Gregor zu gelangen, der langsam aber stoisch Sprosse für Sprosse erklomm.

»Gregor, hör auf damit, verdammt!«, brüllte Tom und versuchte sich aus Normans Griff zu befreien.

»Lass ihn, wir wollen sehen, ob er das wirklich macht«, entgegnete Norman, von der Anstrengung, Tom festzuhalten, keuchend.

»Gregor!« Miriam stürzte zur Leiter, die erst etwa einein-halb Meter über den Pflastersteinen der Terrasse begann, und umklammerte die unterste Sprosse. »Was machst du da?«

Gregor, der bereits die Hälfte der Leiter bewältigt hatte, schwankte gefährlich und blickte zu ihr hinunter.

»Miri!«, rief er. »Miri, du … du wirst es machen, hörst du? Du wirst das alles hinkriegen, ich weiß es.«

Miriam starrte ihn an. Ihre Kehle zog sich zusammen, als sie merkte, wie dicht er war. Seine Lider waren halb ge-schlossen, sein Mund war seltsam schlaff, die Arme und Beine kraftlos.

»Gregor, komm runter!«, rief sie. »Bitte!«

Sie überlegte fieberhaft, wie sie ihm folgen konnte, als die Menge hinter ihr plötzlich verstummte. Sie fuhr herum und sah, dass Tom ein Messer gezogen hatte. Norman wich vor ihm zurück.

»Spielverderber.«

»Weg freimachen!«, bellte Tom. »Der bricht sich doch den Hals da oben.«

Mit einer schnellen Bewegung steckte er das Messer wie-der ein, war mit einem Satz auf der Leiter und folgte Gre-gor. Der hatte das Dach bereits erreicht und krabbelte wie ein riesiger, schwarzer Käfer zum Giebel hinauf. Ein Ziegel löste sich unter seinem Gewicht, klatschte auf das Pflaster der Terrasse und zersprang. Miriam machte einen Satz zur Seite. Panik durchflutete sie.

»Tu doch einer was!«, schrie sie die Menge an. Aber niemand tat etwas. Es war richtig unheimlich. Alle standen nur da und sahen wie gebannt nach oben, waren scheinbar nur etwas näher zusammengerückt.

Miriam trat ein paar Schritte zurück und spähte wieder nach oben. Auch Tom hatte das Dach erreicht, bewegte sich jedoch mit äußerster Vorsicht. Als Gregor die Dachkante erreicht hatte und aufstand, hielt er inne.

»Gregor, nein!«

Doch Gregor hörte nicht. Er breitete seine Arme wie Flügel zu den Seiten aus. Und dann ließ er sich einfach nach vorne fallen.

***

Es war noch früh, erst kurz nach Mitternacht, als Jaxon Liams alten Skoda auf dem Stellplatz vor der Garage parkte. Der Motor knackte leise, nachdem er ihn ausgeschaltet hatte, und einen Moment lang verharrte er in der Dunkelheit vor dem Haus. Er hätte sich nicht wieder dazu bereit erklären sollen, nüchtern zu bleiben und zu fahren. Normalerweise fühlte er sich ganz wohl in der Rolle, aber heute hatte er den ganzen Abend lang diesen Typen nicht vergessen können, den seine Mutter mitgebracht hatte. Er hatte versucht, sich abzulenken, aber er war die Frage, an wen er ihn erinnerte, nicht mehr losgeworden.

Bis dieser Verrückte, dicht wie eine Knasttür, von dem

Dach gesprungen war. Jaxon hatte gesehen, wie er auf dem Dach entlanggegangen und ohne zu zögern hinuntergesprungen war. Wie die Welt für einen Augenblick stehengeblieben war und die Menge vollkommen reglos den Atem angehalten hatte.

»Ach du Scheiße«, hatte Liam neben ihm gesagt.

Das Mädchen, das zuvor noch neben ihnen an der Bar gesessen hatte, hatte geschrien. Und in dem Moment, in dem ihre Schreie und ihre Verzweiflung Jaxon erreicht hatten, war es ihm wieder eingefallen. Er wusste wieder, an wen ihn Johannas neuer Freund erinnerte.

Stille umfing ihn, als er das Haus betrat und die Tür hinter sich ins Schloss zog. Reglos blieb er im Flur stehen, aber es schien niemand mehr wach zu sein. Er ging ins Wohnzimmer, trat im Vorbeigehen auf den Fußschalter der Stehlampe neben der Couch und ließ sich vor dem Schrank auf die Knie sinken.

Er wusste nicht, wo seine Mutter ihre Fotos aufbewahrte, aber hier irgendwo musste es sein. Er erinnerte sich daran, wie sie es vor auf den Tag genau zehn Jahren aus diesem Schrank genommen hatte. Der gelbe Schein der Lampe warf lange Schatten in den Raum, als Jaxon damit begann, eine Schublade nach der anderen aufzuziehen und zu durchsuchen. Aber in den Schubladen lagen keine Erinnerungen, keine persönlichen Dinge seiner Mutter mehr. Sie musste sie irgendwann umgeräumt haben.

»Verflucht nochmal.« Wütend stieß er die letzte Schublade zu, richtete sich auf und stemmte die Hände in die Hüften. Eigentlich war klar, wo er suchen musste.

Er verließ das Wohnzimmer und verharrte vor der geschlossenen Schlafzimmertür, bevor er sie öffnete und sich lautlos hineinschob. Er hörte Atemgeräusche und wartete, bis sich seine Augen an die Dunkelheit gewöhnt hatten, dann trat er an das Regal und schob den bodenlangen Vorhang beiseite. An der ganzen Wand entlang drängten sich die Hosen, Röcke, T-Shirts und Kleider seiner Mutter. Jaxon ließ seinen Blick über die Bretter und Stangen wandern und entdeckte zwischen der Kleidung mehrere Pappkartons mit Deckeln. Er suchte sie zusammen, stapelte sie übereinander und wollte sie mit rausnehmen, als ein eindeutig männliches Grunzen ihn herumfahren ließ. Erst jetzt wurde ihm bewusst, dass das Polohemd ebenfalls in diesem Raum war, in diesem Bett lag. Er blieb stehen, hin- und hergerissen zwischen den Möglichkeiten, jetzt schnellstens von hier zu verschwinden und das Foto zu suchen, oder dem Eindringling zu zeigen, was er von ihm hielt. Und mit Eindringling meinte er keinesfalls sich selbst.

Der Drang, so bald wie möglich das Foto zu sehen, war stärker. Jaxon packte die Kartons, schob mit einem Fuß die angelehnte Tür auf und zog sie hinter sich wieder zu.

In der Küche schüttete er den Inhalt des ersten Kartons auf dem Esstisch aus. Briefe, Postkarten und ein zerlesenes Taschenbuch fielen heraus und bildeten zwischen dem Salzstreuer und einem leeren Glas Apfelmus einen unordentlichen Haufen. Jaxon ließ die leere Box auf die Eckbank fallen. Hier gab es keine Fotos, stellte er fest, kurz bevor ihn der Gedanke durchzuckte, dass die ganze Vergangenheit seiner Mutter vor ihm lag. Alles war frei zugänglich für ihn. Ihre Tagebücher lagen hier, in denen bestimmt schwarz auf weiß stand, dass sie ihn hasste.

Angst ergriff ihn und bevor sie sich in ihm ausbreiten konnte, packte er die Briefe und Bücher mit beiden Händen und stopfte alles wieder in die Schachtel zurück. Er drückte den Deckel darauf und stellte die Box aus seiner Sichtweite. Er war auf der Suche nach einem Foto und von nichts anderem wollte er etwas wissen.

Er griff sich die zweite Schachtel, öffnete den Deckel und da lag es. Direkt vor ihm, auf allen anderen Bildern. Ein abgegriffenes, ausgeblichenes Foto, aufgenommen ganz offensichtlich in den Achtzigern.

Jaxon nahm es heraus und betrachtete es. Es war das Bild, das Johanna ihm gezeigt hatte, als er nach seinem Vater gefragt hatte. Es zeigte einen Mann Anfang dreißig, der an einem sonnigen Tag an einen grauen Jeep gelehnt dastand. Er trug ein khakifarbenes Hemd und weite, beige Shorts. Seine Sonnenbrille hatte er in die Haare geschoben, die zu einem Pferdeschwanz zusammengebunden waren. Er hatte die Arme vor der Brust verschränkt, ein Bein über das andere geschlagen und schaute mit etwas schräggelegtem Kopf in die Kamera. Er lachte, sah aber auch genervt aus. Sein Gesichtsausdruck sagte in etwa: Komm, mach schnell dein Foto und dann lass uns weiterfahren.

Jaxon drehte das Bild um und sah zum ersten Mal, was auf der Rückseite stand: *Leroy & ich am Ledrosee, Juli '87*.

Der Mann auf dem Foto war Leroy Latham, Jaxons Vater. Und dieses Polohemd, Johannas neue Flamme, war ihm wie aus dem Gesicht geschnitten. Sie hatte einen Ersatz für ihn gefunden. So, wie sie es schon einmal gemacht hatte.

Zwei

Drei Tage später erfuhr Jaxon, dass Gregor Nordmann, der Junge, der auf Eriks Party von dem zehn Meter hohen Dach des Gutshauses gesprungen war, seinen Verletzungen erlegen war.

Hoffentlich stellen sie nur ein paar Fragen und lassen mich dann wieder gehen, dachte er, als er wenige Stunden nach dem Anruf die verglaste Tür zum Wartebereich der Polizeiwache aufstieß. Seine Hoffnung schwand jedoch, als er sah, dass auf den hellgrünen, an beiden gegenüberliegenden Flurwänden befestigten Plastikstühlen etwa zehn der Leute von Freitagnacht saßen. Manche unterhielten sich leise miteinander, aber die meisten sahen nur geradeaus oder hatten die Augen geschlossen.

Erik war hier, mit Augenringen und zu Berge stehenden, roten Haaren. Von dem spritzigen Cocktailmixer vom letzten Wochenende war nicht mehr viel übrig. Jaxon musste an die Gewächshäuser hinter dem Haus denken und daran, dass ein paar misstrauische Polizeibeamte wahrscheinlich das Letzte waren, was Erik auf seinem Hof gebrauchen konnte.

Drei Sitzschalen weiter saß der Kerl, der Gregor auf das Dach gefolgt war. Er war vielleicht Ende zwanzig, hatte schwarze, halblange Haare und wirkte so angespannt, dass die Luft um ihn herum regelrecht knisterte. Er beachtete Jaxon nicht, als der sich neben ihm fallenließ, sondern hatte seine Aufmerksamkeit auf den Typen gerichtet, mit dem er sich vor dem Haus in den Haaren gehabt und den er mit dem Messer bedroht hatte. Norman. Der schien sich unter dem bohrenden Blick seines Gegenübers überhaupt nicht wohlzufühlen. Unablässig rutschte er auf seinem Stuhl hin und her und versuchte, sich rechts und links Gespräche zu erzwingen. Bis sich endlich eine Tür am anderen Ende des Flures öffnete und zwei Mädchen in den Wartebereich traten. Sie waren ebenfalls auf der Party gewesen, erkannte Jaxon, als sie näherkamen. Es war die Langhaarige, die neben ihm an der Bar gesessen hatte. Ihre Freundin, die ihn angesprochen und nach Feuer gefragt hatte, hatte ihren Arm um sie gelegt und führte sie an den Wartenden vorbei, als wäre sie zu ihrer persönlichen Betreuung abkommandiert worden. Das langhaarige Mädchen war blass und ihre geröteten Augen sahen aus, als hätte sie die letzten Tage ausschließlich mit Heulen verbracht. Jaxon musste wieder daran denken, wie außer sich sie geraten war, als Gregor von dem Dach gesprungen war. Wie sie zu ihm gestürzt war und die Umstehenden angeschrien hatte, bis endlich irgendjemand reagiert und einen Krankenwagen gerufen hatte. Währenddessen hatte sein Sitznachbar, der Messertyp, Norman angebrüllt und gedroht, ihm die Kehle aufzuschlitzen, wobei er von Erik und ein paar anderen Leuten festgehalten worden war.

»Die waren sowas von furchtbar da drinnen zu ihr«, sagte das Mädchen, das direkt vor ihnen stehengeblieben war, und drückte ihre Patientin an sich. »Sie haben so getan, als wüssten sie nicht, dass Gregor ihr Bruder ist.«

Der Beamte, der die beiden Mädchen bis an die Tür begleitet hatte, rief jetzt Norman auf, der erleichtert aufsprang und ihm hinausfolgte. Mit zusammengekniffenen Augen sah Jaxons Sitznachbar ihm hinterher.

»Tom!«, rief das Mädchen, woraufhin er sich ihr zuwandte.

»Beruhige dich, okay?«, sagte er mit leiser Stimme. Er ließ seinen Blick durch den Raum wandern, als würde er alle Anwesenden zum ersten Mal wahrnehmen, bis er schließlich an Jaxon hängenblieb.

»Miriam und ich fahren jetzt«, sagte das Mädchen. »Kommst du nach, wenn du hier fertig bist?«

Er nickte und das Mädchen schob Miriam mit sich Richtung Ausgang.

Jaxon blickte ihnen nach. Als die Tür hinter ihnen ins Schloss fiel, begannen seine Beine zu kribbeln und er fragte sich, wie lange die Warterei hier wohl noch dauerte. Er rutschte im Stuhl hinunter und beobachtete die Leute, die ihm gegenübersaßen und sich leise über das Unglück bei Eriks Party unterhielten. Deren betroffene Gesichter. Eine Fliege zog unbeirrt ihre Kreise und flog dann und wann gegen eine der Scheiben. Neben ihm fischte Tom einen Tabakbeutel aus seiner Hosentasche und begann laut knisternd damit, sich eine Zigarette zu drehen. Gott, wie wenig er sich für Gregors Sprung verantwortlich fühlte. Er hatte rein gar nichts damit zu tun.

Gerade, als er überlegte, was passieren würde, wenn er einfach aufstand und ging, öffnete sich abermals die Glastür am anderen Ende des Raumes und Norman kam heraus. Ohne nach rechts oder links zu sehen durchquerte er den Wartebereich, stieß die Tür zur Eingangshalle auf und verschwand.

Tom sah ihm hinterher. Nach ein paar Sekunden stand er auf und steckte sich den Tabakbeutel in die hintere Jeanstasche.

»Was machst du?«, fragte Jaxon und erhob sich ebenfalls. »Gehst du jetzt einfach?«

Tom wandte sich zu ihm um. Er nickte und trat einen Schritt an ihn heran. »Ich habe nur auf diesen Scheißkerl gewartet«, sagte er so leise, dass niemand außer Jaxon ihn hören konnte. Ganz kurz durchbrach Schmerz seine beherrschte Fassade. »Er hat meinen besten Freund auf dem Gewissen.«

Dann wandte er sich ab und schien es plötzlich eilig zu haben. Jaxon folgte ihm durch die Glastür und die Eingangshalle hinaus auf die Straße. Keine Sekunde länger würde er den Warteraum und die langen Gesichter darin ertragen.

»Was willst du jetzt mit ihm machen?«, fragte er, als Tom neben einem dunkelgrauen Land Rover stehen blieb und seinen Autoschlüssel aus der Jackentasche angelte.

»Ich werde ihm einen Denkzettel verpassen.« Tom öffnete die Fahrertür und musterte ihn. »Wenn du willst, kannst du ja mitkommen.«

***

Norman öffnete zunächst nicht und Tom nutzte die Wartezeit und entleerte die Taschen seiner Jeans in die Altpapiersammlung neben der Wohnungstür. Einen alten Kassenbon zerknüllte er und steckte ihn in die Öffnung des Spions.

»Bist du sicher, dass er überhaupt zu Hause ist?«, fragte Jaxon, der ein Stück hinter ihm stand. Er streckte den Arm aus, um gegen die Tür zu hämmern, aber Tom hielt ihn zurück.

»Na klar«, sagte er und dann hörten sie auch schon Schritte, die sich der Tür näherten. Kurz darauf steckte Norman seinen Kopf heraus. Als er Tom erkannte, verfinsterte sich sein Blick.

»Was wollt ihr hier?«

»Uns mit dir unterhalten«, antwortete Tom und noch ehe Norman die Tür wieder schließen konnte, hatte er einen Fuß hineingestellt. Missmutig senkte Norman den Blick auf Toms Stiefel.

»Verpisst euch.«

»Ja, später.« Tom drängte sich an Norman vorbei in den Flur. Jaxon folgte ihm.

»Wer hat euch gesagt, ihr sollt reinkommen?«, rief Norman ihnen hinterher und warf die Tür ins Schloss. Aber sie waren bereits im Wohnzimmer. Während Tom mitten im Raum stehen blieb, verharrte Jaxon in der Nähe der Tür.

Tom bedachte Norman mit einem vernichtenden Blick. »Also, was sollte das gestern?«

»Was meinst du?«

»*Was meinst du*«, äffte Tom ihn nach. »Das weißt du verdammt noch mal genau. Du hast Gregor zu dieser Scheißaktion angestiftet und mich davon abgehalten, ihn da runterzuholen.«

Während er redete, ging er rückwärts weiter in den Raum hinein und Norman, der auf ihn fokussiert war, folgte ihm.

»So ein Schwachsinn«, sagte er. »Gregor war ein Psychopath. Er wäre sowieso ...«

Weiter kam er nicht, da trat Jaxon hervor, packte ihn am T-Shirt und stieß ihn gegen die Zimmerwand. Sofort wollte er nachsetzen, aber Tom war schneller bei ihm. Mit hassverzerrter Miene hielt er Gregor an der Wand fest und presste ihm mit dem linken Arm die Luft aus dem Brustkorb. Mit der rechten Hand packte er ihn bei den Haaren und wollte seinen Kopf gegen die Wand stoßen, aber Norman riss ein Knie hoch und traf Tom in den Magen. Aufkeuchend taumelte er ein paar Schritte zurück.

Norman sog hektisch Sauerstoff in die Lungen. Eine Sekunde lang schien er unschlüssig, ob er die Gelegenheit ergreifen und sich auf Tom stürzen oder lieber abhauen sollte. Noch bevor er etwas tun konnte, war Jaxon wieder da. Norman wehrte sich verbissen, steckte heftige Schläge ein und teilte aus, so gut er konnte. Aber irgendwann war auch Tom wieder im Spiel. Jaxon trat zurück, als er Norman rücklings zu Boden riss und sich auf ihn setzte. Doch plötzlich hatte der von irgendwoher ein Messer in der Hand. Mit einem zischenden Laut stieß er Tom die Klinge in den Oberschenkel hinein.

Der Abend war angebrochen und es wurde bereits kühler, als sie wenig später auf den Parkplatz hinaustraten.

Jaxon wandte sich um. »Bist du okay?«, fragte er.

Tom war stehengeblieben und drückte sich das Handtuch, das er aus Normans Badezimmer mitgenommen hatte, auf die Wunde am Bein.

»Geht schon«, antwortete er, überließ Jaxon jedoch die Schlüssel, als sie das Auto erreicht hatten.

Nachdem sie eingestiegen und losgefahren waren, nahm er vorsichtig das Handtuch vom Bein. »Scheiße«, entfuhr es ihm.

Jaxon warf ebenfalls einen Blick auf die Stichwunde. »Soll ich dich ins Krankenhaus bringen?«

»Nein, besser nach Hause. Hier rechts, Richtung Dortmund.«

Jaxon bog auf die Hauptstraße ein und eine ganze Weile

schwiegen sie. Jaxon genoss das leise Schnurren des Wagens und spürte, wie ihn allmählich Ruhe überkam.

»So ein Arschloch«, schnauzte Tom irgendwann, als sie schon auf der A2 waren. »Ich schwöre dir, wenn ich mein Messer mitgehabt hätte, ich hätte ihm die Kehle aufgeschlitzt.« Er knallte die Faust gegen die Armaturen, so dass das Handschuhfach aufsprang und ein silbernes Springmesser zum Vorschein kam. Er nahm es heraus und steckte es ein.

Jaxon grinste. »Ja, hier liegt es wirklich gut.«

»Allerdings tut es das.« Tom warf das blutige Handtuch in den Fußraum. Dann zog er sich in einer Bewegung das T-Shirt aus, so dass kurz sein Rücken zum Vorschein kam, der vollständig tätowiert war.

»Warum hast du es nicht mitgenommen?«, fragte Jaxon.

»Warum? Habe ich doch gerade gesagt. Weil ich ihm sonst die Kehle aufgeschlitzt hätte, darum«, erwiderte Tom und band sich das T-Shirt fest um den Oberschenkel und die Wunde, aus der immer noch hellrot das Blut pulsierte.

»Und? Hast du nicht gesagt, dass er Gregor auf dem Gewissen hat?«

»Tsss«, machte Tom, »vergiss das mal ganz schnell. Weißt du, was du für Mord bekommst? Fünfzehn Jahre Knast, mindestens.«

Obwohl Jaxon momentan keine Lust auf solch düstere Gedanken hatte, drängte sich ihm die Vorstellung unwillkürlich auf.

Fünfzehn Jahre.

Er sah wieder nach vorne auf die Straße, die unter ihnen hinwegglitt. Obwohl es allmählich dunkel wurde, war der Himmel immer noch blau, die Bäume links und rechts der

Straße waren vorbeiziehende Schatten. Aber natürlich waren sie fest verwurzelt, war die Straße ein statisches Band, während er selbst derjenige war, der sich bewegte. Auch wenn es sich nicht so anfühlte.

***

Nachdem Jaxon Tom Zuhause abgesetzt und seiner völlig entsetzten Freundin überlassen hatte, machte er sich auf den Heimweg. Er wusste nicht genau, warum er Tom heute begleitet und auf Norman losgegangen war, aber seit einigen Tagen war eine Unruhe in ihm, die ihn nicht mehr losgelassen und ihn letztendlich dazu getrieben hatte, Toms Einladung anzunehmen.

Er bog in seine Straße ein und wollte Toms Rover auf dem Stellplatz vor der Garage parken, als er ruckartig auf die Bremse trat. Ein gelber Porsche stand dort und er wusste ohne jeden Zweifel, dass dieser Schlitten *ihm* gehörte. Levin. Johannas neuer Freund war also wieder da.

Jaxon atmete langsam aus. Dann legte er den Rückwärtsgang ein und parkte um die Ecke direkt neben der Hecke. Er nahm den Weg durch den Garten zum Haus und sah Licht in der Küche brennen.

In der offenstehenden Terrassentür blieb er stehen. Um den Esstisch in der Küche saßen sie alle beisammen: seine Schwester, sein Bruder, seine Mutter. Und natürlich war Levin da, lehnte im hellblauen Poloshirt am Kühlschrank, als müsste er sich nach stundenlangem Sitzen die Beine vertreten. Alles an diesem Bild, das so ungewohnt war, dass Jaxon das Gefühl hatte, sich im Haus geirrt zu haben, ließ darauf schließen, dass sie einen langen, gemütlichen Abend miteinander verbracht hatten: das angetrocknete Essen auf den ansonsten leeren Tellern, der Kater, der mit geschlossenen Augen und zuckendem Schwanz auf Sarahs Schoß lag, die heruntergebrannten Kerzen.

Jaxon hatte in diesem Haus noch nie, nicht einmal an Weihnachten, auch nur eine einzige Kerze brennen sehen.

»Was ist denn hier los? Ist jemand gestorben?«, sagte er.

Als alle Köpfe zu ihm herumfuhren, schob er in einem Anflug von Unbehagen die Hände in die Hosentaschen. »Aber nein, wie ich sehe, sind wir bemerkenswert vollständig. Eher etwas in der Überzahl«, fügte er in Levins Richtung hinzu. Es gefiel ihm nicht, wie der Kerl den Kühlschrank bewachte und ihn somit daran hinderte, im Vorbeigehen etwas raus und mit nach oben zu nehmen.

Levins Brauen zogen sich zusammen und seine Wangenknochen traten eine Spur stärker hervor, als er die Kiefer aufeinanderpresste. Er schwieg und Jaxon verließ seinen Platz und machte, dass er an ihm vorbeikam. Der Kühlschrank war vermutlich ohnehin leer und er konnte sich ebenso gut eine Pizza bestellen.

»Jaxon, warte mal«, hielt ihn die Stimme seiner Mutter auf.

Mit dem Rücken zu ihnen blieb er im Durchgang zum Flur stehen und schloss in der Gewissheit, dass es nie etwas Gutes bedeutete, wenn Johanna ihn ansprach, die Augen.

»Wir haben gehört, die Polizei hat heute angerufen, weil am Wochenende etwas passiert ist«, sagte sie.

Jaxon drehte sich um. Er stemmte die Hände gegen den Türrahmen und warf Sarah, die den Anruf heute Morgen entgegengenommen hatte, einen vorwurfsvollen Blick zu. Dann stellte er sich Johanna. Das sah ihr ähnlich. Sie redete nie mit ihm. Nicht einmal sein Geburtstag vor ein paar Tagen war ihr einen Kommentar wert gewesen. Aber sobald sie glaubte, dass er mit irgendwelchen kriminellen Machenschaften zu tun hatte, war sie da mit ihrem ich-habe-es-ja-immer-schon-gewusst-Blick.

»Und?«

»Und ich will wissen, was du getan hast. Was uns jetzt ins Haus steht.«

Was uns jetzt ins Haus steht? Was war das denn bitte für eine Formulierung? Jaxon sah zu Levin herüber, als ihm dämmerte, dass sie über ihn geredet hatten. Er merkte, wie ihm seine mühsam erkämpfte Entspannung allmählich flöten ging.

»Ich habe überhaupt nichts getan.«

»Und wenn du nichts getan hast«, mischte sich Levin ein und musterte Jaxons T-Shirt, auf dem die Auseinandersetzung mit Norman deutliche Spuren, wie zum Beispiel Toms Blut, hinterlassen hatte, »wieso hat dich die Polizei heute aufs Präsidium zitiert?«

Jaxon öffnete automatisch den Mund, aber es hatte ihm die Sprache verschlagen und er schloss ihn wieder. Levin mochte ja Leroy ähnlich sehen; in seiner Art, sich innerhalb kürzester Zeit diese Familie zu eigen zu machen, glich er jedoch eindeutig Johannas vorigem Freund Michael.

Eine Welle der Abneigung brandete in ihm auf, während er Levin musterte. Jaxon hatte sich geschworen, nie wieder zuzulassen, dass sich irgendein Mann auch nur eine Sekunde lang als sein Erziehungsberechtigter aufspielte, nur weil er zufällig was mit seiner Mutter hatte. Und seines Erachtens nach war Levin gerade auf dem besten Wege, genau das zu versuchen.

»Jaxon?«

Zornig fuhr er wieder zu Johanna herum. »Was?«

»Warum musst du dich nur andauernd in Schwierigkeiten bringen? Warum tust du uns so etwas an?«

»Was tue ich denn?«, schoss Jaxon zurück. »Ich war doch nur zu einem *Zeugenverhör* geladen.« Er nahm die Hände vom Türrahmen und hob die Arme. »Ganz offensichtlich bin ich nicht verhaftet.«

Er merkte, dass er laut geworden war, als der Kater mit gesträubtem Nackenfell und angelegten Ohren an ihm vorbei ins Treppenhaus flitzte und sich Levin von seinem Platz am Kühlschrank löste und einen Schritt zwischen Jaxon und den Küchentisch trat, als wollte er Johanna vor ihrem unberechenbaren Sohn beschützen.

»Und du kannst mir gleich wieder aus der Sonne gehen«, fuhr er Levin an. »Von deiner Sorte habe ich für den Rest meines Lebens genug. Das«, fügte er an Johanna gerichtet hinzu, während er auf Levin wies, »tust du *mir* gerade an, verstehst du?«

Dass er zu weit gegangen war, realisierte er erst, als Levin bereits dicht vor ihm stand und ihn am T-Shirt packte, das Gesicht ganz nah an seinem.

»Das reicht jetzt, mein Freund«, sagte er durch zusammengebissene Zähne.

Jaxon stieß überrascht die Luft aus. Er wollte zurückweichen, aber hinter ihm war der hölzerne Türrahmen.

Johanna und Sarah waren vom Tisch aufgesprungen und riefen irgendetwas.

Levin atmete schwer. Jaxon konnte spüren, wie er mit sich kämpfte. Auf der einen Seite Jaxon, der ihn provoziert hatte, auf der anderen Johanna und Sarah, denen er wohl den Anblick von Handgreiflichkeiten ersparen wollte. Noch bevor Levins Engel und Teufel ihre Differenzen geklärt hatten, riss sich Jaxon so heftig los, dass sein T-Shirt zerriss, und wandte sich ab.

»Wir beide kriegen Probleme miteinander, wenn du dein Verhalten nicht änderst, Junge«, hörte er Levin hinter sich nachsetzen. Wahrscheinlich glaubte er schon, das letzte Wort gesprochen zu haben, da fuhr Jaxon herum und stieß ihn so heftig vor die Brust, dass er zurücktaumelte und gegen den Kühlschrank krachte. Johanna schrie auf und schlang ihre Arme um Levin. Sarah schob Jaxon in den Flur hinaus, aber er schüttelte sie ab und zog sich in Richtung Treppe zurück, den Blick auf Levin geheftet. Der hatte sich bereits wieder aufgerappelt und stand in der Küche, Johanna neben sich, die sich zu Jaxon umdrehte und ihn mit schmalen Augen ansah.

»Verschwinde von hier! Hau ab!«, schrie sie. Dann zog Sarah Oliver in die Küche zurück und schloss die Tür hinter ihnen.

Jaxon blieb allein zurück und spürte, wie sich Leere in ihm ausbreitete. Eine Minute lang stand er reglos da, hörte Wasser in das Spülbecken laufen und Johanna und Levin miteinander reden. Dazwischen die aufgeregte Stimme von Oliver.

Er öffnete die Haustür und trat in die Nacht hinaus. Frische Luft fuhr ihm durch sein zerrissenes Shirt und kühlte die schweißnasse Haut darunter. Mit der Hand tastete er nach dem Autoschlüssel in seiner hinteren Jeanstasche. Er zog ihn heraus, ging an Levins Porsche vorbei und stieg in den dunkelgrauen Freelander.

Drei

Zum Glück war es die normalste Sache der Welt, dass Miriam bei ihrer Freundin zum Frühstück aufkreuzte, wann immer ihr danach war. So stellte Lena keine Fragen, als sie es auch heute tat. Sie brauchte nicht zu erklären, dass Gregors Tod ihnen Zuhause die Luft zum Atmen nahm. Dass ihre Eltern glaubten, wenn sie nur oft genug schilderte, was in jener Nacht passiert war, würden sie es irgendwann begreifen können. Oder eine Möglichkeit sehen, wie sie es irgendwie hätte ungeschehen machen können.

Wo sie doch dabei gewesen war.

In ein Snoopy-Nachthemd und Plüschpantoffeln gekleidet öffnete Lena die Wohnungstür. »Komm rein, ich mach grad Frühstück.«

Sie war erst vor einigen Wochen zu Tom in die geräumige Altbauwohnung gezogen. Im Flur standen noch einige Umzugskisten und Bretter herum, aber da er so breit und hoch war, fielen sie kaum auf.

Die Wohnküche war bereits vom Kaffeeduft erfüllt. »Setz dich ruhig, geht gleich los«, sagte Lena. Sie beugte sich in den Kühlschrank und kramte darin herum, während Miriam an dem großen, zerkratzten Holztisch Platz nahm und sich umsah.

»Wie geht's Tom?«, fragte sie. Es war so ungewohnt, dass er um diese Uhrzeit nicht auf seinem Stammplatz am Esstisch saß und rauchte, während Lena an der bunt zusammengewürfelten Küchenzeile stand und das Frühstück zubereitete. Sie hatte Miriam geschrieben, dass er nach dem Zeugenverhör zu Norman gefahren und mit einer Stichverletzung nach Hause gekommen war.

Mit vier Eiern in den Händen tauchte sie aus dem Kühlschrank auf. »Es ist übel«, sagte sie. »Der Stich hat die Hauptschlagader nur ganz knapp verfehlt. Er hat total viel Blut verloren und musste genäht werden. Sie haben ihm dann noch eine Transfusion gegeben. Und unangenehme Fragen gestellt.« Sie legte die Eier in einen kleinen Topf und ließ Wasser hineinlaufen.

Miriam musste daran denken, wie Tom hinter ihrem Bruder her auf das Dach gestiegen war. Wie er geschrien und sich auf Norman gestürzt hatte, während alle anderen Leute, auch Lena, nur dagestanden und nichts getan hatten. Sie bekam eine Gänsehaut.

»Scheiße«, sagte sie.

Lena stellte den Topf auf die Herdplatte und schaltete sie ein. Dann warf sie einen Blick Richtung Küchentür.

»Dieser Typ, den wir auf der Party gesehen haben, war mit Tom zusammen dort«, sagte sie, leiser jetzt. »Der, der sich an der Bar neben dich gesetzt hat. Jaxon.«

Miriam versuchte, sich an die Momente vor Gregors Sprung zu erinnern, aber es fiel ihr schwer. Dass sie mit Lena zusammen an der Bar gesessen und Herzklopfen wegen eines Typen mit tollen Augen bekam, schien endlos weit weg. Es war ihr letzter unbeschwerter Moment gewesen, bevor Gregor mit seinem Sprung ihr Leben aus den Angeln gehoben hatte.

In diesem Augenblick bemerkte sie jemanden in der offenen Küchentür. Sie wandte sich um und spürte, wie etwas durch ihre Taubheit drang und ihr Herz einen Schlag lang aus dem Takt geriet. Mit nichts außer dunkelblauen Boxershorts am Körper stand Jaxon im Türrahmen. Er sah verschlafen aus, seine dunklen Haare hingen ihm ungekämmt ins Gesicht.

Lena stieß sich von der Anrichte ab. »Guten Morgen«, sagte sie. »Ich geh mal eben Tom wecken. Der Kaffee ist schon fertig, bedient euch.«

Jaxon trat einen Schritt zur Seite, als sie die Küche verließ.

»Morgen«, brummte er zu niemand Bestimmtem, nahm eine Packung Milch aus dem Kühlschrank und schenkte sich eine Tasse ein. Miriam betrachtete seine Rückansicht, das Spiel seiner Muskeln, während er damit beschäftigt war, die Schränke zu durchforsten.

Er war auch dort gewesen, auf dieser Party. Auch er hatte erlebt, wie Gregor in den Tod gesprungen war.

»Warum hast du das gemacht?«, hörte sie sich fragen.

Jaxon, der damit begonnen hatte, Kakaopulver in seine Tasse zu löffeln, hielt mitten in der Bewegung inne.

»Was?«, sagte er, ohne sich umzudrehen. Seine Stimme klang tief und leise.

»Warum bist du mit Tom zusammen zu Norman gefahren?«

Mit dem Kakaobecher in der Hand drehte er sich um. »Warum willst du das wissen?«

Miriam holte tief Luft. »Ich frage mich nur, ob du Gregor gekannt hast? Weil du doch gestern …« Ihre Stimme erstarb. Sie sah Jaxon an, dass sie jetzt eigentlich aufhören sollte zu reden, aber die Fragen zu Gregor drängten aus ihr heraus. Es war das Einzige, was sie gegen die Leere, die seit seinem Tod in ihr herrschte, tun konnte.

»Hast du gesehen, wie er da runtergesprungen ist?«

Und wo bist du gewesen?

Jaxon musterte sie, dann lehnte er sich ein wenig vor, die hellen Augen verengt. »Ich habe mir diese bescheuerte Zeugenvernehmung gestern bestimmt nicht erspart, damit du mir heute mit deinen Fragen auf die Nerven gehen kannst.«

Miriam spürte einen schmerzhaften Stich in der Brust. Sie öffnete den Mund, um etwas zu entgegnen, als Tom hereinkam.

»Sei nett zu ihr«, sagte er an Jaxon gewandt. »Das ist Gregors kleine Schwester.«

Jaxon senkte den Blick in seinen Kakaobecher, während Tom an ihm vorbei zum Esstisch humpelte und sich schwerfällig auf einen der Küchenstühle fallen ließ.

Miriam sagte nichts. Sie musste an Gregor denken, schwankend auf dieser Leiter in der Dunkelheit, und hatte seine letzten Worte an sie im Ohr.

Miri! Du wirst es machen, hörst du? Du wirst das alles hinkriegen.

Sie fuhr sich mit dem Unterarm über die Augen und schluckte die aufkommenden Tränen hinunter.

Das Frühstück verlief in gedrückter Stimmung. Normalerweise plauderten Lena und Miriam die ganze Zeit miteinander. Saß Tom mit am Tisch und las Zeitung, vergaßen sie über ihr Gespräch meist sogar, dass er da war. Wenn er ihnen nicht gerade eine unerhörte Nachricht vorlas oder sie versuchten, ihn wegen irgendwas aufzuziehen. Daher hatte Miriam geglaubt, herzukommen würde sie ablenken.

Aber heute war es anders als sonst.

Tom las keine Zeitung. Mit unbewegter Miene saß er da, rührte in einem Joghurtbecher und sah zu Jaxon herüber, als würde er über ihn nachdenken. Aber wahrscheinlich wollte er ihn nur im Auge behalten, da dieser, obwohl er schweigend aß, die Hitze eines eben von der Herdplatte genommenen Wasserkessels abstrahlte.

Lena sah auf ihr Handy. »Es ist schon nach zehn«, sagte sie zu Tom.

»Ich sehe es. Die Uhr hängt genau über deinem Kopf.«

»Du musst jetzt los. Sonst kommst du zu spät und musst wieder stundenlang warten.«

»Ich weiß.«

»Seine Wunde sieht nicht so gut aus«, teilte sie den anderen mit. »Und gestern haben sie gesagt, wenn es heute nicht besser geworden ist, soll er nochmal kommen. Sie haben ihm extra einen Termin gegeben.«

»Ist schon gut«, bremste Tom sie aus. »Ich fahre gleich los, okay?«

»Soll ich nicht doch lieber mitkommen?«

»Von mir aus.« Tom steckte seinen Löffel in den Joghurtbecher und erhob sich mit einem unterdrückten Stöhnen.

Miriam begleitete Lena bis an die Wohnungstür und ließ sich von ihrer Freundin umarmen.

»Wir sind in einer Stunde wieder hier. Dann unternehmen wir irgendwas, das dich ablenkt, okay? Wir könnten an den See fahren.« Sie strich Miriam über die Schulter und lächelte aufmunternd, aber Miriam antwortete nicht. Unter normalen Umständen würde sie sich mit einem von Lenas Vampirbüchern auf das Sofa hauen, lesen und die Einsamkeit genießen.

Aber jetzt war Jaxon hier. Jaxon, der gestern dabei geholfen hatte, ihren Bruder zu rächen und der sie vorhin ganz schön hart angefahren hatte. Deshalb konnte sie nicht hierbleiben.

Sie ging in die Küche zurück, um ihre Tasche zu holen. Als sie zurückkam, lehnte er im Durchgang zum Flur und versperrte ihr den Weg. Er hatte sich mittlerweile Jeans und ein T-Shirt übergezogen und die Härte war aus seinen Augen verschwunden. Wie er dastand und sie ansah, erinnerte er sie wieder an ihre erste Begegnung auf Eriks Party vergangene Woche, als er durch die Menschenmenge auf sie zugekommen war.

»Du brauchst jetzt nicht gehen«, sagte er.

Miriam fasste den Griff ihrer Handtasche mit beiden Händen und spürte, wie sich ihr Herzschlag beschleunigte. Erst jetzt, als sie ihm gegenüberstand, nahm sie wahr, wie groß er war. Sie reichte ihm gerade einmal bis zur Brust.

»Ich habe deinen Bruder nicht gekannt«, sagte er.

Miriam senkte den Blick. »Schon gut.« Sie räusperte sich. »Es ist nur, weil du auch auf dieser Party warst. Und vielleicht seinen Sprung gesehen hast …« Sie brach ab. Obwohl sie ihm vor dem Frühstück noch Fragen zu ihrem Bruder gestellt hatte, war sie sich jetzt nicht mehr sicher, ob sie überhaupt über ihn reden konnte. Sie hatte gehofft, Jaxon hätte Gregor gekannt. Dass er irgendwas über ihn wissen, irgendeine Seite von ihm kennen würde, die erklärte, warum er ausgerechnet an diesem Abend, ausgerechnet vor all den Leuten von dem Dach gesprungen war. Aber wenn sie ehrlich zu sich war, wusste sie es bereits.

Jaxons Brustkorb dehnte sich aus. »Selbstmörder sind Egoisten.« Seine Stimme war leise.

Miriams Kopf ruckte hoch. »Was?«

Er bewegte die Schultern, als bereute er seine Worte bereits, dann zuckte er die Achseln. »Sie machen sich aus dem Staub … und hinterlassen nichts als Chaos.«

Miriam schwieg. Wenn sie daran dachte, was Gregor allein ihren Eltern angetan hatte, hatte er in der Tat ein wahres Trümmerfeld hinterlassen. Und ihr mit seinen letzten Worten an sie auch noch einen Auftrag aufgebürdet, mit dem er sie auf Nimmerwiedersehen zurückgelassen hatte.

Ihre Fingerknöchel traten weiß hervor, als sich ihre Hände um den Taschengriff zu Fäusten ballten. Sie spürte Jaxons Blick und begegnete ihm. Seine Brauen waren zusammengezogen, fast so, als wäre er wütend über etwas.

»Du solltest versuchen, das alles hinter dir zu lassen«, sagte er. »Und so schnell wie möglich wieder nach vorne schauen.«

Miriam nickte einmal, milde überrascht über seine Worte. Eine Pause entstand und Jaxon stieß sich vom Türrahmen ab, als wäre damit alles gesagt. Miriams Blick fiel auf seine Unterarme und die grünen Farbkleckse, die darauf zu sehen waren. Es war die Farbe, die Lena und sie letzte Woche im Baumarkt eingekauft hatten. Am Tag vor der Party war das gewesen, erinnerte sie sich. Wie unbeschwert sie gewesen war. Sie hatten den halben Nachmittag in dem Laden verbracht, herumgealbert und nebenbei Pflanzen, Bilder und eine Papierlampe ausgesucht.

»Streichst du Lenas neues Zimmer?«, fragte sie mit einem Kopfnicken zu den lindgrünen Tupfern auf seinen Armen und Händen.

Jaxon nickte. »Eigentlich wollte Tom das heute erledigen, aber jetzt schafft er das ja nicht mit seinem verletzten Bein.«

Miriam merkte, dass sie ihre Tasche von der Schulter gleiten ließ, während sie Jaxon durch den Flur und das Wohnzimmer in Lenas Zimmer folgte. Auf der Türschwelle blieb sie stehen. Die weißen Wände waren sorgsam abgeklebt und der zerschrammte Parkettboden mit einer durchsichtigen Folie ausgelegt. In der Mitte des Raumes war ein Stapel Kartons aufgetürmt, auf dem die verpackte Lampe, Werkzeug und ein Set Farbrollen und Pinsel lagen. Es sah tatsächlich so aus, als hätte Tom vorgehabt, hier heute loszulegen. Miriam fiel ein, wie aufgeregt Lena gewesen war, von Zuhause aus- und bei Tom einzuziehen. Und wie diebisch sie sich darüber gefreut hatte, ihre Eltern damit ärgern zu können, die ihn nicht ausstehen konnten.

Sie sah Jaxon zu, der den Fellbezug eines Rollers in den Farbeimer tunkte, der an einer Stehleiter hing. Während er die Farbe in gleichmäßigen Bahnen auf die Wand auftrug, fragte sie sich, wo er eigentlich herkam. Sie hatte ihn noch nie hier gesehen und wusste genau, dass er weder mit Tom noch mit Lena enger befreundet war. Und jetzt stand er hier und strich für Tom die Wände an. Vielleicht konnte er, ebenso wie sie, heute nicht einfach nach Hause gehen.

»Willst du mithelfen?«, fragte er, als er ihren Blick bemerkte, und wies mit dem Kinn zu den Malutensilien auf den Kartons herüber. Miriam nickte. Sie streifte sich ihre dünne Strickjacke von den Schultern und legte sie im Wohnzimmer über die Lehne des Sofas, auf dem, dem Bettzeug nach zu schließen, Jaxon übernachtet hatte. Leichtfüßig lief sie in Lenas Zimmer über die dünne Folie und wählte einen Pinsel aus. Eine Weile malerten sie schweigend nebeneinander und obwohl Jaxons Gegenwart ein leichtes Flattern in ihrem Magen auslöste, merkte Miriam, wie gut ihr die gewohnte Arbeit mit dem Pinsel tat.

Sorgsam umrandete sie den weißen Lichtschalter und warf Jaxon, der in ihrer Nähe stand, einen Blick zu.

»Was habt ihr gestern bei Norman gemacht?«, wagte sie in die Stille hinein zu fragen. »Ist er okay?«

Jaxon fuhr mit dem Streichen fort. Eine halbe Wand war bereits grün eingefärbt. »Hm«, machte er.

Miriam, die ja bereits in Erfahrung gebracht hatte, dass er nicht gerne Fragen beantwortete, dachte, er würde es dabei belassen, doch er fügte hinzu: »Tom war der Meinung, dass Norman eine Abreibung nötig hätte und … naja …« Entschuldigend hob er die Achseln. »Offensichtlich kann er sich ganz gut verteidigen.«

Miriam fragte sich, was Typen wie Tom und Jaxon wohl unter *eine Abreibung nötig haben* verstanden. Toms Stichverletzung kam ihr in den Sinn und dass Lena erzählt hatte, er sei im Krankenhaus befragt worden. Ein Schauer lief ihr über den Rücken.

»Hoffentlich bekommt ihr zwei keine Probleme deswegen«, sagte sie.

Jaxon sah sie an. »Machst du dir etwa Sorgen?«, fragte er mit einem Grinsen, das seine Augen berührte.

»Natürlich.« Miriam merkte, dass sie rot wurde. »Ihr habt das schließlich wegen meines Bruders gemacht.« Sie schluckte. Sie wusste, dass es nicht Normans Schuld war, dass Gregor von dem Dach gesprungen war, auch wenn Tom das nach den Geschehnissen auf der Party so darstellte. Ihre Mutter machte sich Vorwürfe, weil sie und der Vater Gregor aufgegeben hatten. Sie hätten niemals aufhören dürfen, an ihn zu glauben, hatte sie gesagt. Und dass sie unverzeihliche Dinge zu ihm gesagt und ihm Vorwürfe gemacht hätten, was ihn dazu getrieben hätte.

Miriams Gedanken begannen sich im Kreis zu drehen. Sie sah Jaxon im Licht der hereinfallenden Sonne stehen, seine dunklen Haare, die grünen Farbkleckse auf seinen gebräunten Armen, die mittlerweile zahlreicher geworden waren.

»Hast du deswegen letzte Nacht hier übernachtet?«, fragte sie. »Weil Tom diese Verletzung hat?«

Jaxon kniff die Lippen zusammen. Er strich seine Rolle über das Plastikgitter und sah zu, wie die grüne Farbe in den Eimer tropfte.

»Nein.« Sein Lächeln war verschwunden. »Ich hatte Streit mit dem Freund meiner Mutter und …« Er machte eine Pause und sah sie an, als überlegte er, ob er weiterreden sollte. »Es war etwas heftiger. Deshalb musste ich … deshalb bin ich gegangen.« Er wandte sich ab. Miriam sah, dass seine Hand das seitliche Stahlrohr der Leiter so fest umklammerte, dass die Sehnen seines Arms hervortraten.

»Scheiße«, murmelte er. »Der Typ regt mich so auf.«

Miriam starrte ihn an und sah, wie er Luft holte. »Deshalb habe ich dich vorhin auch so angemacht«, fuhr er fort. »Als du mir diese ganzen Fragen gestellt hast … das hat mich an Levin erinnert.« Er begegnete ihrem Blick und Miriam spürte, wie das Flattern in ihrem Magen stärker wurde.

»Ist schon gut.« Sie hörte selbst, wie atemlos sie klang. Sie räusperte sich. »Und … was willst du jetzt tun?«

»Ich weiß nicht.« Jaxon strich sich mit dem Handrücken die Haare aus dem Gesicht, sein Blick wanderte durch das Zimmer. »Erstmal fertig streichen, denke ich.« Sein Lächeln war wieder da.

»Okay.« Miriam hob die eingepackte Papierlampe hoch, die auf dem Kartonstapel lag. »Und danach diese Lampe anbringen.«

***

»Ich hab mir was überlegt.« Tom lag ausgestreckt auf der Couch im Wohnzimmer und betrachtete sein verbundenes Bein, das auf der Lehne lag. Obwohl heute schönes Wetter gewesen war, hatte er den Rest des Tages Zuhause verbracht und jeden großzügig an seiner schlechten Laune teilhaben lassen. Lena und Miriam hatten ihn sehr bald allein gelassen und waren an den See gefahren, während Jaxon noch etwas Zeit geschunden und das Zimmer fertig gestrichen hatte.

Er wusste, dass er jetzt eigentlich nach Hause gehen sollte, aber er konnte sich nicht dazu durchringen.

»Hast du zurzeit irgendwelche Verpflichtungen?«

Jaxon wandte den Blick nicht vom Fernseher. »Verpflichtungen? Was meinst du damit?« Blind griff er in die Schale links hinter sich und steckte sich eine Handvoll Erdnussflips in den Mund.

»Na, gehst du arbeiten? Hast du einen Job oder sowas?«

Jaxon sah über die Schulter in Toms Richtung. »Wieso fragst du?«

»Ach, mir ist da nur so ein Gedanke gekommen …« Toms Stimme klang gleichgültig, aber seine schwarzen Augen glitzerten.

»Also, nein, nicht direkt«, antwortete Jaxon. Er hatte zwar immer mal wieder diverse Jobs, um nicht in die Verlegenheit zu kommen, seine Schwester oder Mutter nach Geld fragen zu müssen, aber Verpflichtung würde er das nicht nennen. Und sein Zivildienst war seit einem Monat vorbei. Wahrscheinlich hatte Sarah Recht und er hätte die Einschreibefrist letzte Woche wirklich nicht verpassen sollen.

Er versuchte, den Gedanken von sich zu schieben und sich wieder auf Vin Diesel zu konzentrieren, aber Tom streckte den Arm zur Fernbedienung aus und schaltete den Fernseher aus.

»Wie fändest du es, etwas Geld zu verdienen?«, sagte er, richtete sich etwas auf und schob sich ein Kissen in den Nacken.

Jaxon zuckte die Achseln. Er fragte sich, ob es Riddick und Kyra wohl noch zu Toombs´ Schiff schafften.

»Du könntest in mein Geschäft einsteigen.«

»In dein Geschäft?« Jaxon ließ seinen Blick durch den Raum wandern; über das zerknautschte, scheinbar uralte Sofa, auf dem sich Tom breitgemacht hatte, den LCD-Flachbildfernseher, den aus einer Glasplatte und Ziegelsteinen selbstgebauten Couchtisch, die futuristisch aussehende Musikanlage. Die gesamte Einrichtung der Wohnung schien spartanisch und zweckmäßig, aber einige der Dinge, die hier herumstanden, machten einen ziemlich erlesenen Eindruck. Es war offensichtlich, dass Tom Prioritäten setzte.

»Was ist das für ein Geschäft?« Jaxon drehte sich in seinem Sessel, so dass er Tom gegenübersaß.

»Es geht um An- und Verkauf. Zurzeit bin ich ein Ein-Mann-Betrieb. Heute steht wieder eine Lieferung an und ich könnte gut eine Vertretung gebrauchen«, sagte Tom mit einer Geste zu seinem Oberschenkel.

An- und Verkauf? Lieferung? Ein-Mann-Betrieb? Das hörte sich verdammt nach brotloser Kunst an. Oder nach krummen Geschäften.

»Gehört dir etwa der dubiose Handyladen da unten im Erdgeschoss?«

Tom grinste. »Ich arbeite ohne Ladenlokal. Nur mit Lagerräumen und vor allem im Internet. Ich bekomme Lieferungen aus dem Ausland. Zeug, das vom Laster gefallen ist.« Er deutete mit den Fingern Anführungsstriche an.

Jaxon musterte Tom. »Und worum genau handelt es sich?«

»Dies und das. Meistens Elektronikgeräte. Und heute Nacht«, er warf einen Blick auf die Uhr am DVD-Player, »kommt eine größere Fuhre an. Die sollten wir uns nicht entgehen lassen. Wenn wir um zwei Uhr dort sind, bekommen wir sie wahrscheinlich.«

»Wir?« Jaxon lachte auf. »Was soll das heißen?«

»Das soll heißen, dass ich heute jedenfalls nicht fahren und die Fracht umladen kann. Aber du kannst es.« Als Jaxon nicht antwortete, fügte er hinzu: »Es wäre wirklich dumm, das alles den anderen zu überlassen.« Er rappelte sich vom Sofa auf. »Komm mit, ich zeig dir was.«

Toms Arbeitszimmer war ein kleiner, dem Flur angrenzender Raum. Anthrazitfarbene Jalousien bedeckten die Fenster vollständig und sahen nicht so aus, als würden sie jemals hinaufgezogen. Die Deckenlampe schien nicht zu funktionieren, oder Tom hatte keine Lust, sie einzuschalten. Er knipste lediglich eine kleine Schreibtischlampe an, die wenig mehr als die Tischplatte beleuchtete, auf der sie stand. Dann schloss er die Tür und lud Jaxon mit einer Geste ein, auf seinem Schreibtischstuhl Platz zu nehmen. Er zog einen farblich mit den Jalousien harmonierenden Rollcontainer zu sich heran und schloss die Schubladen eine nach der anderen auf.

»Hast du eigentlich eine Waffe?«

Jaxon drehte sich mit dem Stuhl einmal um die eigene Achse. »Eine Waffe? Warum sollte ich eine Waffe haben?«

»Eine Knarre?«

»Natürlich nicht.«

»Okay, hör zu, es wird besser sein, wenn du eine dabei hast heute Nacht.« Tom zog die unterste, die tiefste Schublade auf. Jaxon warf einen Blick hinein und verstummte bei dem Anblick, der sich ihm bot. Hier gab es von Bundeswehr-Kampfmessern über Pistolen bis hin zu Butterflymessern und Patronenschachteln alles. Er stieß sich mit den Füßen vom Boden ab und rollte rückwärts wieder zum Schreibtisch zurück.

Okay, alles klar. Tom war ein verrückter Waffennarr.

»Wofür ist das alles?«

Tom griff in die Schublade, holte eine schwarze Pistole heraus, überprüfte das Magazin und hielt sie Jaxon hin. »Wofür? Es geht um verdammt viel Kohle, Mann, da werden manche Leute schnell nervös. Wenn du mitkommst, brauchst du sowas.« Er wartete, während Jaxon die Pistole betrachtete und schließlich die Hand nach ihr ausstreckte.

»Okay. Und wenn mir einer blöd kommt, erschieße ich ihn, oder was?«

Mit einer schnellen Bewegung zog Tom die Pistole aus Jaxons Reichweite. »Nein, natürlich nicht! Das wäre ja verrückt.«

Jaxon lachte auf. »Wofür brauche ich sie dann?«

»Na, um deinen Standpunkt klarzumachen. Mit dir ist nicht zu spaßen. Die wissen ja nicht, dass du weißt, was du für Mord bekommst. Und selbst wenn sie denken, dass du es weißt, wissen sie ja noch lange nicht, dass dir es nicht egal ist. Oder dass du nicht so dumm bist, zu denken, dass sie dich nicht erwischen würden. Alles klar?«

Jaxon verdrehte die Augen, griff nach der Waffe und steckte sie ein. »Ich hab´s kapiert.«

»Gut.« Tom stand auf. »Je früher wir da sind, desto besser. Dann können wir in Verhandlung treten, sobald das Schiff da ist.«

Er schob mit dem Fuß die unterste Schublade des Containers zu, zog die oberste auf und holte ein Handy heraus. Nachdem er die hintere Abdeckung abgenommen und eine SIM-Karte eingelegt hatte, schloss er die Klappe wieder und reichte das Handy Jaxon. »Das ist deins. Du musst es immer bei dir tragen, damit ich dich erreichen kann. Stell es am besten auf Vibration und steck es in die Hosenta-sche.« Er nahm sich selbst eine kleine Anzahl an Waffen aus der unteren Schublade und verstaute sie an seinem Körper. Dann griff er sich eine Lederjacke, die auf einem Zweisitzer lag, zog sie an und steckte sich ein Handy sowie eine ganze Menge Bargeld in Scheinen in die Innentasche.

»Na, dann los.«

Vier

Jaxon erwachte, als die Mittagssonne bereits warm in sein Zimmer schien. Er drehte sich auf den Rücken, streckte sich und spürte einen leichten Muskelkater in den Armen. Kein Wunder; Toms Schmuggelgeschäft mochte lukrativ sein, die Schlepperei jedoch war der reinste Knochenjob.

Nachdem sie in einem Industriegebiet in der Nähe der niederländischen Grenze den Freelander gegen einen Lkw getauscht hatten, waren sie nach Rotterdam gefahren. Sie waren bereits eine Stunde vor den anderen Zwischenhändlern am Hafen gewesen und hatten einen großen Teil der Ladung aufkaufen können. Glücklicherweise hatte Tom ein paar zusätzliche Typen zum Verladen der Kisten auftreiben können, die ebenfalls ein reges Interesse daran hatten, dass die Ware schnell in den Lkw kam und aus dem Hafen verschwand.

Jaxon streckte einen Arm nach einer seiner Hanteln aus, die in der Nähe seines Bettes auf dem Fußboden lag, und stemmte sie abwechselnd mit der rechten und linken Hand in Richtung Zimmerdecke.

Es war schon bemerkenswert, wie sehr Tom ihm vertraute, obwohl sie sich erst so kurz kannten. Er überließ ihm eine Knarre, sein Auto und teilte sogar seinen Job mit ihm.

Wahrscheinlich hat er keine Geschwister, vor denen er jahrelang alles verteidigen und in Sicherheit bringen musste, dachte Jaxon in dem Moment, in dem es an der Tür klopfte und Sarah den Kopf ins sein Zimmer steckte.

»Bist du wach? Kann ich reinkommen?«

»Von mir aus«, erwiderte Jaxon, dem bei ihrem Anblick

die Erinnerung an den vorletzten Abend überkam und daran, wie sie denkbar entspannt in der Küche inmitten der anderen gesessen und so getan hatte, als sei es das Normalste auf der Welt. Er spürte ganz genau, dass er es ihr übelnahm. Er konnte gar nichts dagegen tun.

»Was ist los?«, fragte Sarah.

»Nichts.«

Sie schloss die Tür und stieg über seine Sachen. »Das ist ganz schön dumm gelaufen am Samstagabend«, begann sie, sobald sie sich auf seinen Schreibtischstuhl gesetzt hatte.

»Allerdings.« Mit einem leisen Klirren legte Jaxon die Hantel ab und lehnte sich mit dem Rücken gegen die Wand. »Ich frage mich, was euer komischer Familienzirkel zu bedeuten hatte.«

Sarah drehte ein rotes Jo-Jo, das auf dem Schreibtisch lag. »Ich glaube, du verwechselst da was. *Wir* haben einfach nur zu Abend gegessen …«

»Stimmt ja. So wie jeden Tag.«

»… und *du* bist reingeschneit und auf Levin losgegangen.«

»Wenn du hergekommen bist, um mir zu sagen, dass ich euren neuen Freund nicht anrühren soll, dann danke. Botschaft angekommen.« Er verschränkte die Arme vor der Brust.

Sarah musterte ihn, ihre Brauen zogen sich zusammen. »Ich verstehe ja, dass es dir schwerer fällt als Oliver und mir, mit der neuen Situation umzugehen. Michael und Johanna waren zu dir immer so …«

»Hör auf davon!« Jaxons Haut begann zu kribbeln, als wäre sie plötzlich zu eng für ihn. Mit einem Ruck stand er vom Bett auf, zog sich eine Jogginghose über und schnappte sich das Jo-Jo vom Tisch. Sarah zuckte vor ihm zurück.

»Verdammt nochmal, Jaxon! Kannst du dich in seiner Gegenwart nicht einfach zusammenreißen? Versuch, ihn zu ignorieren.«

»Phf.« Jaxon drehte ihr den Rücken zu und begann, mit dem Jo-Jo zu spielen. »Ich schaffe es ja nicht einmal, dich zu ignorieren, seit du in mein Zimmer reingeschneit bist.«

Er hörte Sarah seufzen. »Dann tu es ihr zuliebe.«

Jaxon fing das Jo-Jo ein, fuhr zu ihr herum und funkelte sie durch den Raum hindurch an. »Johanna und ich tun gar nichts einander zuliebe und das weißt du ganz genau.«

Er warf das Jo-Jo auf ein Regal in der Nähe, hob ein T-Shirt vom Boden auf und zog es sich über den Kopf. Auf dem Weg ins Badezimmer blieb er mit der Hand auf der Türklinke stehen und drehte sich noch einmal zu Sarah um. Er wollte ihr zum Abschluss ihres Gespräches doch lieber etwas Nettes sagen, da er schon ihre Bitte, derentwegen sie zu ihm gekommen war, hatte ausschlagen müssen. Doch sie war aufgestanden und starrte auf die Stelle, auf der zuvor sein T-Shirt gelegen hatte.

Die Pistole war darunter zum Vorschein gekommen. Die Browning, die Tom ihm in der Nacht zuvor gegeben hatte. Shit, er hätte sie verstecken sollen.

Sarah sah von der Pistole zu ihm auf, eine Enttäuschung im Blick, die ihm nicht gefiel.

»Die gehört einem Freund.« Jaxon machte einen Schritt und wollte die Waffe aufheben, aber Sarah war schneller und hielt sie hinter ihrem Rücken.

»Jaxon! Das geht nicht. Du kannst unmöglich eine Pistole in deinem Zimmer haben!« Ihre Stimme war schrill, ihre Augen flackerten. »Johanna flippt aus, wenn sie das mitkriegt. Du weißt, was für eine Angst sie vor Waffen hat. Stell dir mal vor …«

»Sei still!« Bei dem Anblick seiner Schwester mit Toms Browning in den Händen brach Jaxon der Schweiß aus allen Poren, aber er zwang sich zur Ruhe. Er sagte sich, dass er ohnehin stärker war als sie und sie das Zimmer ohne seinen Willen nicht verlassen konnte.

Anscheinend wusste sie das auch, denn sie wich in Richtung Schreibtisch zurück. »Du musst sie wegschaffen«, beschwor sie ihn. »Wo eine Waffe ist, da stirbt irgendwann auch ein Mensch.«

»Was du nicht sagst.« Jaxon streckte einen Arm aus und versuchte, Sarah die Pistole wegzunehmen, aber sie drehte sich geschickt von ihm weg.

»Versprich es mir! Stell dir vor, du begegnest Levin mit dem Ding in der Tasche …«

»Eigentlich hatte ich nicht vor, sie hier zu benutzen, aber du bringst mich da direkt auf eine Idee. Johannas Typen kann ich mir ganz gut vor dem Lauf vorstellen, weißt du das?« Er grinste und winkte ungeduldig mit den Fingern seiner ausgestreckten Hand.

»Und jetzt gib sie mir.«

***

»Hey, da bist du ja.« Liam nahm sein Wodkaglas und rückte ein Stück weiter, damit sich Jaxon neben ihn setzen konnte.

»Hi.« Jaxon stellte sein Glas ab und ließ sich in die dunkelroten Sitzpolster fallen.

Jan, der Jaxon gegenübersaß, musterte ihn unter zusammengezogenen Brauen. »Was ist denn mit dir los?«

»Was soll los sein?« Jaxon lehnte sich zurück und legte ein Bein über das andere. »Es ist Donnerstagabend und ich sitze mit euch Idioten im Unikum. Reicht das nicht?«

Allzu häufig würde das nicht mehr vorkommen, dachte er, während er über das Geländer der Galerie hinweg auf die Tanzfläche hinuntersah, auf der sich die Leute drängten. Je älter er wurde, desto weniger von ihnen kannte er. Viele seiner Bekannten waren schon letztes Jahr weggezogen und der Rest würde es dieses Jahr tun.

»Komm schon.« Jan streckte den Arm aus und stieß ihn über den Tisch hinweg an. »Du siehst aus, als hättest du gegen Liam im Bankdrücken verloren. Dreimal. Und seit wann trinkst du ... was ist das? Gin? Wo ist deine Einstiegscola?«

Jaxon leerte seinen Drink mit einem Zug, verzog das Gesicht und holte das Glas mit Salzstangen zu sich heran. Über eine Woche war vergangen, seit er in der Küche mit Levin aneinandergeraten war, und seitdem war Johannas neuer Freund fast jeden Abend dagewesen. Jaxon hatte versucht, Sarahs Rat zu befolgen und sich angewöhnt, das Haus durch die Eingangstür zu betreten und zu verlassen. So blieben ihm die Wege durch die Küche und am Wohnzimmer vorbei erspart und er brauchte so gut wie niemandem mehr zu begegnen. Heute jedoch, unmittelbar bevor er das Haus verlassen hatte, war Levin mit einer riesigen Reisetasche und einem kleinen, hellblonden Mädchen, das Papa zu ihm sagte, zur Haustür hereingekommen.

Eigentlich war Jaxons Plan gewesen, auszugehen und auf andere Gedanken zu kommen. Aber Liam und Jan kannten ihn seit der neunten Klasse; sie brauchten ihn nur anzusehen, um zu wissen, dass irgendwas nicht stimmte.

»Es ist dieser neue Freund meiner Mutter«, stieß Jaxon hervor und konnte nicht ändern, dass der Zorn wieder in ihm hochzukochen begann. »Dieser Kerl *wohnt* praktisch bei uns.«

Jan ließ seine Bierflasche kreisen und sah ihn unangenehm aufmerksam über den Tisch hinweg an. »Na und?«

»Na und? Er ist jeden Tag da. Er parkt unsere Einfahrt mit seinem hässlichen Porsche zu und schleimt sich in meine ganze Familie ein. Ich kann diesen Typen nicht ausstehen, okay?«

Jaxon entging nicht, dass Jan einen kurzen Blick mit Liam tauschte.

»Alter, Jax«, sagte er in seiner unaufgeregten Art, die Jaxon wie immer ein wenig den Wind aus den Segeln nahm. »Der Typ vögelt auch deine Mutter. Was interessiert dich das? Kauf dir ein Auto, pack deine Sachen und dann raus da. Dann kann dir sein Porsche und alles, was er so tut, getrost am Arsch vorbeigehen.«

Jaxon schob sich den Mund mit Salzstangen voll, kaute und antwortete nicht.

»Jan hat Recht.« Liam schlürfte an einem großen, bunten Cocktail und zuckte die Achseln. »Ich frage mich, warum du nicht längst da weg bist, so schräg wie die bei dir Zuhause drauf sind.«

Jaxon wandte sich von Liam ab. Er sah zum Eingangsbereich des Clubs hinunter, wo gerade eine Gruppe Mädchen hereinkam. Die Möglichkeit, seinen Hintern für immer aus dem Haus zu bewegen, hatte etwas so Reizvolles, dass er ihr kaum widerstehen konnte. Aber ihm war klar, wenn er erst einmal weg wäre, würde sich Levin bei ihm Zuhause breitmachen – und für ihn gäbe es keinen Weg mehr zurück.

Die Mädchen hatten die Bar erreicht und gaben bei Miro ihre Bestellung auf. Eines von ihnen, ein Mädchen mit langen, dunklen Haaren, sah sich um, als würde es nach einem freien Tisch Ausschau halten.

Jaxon stand auf. »Halt mal.« Er reichte Liam sein halb leer gegessenes Salzstangenglas, schlängelte sich zwischen den Clubgästen hindurch und lief die Treppe in Richtung Tanzfläche und Bar hinunter.

Als Miriam ihn erkannte, wandte sie sich von den Mädchen ab, mit denen sie zusammenstand, und lächelte ihn an.

»Du bist ja auch hier«, sagte sie.

Er nickte und wies mit dem Daumen zu ihrem Tisch in der ersten Etage hinauf. »Wie geht es dir?«, fragte er dicht an ihrem Ohr. Die Musik war hier unten viel lauter als oben, wo die Tische standen.

»Besser«, sagte sie und er fand, dass sie auch so aussah. Sie wirkte auf ihn wie bei ihrem ersten Aufeinandertreffen auf Eriks Party, als sie ihn mit ihrer offenen Art angelächelt hatte.

Sie rückte an ihn heran, bis sich ihre Arme berührten und er beugte sich zu ihr hinunter, als sie sagte: »Weißt du, ich glaube, ich schaffe das jetzt doch mit meiner Bewerbung.«

»Deiner Bewerbung?« Seine Lippen streiften ihr Ohr. Es könnte sein, dass sie an dem Tag, an dem sie sich in Toms Wohnung näher kennengelernt hatten, etwas von einer Kunsthochschule gesagt hatte, aber die Nähe zu ihr brachte ihn durcheinander und er wusste es nicht mehr genau. Ein paar Jungs taumelten an ihnen vorbei, rempelten Miriam an und Jaxon zog sie mit sich in eine ruhigere Ecke.

»Ja.« Ihr Gesicht leuchtete, als sie zu ihm hochsah. »Du hast mich motiviert.«

»Ich? Wie das denn?«

»Naja, letzte Woche hast du Lenas komplettes Zimmer renoviert, während wir am See rumgelegen und gechillt haben. Es ist perfekt geworden, wie von einem Profi. Lena ist total begeistert.«

Jaxon rückte näher an sie heran. »Ach, komm«, sagte er, »die schwierigen Ecken hast doch alle du gemacht.«

Miriam lachte. »Wir sind halt ein gutes Team«, sagte sie und Jaxon spürte auf einmal nur noch sie neben sich. Er fragte sich, was wohl passieren würde, wenn er versuchte, sie zu küssen.

In dem Augenblick wandte sie sich ihm noch weiter zu, legte eine Hand auf seine Brust und ließ ihren Blick über sein Gesicht und seinen Körper wandern. »Weißt du, für meine Bewerbungsmappe fehlt mir nur noch ein einziges Motiv. Ein ganz besonderes Porträt.«

Jaxon schluckte und betrachtete sie. Sie sah erregt aus. Ihre Augen waren dunkel, die Lippen leicht geöffnet; ihr Körper, alles an ihr machte einen einladenden Eindruck auf ihn.

Langsam umfasste er ihren Kopf und zog sie zu sich heran, dann küsste er sie. Zunächst vorsichtig, aber als er merkte, dass es ihr gefiel, drängender.

Fünf

Laute Stimmen und Poltern aus dem Erdgeschoss rissen Jaxon am Freitagmorgen früher als sonst aus dem Schlaf. Eine Weile blieb er mit geschlossenen Augen im Bett liegen und versuchte, die ungewöhnlichen Geräusche im Haus einzuordnen, aber er war zu müde.

Miriam, er und die anderen waren noch bis in die frühen Morgenstunden im Unikum gewesen. Jaxon hatte etwas mehr getrunken als sonst, war Miriam ziemlich nahegekommen und hatte es mit ihrer Hilfe doch noch geschafft, auf andere Gedanken zu kommen.

Und jetzt das, nach nur vier Stunden Schlaf.

Er stöhnte leise und legte sich einen Arm über die Augen, um wieder einzuschlafen, da drangen schrilles Kinderschreien und Levins herrische Stimme von draußen zu ihm herein.

»Verflucht nochmal«, murmelte er, stand aus dem Bett auf und schob die Lamellen der Jalousie auseinander.

Ein weißer Umzugswagen mit rotem Schriftzug stand direkt vor dem Haus. Neben der Ladefläche stand Levin in Polohemd und Sporthose und hievte einen Karton herunter, während das kleine Mädchen aufgeregt gestikulierend dabeistand.

Bewegungslos sah sich Jaxon das Szenario ein paar Sekunden lang an. Was, zum Teufel, ging da unten vor?

Ohne zu wissen, was er als Nächstes tun würde, zog er sich Jeans und T-Shirt über und stieg in seine Turnschuhe. Er verließ sein Zimmer und lief direkt Johanna in die Arme, die hier war, direkt vor seiner Tür, als hätte sie auf ihn gewartet. Er wollte an ihr vorbei die Treppe hinunter mitten in das Geschehen laufen, aber sie fasste ihn am Oberarm und hielt ihn fest.

Jaxon war wie gelähmt. Er wollte irgendetwas sagen und sich losreißen, aber der Blick, mit dem ihn seine Mutter ansah, verschlug ihm zusätzlich die Sprache. Er war neu, ebenso wie die Berührung, und eindringlich, so als würde sie ihn direkt ansehen und nicht irgendjemanden, der vielleicht hinter ihm stand. Aber der Schmerz in ihren Augen war genau wie sonst. Ein Schmerz, der ihm immer schon, solange er denken konnte, bis ins Mark gegangen war.

»Nein!«, sagte sie leise. »Bleib jetzt hier. Tu nichts Dummes.«

Das Poltern und die Stimmen, die aus dem Erdgeschoss zu ihnen hinaufdrangen, brachten ihn wieder ins Konzept.

»Was soll das?«, zischte er. »Zieht er jetzt hier ein, oder was?«

Johanna hielt ihn immer noch fest und Jaxon spürte, wie seine Muskeln zuckten und die Stelle an seinem Oberarm zu brennen begann.

»Ja, allerdings.«

»Warum lässt du das zu? Warum tust du das?«

»Weil ich ihn liebe, darum.«

»Blödsinn!« Jaxon wollte ihre Hände von sich schütteln, brachte es aber nicht über sich. »Gar nichts tust du.«

Johannas Griff verstärkte sich, ihre Augen wurden schmal. »Sag mir nicht, was ich fühle, Jaxon«, flüsterte sie. »Davon hast du keine Ahnung.«

Jaxons Herz begann bei dem direkten Schlagabtausch mit seiner Mutter in seiner Brust zu hämmern. »Wie kannst du das denken?«, sagte er und hielt ihren Blick fest. »Hast du den Tag vergessen, an dem wir es Michael gesagt haben?

Damals, in der Küche? Das kannst du nicht vergessen haben.«

»Hör auf damit, das ist nicht Dasselbe.«

»Natürlich ist es das. Und du weißt es.«

Sie sprachen schnell und so leise, wie ihre Erregung es zuließ. Im Erdgeschoss gingen die Arbeiten voran. Männer riefen sich gegenseitig knappe Befehle zu, die Hebebühne des Möbelwagens brummte, aber Jaxon fühlte sich von alldem so losgelöst, als befände er sich mit seiner Mutter auf einem anderen Planeten. Wie konnte er ihr nur begreiflich machen, wie falsch das alles war? Wie konnte er nur Zugang zu ihr finden, die Tür aufstoßen, die ihm bis jetzt verschlossen gewesen war?

»Mama …«, begann er und fasste sie an den Schultern, aber sie wich seinem Blick aus und machte sich mit einer halben Drehung von ihm los.

»Schluss jetzt«, fauchte sie, »du hörst auf damit, dich in meine Angelegenheiten zu mischen.«

Und er wusste, dass der Moment vorbei war. Ohnmacht breitete sich in ihm aus und er wandte sich ab und polterte an ihr vorbei die Treppe hinunter.

Der Flur im Erdgeschoss war voller Menschen. Zwei Möbelpacker bugsierten ein Regal durch die schmale Tür ins Wohnzimmer. Dieses vermaledeite Mädchen lief ins Schlafzimmer hinein und wieder hinaus. Oliver stand in der Nähe der Haustür herum.

Als Jaxon die letzten Treppenstufen erreicht hatte, schritt Levin gerade mit einem Karton voller Bücher durch die Haustür. Er sah Jaxon und stellte sie eilig ab. »Ich warne dich«, sagte er, »mach hier keinen …«

Weiter kam er nicht, da schlug Jaxon ihm die Faust auf die

70

linke Schläfe. Levin taumelte gegen die Flurwand und riss Johannas Setzkasten herunter. Eine Flut Nippesfiguren fiel wie ein Schauer um ihn herum. Alle Anwesenden erstarrten. Die Möbelpacker stellten vorsichtig den Bücherschrank ab und hielten ihn weiter fest.

»Nein! Levin!« Johanna stürzte hinter Jaxon die Treppe hinunter. Das Mädchen stand in der Schlafzimmertür und brach bei dem Anblick ihres gestrauchelten Vaters in Tränen aus.

»Du ... du hast keine Ahnung, was du deiner Mutter damit antust«, brachte Levin mit mühsam beherrschter Stimme heraus. Mit aufeinandergepresstem Kiefer und schmalen Augen stützte er sich an der Wand ab und kam wieder auf die Beine, aber Jaxon wartete seine weitere Reaktion nicht ab. Mit einem Schritt war er bei Levin und packte ihn am Kragen seines Poloshirts. Er holte aus, doch jemand hielt seinen Arm fest. Blitzschnell fuhr er herum und schlug dabei mit dem Handrücken seiner freien Hand zu.

Es war Sarah, die er traf.

Schlagartig war Jaxon wieder im Hier und Jetzt. Kälte breitete sich in ihm aus, während Sarah vor ihm zurückwich und ihn mit großen Augen anstarrte, beide Hände auf die Wange gepresst. Er rieb sich den Handrücken und öffnete den Mund, aber es kam nichts heraus. Alle starrten ihn an, niemand sagte ein Wort. Jaxon hielt Sarahs Blick fest, während er rückwärts auf die offenstehende Haustür zuging. Ihm war übel.

Er stolperte über Levins Bücherkiste, fing sich jedoch und verließ das Haus, so schnell er konnte.

***

Miriam saß in dem dunkelroten Renault ihrer Mutter und versuchte, sich auf die Straße zu konzentrieren, aber es fiel ihr schwer. Sie hatte die ganze Nacht kein Auge zugemacht und auch jetzt konnte sie nur an Jaxon denken. Jaxon, der ihr im Halbdunkel der Diskothek gegenüberstand, mit diesem entrückten Blick. Der sich an sie drängte und küsste.

Sie waren bis in den Morgengrauen zusammen im Unikum gewesen und er hatte sie anschließend nach Hause begleitet, aber sie hatte immer noch keine Handynummer von ihm. Sie wusste aber, wo er wohnte, und nach vier schlaflosen Stunden im Bett, hatte sie beschlossen, einfach zu ihm zu fahren. Auch wenn sie die Vorstellung, unangekündigt bei ihm anzuklingeln, ziemlich nervös machte.

An der nächsten roten Ampel riss ihr Handy sie aus ihren Gedanken. Ein Blick auf das Display sagte ihr, dass es ihre Mutter war, die von ihrer Praxis aus anrief. Heute war der erste Tag, seit Gregors Beerdigung vor knapp einer Woche, an dem ihre Eltern wieder arbeiten gegangen waren.

»Hallo, Mama.«

»Schätzchen.« Sie klang besser als erwartet. »Ich wollte dich an deinen Termin in einer halben Stunde erinnern.«

»Termin?«

»Bei Dr. Blutke.« Ihre Mutter machte eine Pause. »Dem Anwalt, den dein Vater für dich rausgesucht hat.«

Die Ampel sprang auf Grün um und Miriam bog nach rechts in die Westicker Straße Richtung Methler ein. Verrückt, dachte sie. Warum tat sie so etwas? Es war erst halb zehn Uhr morgens. Jaxon lag also mit Sicherheit noch im Bett und schlief.

»Miriam!«

»Ja, Mama.« Miriam unterdrückte ein Seufzen. »Du weißt, dass ich Kunst studieren werde, ich habe es euch gesagt. Also werde ich da nicht hingehen.«

Ihre Mutter lachte, es klang angestrengt. »Ich bitte dich. Du *musst* dahingehen. Gerade jetzt musst du doch! Ich schicke dir eine SMS mit der Adresse und einer Wegbeschreibung. Ich bin stolz auf dich.«

Ihre Mutter beendete den Anruf und Miriam klappte das Handy zu und warf es auf den Beifahrersitz. Dass ihre Mutter nach nur zwei Wochen Trauerarbeit ihr Projekt wieder in Angriff nahm, als wäre nichts dazwischengekommen, war selbst für ihre Verhältnisse ein starkes Stück. Wann, dachte sie zähneknirschend, würde ihre Mutter jemals damit aufhören, sich ihren Wünschen zu widersetzen?

Sie hatte die Straße erreicht, in der Jaxon wohnte, und stellte ihren Wagen ab. Mit ihren hohen Hecken, Garagenauffahrten und Mitte der Neunzigerjahre erbauten Einfamilienhäusern sah die Siedlung fast so aus wie die, in der sie selbst wohnte.

Miriam parkte und atmete ein paarmal tief durch, bevor sie ausstieg und die Straße ein Stück Richtung Wald hinunterging. Da sah sie Jaxon plötzlich aus einem der Häuser kommen. Er zog die Tür hinter sich zu, stürmte die Vortreppe hinunter und wäre direkt an ihr vorbeigelaufen, wenn sie sich ihm nicht in den Weg gestellt hätte.

»Jaxon? He, Jaxon! Alles okay?«

Er blieb stehen und schien ein paar Sekunden zu brauchen, um zu realisieren, wer da vor ihm stand. »Was ... was machst du denn hier?«

»Ich wollte dich besuchen.« Miriam versuchte Blickkontakt zu ihm aufzunehmen, aber Jaxon schien vollkommen neben sich zu stehen.

»Mich besuchen? Das … das ist gerade schlecht.« Er sah über seine rechte Schulter zum Haus zurück. »Ich muss hier weg.«

Miriams wies die Straße hinunter. »Ich bin mit dem Wagen da. Du kannst mit mir mitkommen.«

Jaxon nickte, offenbar dankbar für das Angebot.

Als sie nebeneinander im Renault saßen, musterte sie ihn. Abwesend, beinahe weggetreten, rieb er sich den linken Handrücken und starrte durch die Windschutzscheibe.

»Was ist passiert?«, fragte sie und folgte seinem Blick. »Ist das ein Umzugswagen vor eurer Tür?«

Jaxon presste die Lippen aufeinander. »Können wir losfahren, bitte?«

»Okay.« Sie machte eine Pause. »Wir können zu mir fahren, wenn du einverstanden bist.«

Mitten in ihrem Zimmer blieb Jaxon stehen. Miriam beeilte sich, herumliegende Kleidungsstücke einzusammeln und in ihren Schrank zu stopfen. Sie fragte sich, was er wohl von ihrer rosaroten Blümchenlampe hielt. Von der Kuscheltiersammlung auf dem Regal neben ihrem Bett. Oder von dem zerfransten Amy-Winehouse-Poster an der Schranktür.

Mit klopfendem Herzen setzte sie sich auf ihr ungemachtes Schlafsofa und nahm ein Kissen auf den Schoß. In ihrem kleinen, vollgestellten Zimmer wirkte Jaxon unheimlich groß. Und wieder rieb er sich über den Handrücken.

Während der zehnmütigen Rückfahrt im Auto hatten sie beide geschwiegen. Miriam, immer noch konsterniert über den aufgelösten Zustand, in dem sie ihn vorgefunden hatte, hatte ihm ab und zu einen Blick zugeworfen. Aber er hatte aus dem Fenster gesehen und schien in Gedanken versunken gewesen zu sein.

Jetzt wanderte sein Blick über Miriams Staffelei, auf der ihr neuestes Werk stand: ein Baum, der von einem Blitz in zwei Teile gespalten wurde. Und blieb schließlich an ihr hängen.

»Kommst du her und setzt dich?« Sie konnte es kaum erwarten, ihn wieder in ihrer Nähe zu haben.

»Willst du nicht wissen, was ich getan habe?« Nachdem er eine gefühlte Ewigkeit geschwiegen hatte, klang seine Stimme ungewohnt rau.

Miriam antwortete nicht.

»Ich habe meine Schwester geschlagen.« Jaxon senkte den Kopf. »Ich glaube, ich … werde langsam verrückt.«

Miriam wusste im ersten Moment nicht, was sie sagen sollte. Ihr kam in den Sinn, was er ihr letzte Woche über den Streit mit dem Freund seiner Mutter erzählt hatte.

Es war etwas heftiger. Deshalb bin ich gegangen.

Ein flaues Gefühl beschlich sie. »Wie ist das passiert?«, fragte sie leise.

Jaxon sah sie an, Verzweiflung im Blick. »Ich weiß es nicht. Ich habe mich aufgeregt. Über meine Mutter. Über Levin. Dann habe ich irgendwie die Nerven verloren. Und auf einmal ist sie dagewesen. Ich habe sie nicht gesehen und habe zugeschlagen. Und sie hat mich so angesehen …« Er atmete zittrig ein und fuhr sich mit den Händen über das Gesicht. »Scheiße.«

Miriam stand auf. Sie ging zu ihm und schlang die Arme um seinen Oberkörper. Sie konnte spüren, wie angespannt er war.

»Oh Gott, das hast du doch nicht mit Absicht gemacht.«

Sie ließ ihn los, nahm seine Hände und zog ihn zum Sofa. Schweigend ließ er sich in die Polster fallen. Nahe rückte sie an ihn heran, zog die Beine unter den Körper und legte ihre Arme um seine Schultern. Es tat ihr weh, Jaxon in diesem Zustand zu sehen. Aber ihr gefiel auch, dass er in einer Notlage war und sie brauchte.

Als sein Atem tiefer ging und er sich ein wenig entspannte, traute sie sich, ihn anzufassen, über seinen Nacken zu streicheln. Sie war aufgeregt. Es war, als würde sich ihr Herzschlag in dem Maße beschleunigen, in dem sich seiner verlangsamte.

»Sarah ist die Einzige in der Familie, zu der ich *irgendeine* Beziehung habe. Wenn sie mich jetzt auch noch hasst, dann …« Er starrte auf seine Beine hinunter.

»Das wird sie nicht. Sicher hat sie mitbekommen, dass es ein Versehen war.« Miriam konnte sich nur noch halbwegs auf das konzentrieren, was er sagte, und bekam beinahe ein schlechtes Gewissen. Aber ihn so nahe bei sich zu haben, ihn zu berühren, brachte sie völlig aus dem Konzept.

»Warum musste ich nur auf ihn losgehen?« stieß er bitter hervor. »Warum bin ich nicht einfach an ihm vorbeigegangen?«

»Hmhm.«

»Und jetzt habe ich Sarah auch noch auf seine Seite getrieben …« Er stockte, weil Miriams Gesicht ihm immer näherkam. Sie schloss die Augen und sog seinen männlichen Geruch ein, strich mit den Lippen über die weiche Haut an seinem Hals. Jaxon lehnte sich zurück und sprach nicht weiter und so tastete sie sich immer weiter vor, spürte, wie er auf sie zu reagieren begann, ins Spiel kam, ihren Kuss erwiderte. Seine Lippen waren sanft und fordernd zugleich. So wie seine Berührungen. Als sein Kuss drängender wurde, liefen Schauer ihren Rücken hinab und Hitze begann sie zu vereinnahmen, Pore um Pore. Jaxons T-Shirt landete auf der Lehne, ihres am Fußende des Sofas. Sein nackter Oberkörper an ihrem fühlte sich heiß und muskulös an. Als er sich über sie legte, spürte sie sein Herz hart durch die Rippen schlagen. Das alles machte sie vollkommen verrückt. Und auch, wenn sie ganz ehrlich zu sich war, die Geschichten über seine Unbeherrschtheit, die er mit sich brachte.

Mit leicht geöffnetem Mund und Augen, die eine Nuance dunkler waren als sonst, sah er auf sie hinunter. Er war jetzt vollkommen bei der Sache, drängte zwischen ihre Beine und Miriam spürte, wie ihre Erregung und Aufregung wuchsen. Sie wusste, jetzt gab es kein Zurück mehr. Jetzt würde sie es ihm sagen müssen. Einen besseren Moment würde es nicht geben.

Sie holte Luft und öffnete den Mund, aber noch bevor sie ein Wort herausbrachte, war Jaxon da und presste seine Lippen auf ihre. Während er sie küsste, öffnete er mit einer fast beiläufigen Handbewegung den Knopf ihrer Jeans und streifte sie hinunter. Miriam starrte auf seinen dunklen Haarschopf hinunter, der ihren Oberkörper hinunterwanderte und sich immer weiter ihrem Slip näherte.

»Jaxon?« Sie klang so atemlos, wie sie es bei sich selber noch nie gehört hatte.

»Hm?«

»Du … du solltest vielleicht etwas wissen …«

»Was?« Er schob sich wieder über sie. Die Beule in seiner Jeans, die sie genau zwischen ihren Beinen spürte, war ungewohnt und groß und ließ sie vor Aufregung erzittern.

»Also, du solltest wissen, es ... es ist mein erstes Mal.«

Jaxons Blick klärte sich, als er sie fokussierte und ungläubig ansah. Sein Mundwinkel zuckte. »Was meinst du damit?«

Miriam lächelte, unsicher, was genau er nicht verstanden hatte. »Na, mein erstes Mal eben«, sagte sie. »Ich dachte, es ist besser, wenn du es weißt, damit du ... du weißt schon, vorsichtig bist ...«

Jaxon setzte sich auf. Miriam begann zu frieren und zog sich ihre Decke über den Oberkörper.

»Was ist?«

»Allerdings ist es besser, wenn ich es weiß.« Jaxon stand vom Sofa auf. Seine Beule war immer noch da, unübersehbar, aber er knöpfte sich die Jeans zu und hob sein T-Shirt auf.

Miriam schluckte. »Was ist denn? Was ist so schlimm daran?«

Jaxon hielt beim Anziehen inne. »Was ist so schlimm daran?«, wiederholte er. »Ich bin nicht der Richtige für dein erstes Mal, das ist so schlimm daran.«

»Aber ...« Miriam brach ab. Sie wollte ihn so sehr, dass ihr ganzer Körper schmerzte. Deshalb war sie zu ihm gefahren. Deshalb hatte sie ihn hierhergeholt und verführt. Sie versuchte zu begreifen, warum die Sache gerade dermaßen schiefging.

»Wieso solltest du nicht der Richtige sein?«

»Hast du mir vorhin eigentlich nicht zugehört?«, fuhr er sie an. Er zog sich das T-Shirt über den Kopf und fügte dann etwas sanfter hinzu: »Du würdest es bereuen, glaub mir. Und mir ist es eine Nummer zu groß.«

Miriam zog die Decke über ihre Brüste. Sie wollte nicht mehr, dass er sie ansah. Und schon gar nicht sollte er ihr beim Zusammenbrechen zusehen.

Sie nahm ein Kissen von der Lehne und schleuderte es in seine Richtung.

»Dann geh!«, schrie sie, weil er mitten im Zimmer stehengeblieben war und sie sich nicht mehr lange zusammenreißen konnte. »Los, hau ab!«

Sie nahm ein zweites Kissen hoch, da verschwand er aus ihrem Zimmer.

***

Lena stand in der geöffneten Wohnungstür, als Jaxon die Treppen des Altbaus hinaufkam.

»Willkommen bei Con Air«, rief sie ihm entgegen und ging einen Schritt beiseite, als er die Wohnung betrat. Sie trug ein weißes Unterhemd und Boxershorts, die ganz offensichtlich von Tom waren, und wirkte alles in allem für die Nacht fertiggemacht.

»Wir gucken grad einen Film«, sagte sie und folgte ihm ins Wohnzimmer.

Der Raum lag im Halbdunkeln, nur der Fernseher lief. Tom saß in einer schwarzen Jogginghose im Schneidersitz auf der Couch und rauchte. Jaxon sah zum ersten Mal, dass die Tätowierungen auf seinem Rücken ein zusammenhängendes Bild ergaben. Es war das äußerst kunstvoll und lebensecht wirkende Tattoo eines Drachen, der beinahe seinen gesamten Rücken bedeckte und dessen gezackter Schwanz und Flügel sich bis auf Schultern, Arme und Vorderseite erstreckten.

»Hi«, sagte Tom und an Lena gewandt: »Könntest du bitte da weitermachen, wo du gerade aufgehört hast?«

Lena setzte sich hinter Tom und fuhr fort, seinen Rücken zu massieren, während sich Jaxon in seinen Lieblingssessel fallenließ. Er wandte sich dem Bildschirm zu, auf dem sich gerade jemand ein Plastikbeutelchen an einer Schnur aus dem Hals zog.

»Sag mal, Jaxon«, begann Lena, sobald die brisante Szene vorbei war, »hast du zufällig was von Miriam gehört?«

Jaxon runzelte die Stirn. »Wieso fragst du?« Er drehte den Kopf in Lenas Richtung, sah aber nur Tom, hinter dessen Rücken sie saß. Der zuckte die Achseln und drückte seine Zigarette im überquellenden Aschenbecher auf dem Tisch aus.

»Sie geht seit gestern nicht ans Telefon.« Lena kam hinter Tom hervor. »Und ans Handy auch nicht. Ich dachte, du weißt vielleicht was. Weil ihr doch neulich zusammen aus gewesen seid.«

Tom streckte seine Arme, bis sie knackten, dann lehnte er sich zurück und sah sich den Film an. Lena rutschte näher an den Sessel heran, in dem Jaxon saß. »Hast du?«

Unbehaglich hob Jaxon eine Schulter und ließ sie wieder fallen. »Also, ja. Ich war am Freitag bei ihr.«

»Und?«

»Was, und?« Auch wenn Miriam stinksauer auf ihn war, war er froh darüber, sich zu nichts hatte hinreißen zu lassen. Miriam kam ihm so unschuldig und hoffnungsvoll vor. Ihr Blick auf ihm war voller Erwartungen gewesen. Da war es besser für sie beide, dass er rechtzeitig die Flucht ergriffen hatte. Sie wäre enttäuscht gewesen, wenn sie erkannt hätte, dass er niemand für eine feste Beziehung war. Denn das war wohl kaum, was sie sich für ihr erstes Mal wünschte.

Er spürte Lenas Blick auf sich.

»Sag schon, Jaxon! Was hast du Miriam angetan? Hast du sie etwa …«

»Lass es sein, Lena, okay?« Sein Kopf fuhr zu ihr herum. »Auf sowas habe ich jetzt wirklich keinen Bock.«

Lenas Augen wurden schmal. Sie sah aus, als ob sie noch etwas entgegnen wollte, aber sein Blick hielt sie davon ab.

»Verdammter Idiot«, fauchte sie, stand auf und rauschte aus dem Zimmer.

Jaxon nahm sich einen Snickers aus der Schale auf dem Tisch und sah ihr hinterher. »Das nächste Mal kannst du sie ruhig zurückpfeifen«, sagte er, bevor er den Riegel öffnete und hineinbiss.

Tom, der die Füße hochgelegt hatte, grinste, ohne den Blick vom Fernseher zu wenden. »Was hast du ihr nur angetan, Jaxon?«, imitierte er Lenas Stimme. »Meine Güte. Du solltest deine Fühler lieber woanders ausstrecken, wenn du mich fragst. Ich kann dich mit ein paar Mädchen bekannt machen, die auch nicht so empfindlich sind wie …«

»Schon gut«, fiel ihm Jaxon ins Wort. »Sag mir mal lieber, warum ich heute herkommen sollte.«

»Oh ja, gut, dass du es ansprichst.« Tom nahm die Füße vom Tisch, angelte sich sein T-Shirt aus den Tiefen des Sofas und zog es sich über, als Lena in Jeans und Turnschuhe gekleidet ins Wohnzimmer zurückkam.

»Ich muss los und nach Miriam sehen«, sagte sie zu Tom und küsste ihn zum Abschied.

Nachdem die Wohnungstür ins Schloss gefallen war, stellte Tom den Fernseher lautlos und wandte sich Jaxon zu.

»Ich habe einen Job für dich«, sagte er. Dann grinste er, wobei seine Zähne in der Dunkelheit aufblitzten. »Und etwas, das dich sicher aufmuntern wird.«

Er schob sich eine Hand in die Hosentasche und zog einen Autoschlüssel heraus, den er Jaxon überreichte. »Es wird Zeit, dass mein Mitarbeiter einen eigenen Dienstwagen bekommt.«

Etwa eine Stunde später erreichten sie Toms Lagerhalle, die auf einem Brachgelände zwischen Werksgebäuden und abgestellten Lkws in der Dunkelheit dalag. Sie hielten vor mehreren großen Garagentoren und Tom stieg aus, ging zu einem der Tore und öffnete es. Er schaltete das Licht ein und Jaxon ließ sein neues Auto, einen schwarzglänzenden BMW Z4, in das Gebäude rollen.

Die Halle war weitläufig, fensterlos und schlecht beleuchtet. An der vorderen Seite reihten sich vier große Rolltore aneinander, während sich an der hinteren Wand mit einer grauen Plane abgedeckte Kartons stapelten. Hinter einem der Tore stand Toms Unimog, ein dunkelgrünes, monströses Fahrzeug, das aussah wie eine Mischung aus Lkw und Geländefahrzeug. Tom ging um ihn herum und befestigte die Plane an den Alubeschlägen.

»Hör zu, es sieht so aus, als müsstest du das heute alleine erledigen«, sagte er. »Ich habe noch was zu tun, neue Kontakte klarmachen.«

Jaxon warf ihm einen Blick zu. »Und? Kein Problem.« Er hatte in der vergangenen Woche bereits mehrere Jobs für Tom erledigt und war nach Hamburg und ein paar Nächte später nach Rotterdam gefahren.

Tom reichte ihm die Autoschlüssel des Lkws. »Hast du die Browning dabei?«, fragte er und Jaxon meinte, eine Falte zwischen seinen Brauen wahrzunehmen, die sonst nicht da war.

»Ja.« Er tastete seine Jacke ab, in deren Innentasche seine Pistole lag.

»Gut. Charlie kommt gegen halb zwölf mit seinen Leuten dorthin, wo wir ihn die letzten Male auch getroffen haben.« Tom zog ein Bündel Geldscheine aus seiner Jacke und drückte es Jaxon in die Hand.

»Das sind zehntausend. Kauf, so viel du dafür kriegen kannst. Es wird nicht viel Konkurrenz da sein.«

»Okay.«

»Wir treffen uns um drei Uhr wieder hier, in Ordnung? Wenn etwas dazwischenkommt, melde dich.« Er sah Jaxon nachdenklich an, aber noch bevor der anfing, sich darüber zu wundern, wandte er sich ab.

Jaxon stieg in den Laster und wartete, bis Tom das Tor geöffnet hatte. Bevor er aus der Halle fuhr, warf er einen Blick auf seinen neuen BMW. Jetzt würde er erstmal ein paar Stunden hinter dem Steuer dieses lahmen Schlachtschiffs gefangen sein.

Als der Unimog auf den Hof rollte, bedeutete Tom ihm, das Fenster hinunterzukurbeln.

»Beeil dich mit dem Einladen«, sagte er, als sich Jaxon aus dem Fenster lehnte.

Jaxon verdrehte die Augen, löste die Bremse und ließ den Wagen anrollen.

»Und halt die Augen offen!«, rief ihm Tom hinterher.

Sechs

Miriam fuhr den dunkelroten Renault ihrer Mutter durch den Kreisverkehr und die Rampe in das Parkhaus des Düsseldorfer Flughafens hinauf. Neben ihr saß ihre Mutter und hielt sich an ihrer Handtasche fest und auf der Rückbank, eingepfercht zwischen Gepäck, saß ihr Vater.

»Ich habe dir einen Zettel mit Terminen bei Dr. Blutke an den Kühlschrank gehängt, die du unbedingt einhalten musst«, erklärte ihre Mutter ihr. »Er kümmert sich um das weitere Bewerbungsverfahren.«

»Und diesmal gehst du da auch hin, hörst du?«, schaltete sich ihr Vater vom Rücksitz aus ein. »Das alles kostet uns schließlich eine ganze Stange Geld.«

Um das sie keiner gebeten hat, dachte Miriam, während sie Ausschau nach einer freien Parklücke hielt.

Ob ihren Eltern eigentlich klar war, dass der Bewerbungsschluss an der Kunsthochschule in zehn Tagen war? Dafür war es so praktisch, dass sie sich ihren Jahresurlaub auf Madeira nicht nehmen ließen, dass Miriam sie höchstpersönlich zum Flughafen kutschierte. Wenn ihre Eltern in drei Wochen gut erholt und gebräunt wieder hier landeten, würde der Zug für ihren Traum vom Medizinstudium längst abgefahren sein.

»Hörst du?«

»Ja.«

Miriam bugsierte den Wagen in eine kleine Lücke zwischen einen Passat und einen Betonpfeiler. »Termine Blutke hängen am Kühlschrank«, leierte sie herunter.

»Und hingehen!« Ihr Vater begann, sich aus dem Gepäckberg zu befreien.

Miriam konnte es nicht erwarten, ihre Eltern endlich los zu sein. Sie war sich sicher, dass ihre künstlerischen Fähigkeiten eine weitere Stufe erklimmen würden, sobald genügend Abstand zwischen ihnen lag. Das konnte gar nicht anders sein.

Bloß schade, dass sie sich für ihr fehlendes Porträt wohl ein anderes Modell als Jaxon suchen musste, dachte sie, während sie ihren Eltern durch das Flughafengebäude zur Gepäckaufgabe folgte. Immerhin war er der hübscheste Typ, den sie kannte.

Sie musste daran denken, wie er aufgestanden und sie verlassen hatte, nachdem sie ihm gestanden hatte, dass sie noch Jungfrau war, und spürte ein schmerzhaftes Ziehen in der Brust. Sie hatte seitdem nichts mehr von ihm gehört und wusste nicht, wie die Dinge jetzt um sie standen.

Sie blieb stehen, als ihre Eltern die Sicherheitsschleuse erreicht hatten und sich mit feierlichen Gesichtern zu ihr umdrehten. Ihre Mutter umarmte sie und tätschelte ihr den Rücken.

»Schätzchen, drei Wochen sind schneller um, als du denkst. Genieß die Zeit und ...«, plötzlich hielt sie inne und löste sich von ihrer Tochter.

Ihr Vater drückte sie an sich. »Mach's gut«, sagte er, aber Miriams Blick war auf das Gesicht ihrer Mutter geheftet, die sich verstohlen die Augen abtupfte.

»Mama?«, fragte sie, aber ihre Mutter war schon hinter das Absperrgitter der Sicherheitsschleuse getreten. Sie drehte sich noch einmal um und winkte.

»Sei uns nicht allzu böse«, rief sie, dann wurde sie von einem dicken Mann im Hawaiihemd verdeckt und verschwand aus Miriams Sichtfeld.

Miriam beobachtete die Menschen, die ihre Taschen, Rucksäcke und Laptops in die grauen Plastikwannen legten und sich die Gürtel aus den Hosen zogen. Es schien fast, als hätte ihre Mutter in letzter Minute doch noch ein schlechtes Gewissen bekommen.

***

Die Fahrt von der Lagerhalle in Duisburg an den Hafen von Rotterdam dauerte etwa zweieinhalb Stunden. Kurz vor der niederländischen Grenze tankte Jaxon den Laster auf und holte sich an einem Rastplatz eine Flasche Wasser und M&Ms in allen drei verfügbaren Geschmacksrichtungen. Als er den Laden verließ, ging die Sonne gerade hinter den Bäumen unter, die den Rastplatz im Westen säumten.

Jaxon warf die Süßigkeiten auf den Beifahrersitz, holte sein Handy aus dem Seitenfach in der Tür und sah auf die Uhr. Verdammt, es war bereits halb zehn. Und es war Samstagabend.

Er wählte, hielt sich das Handy ans Ohr und ging an den verlassenen Picknicktischen entlang, während er wartete.

Sarah nahm nach dem dritten Klingeln ab. »Jax.«

»Hey«, sagte er und merkte, wie bei dem Klang ihrer Stimme das schlechte Gewissen wieder in ihm zu nagen begann. Er hatte nach seinem Fast-Schäferstündchen mit Miriam bei Jan übernachtet und noch nicht wieder mit seiner Schwester gesprochen.

»Was willst du?« Er hörte Motorengeräusche im Hintergrund. Und, dass sie sauer auf ihn war.

»Dich fragen, wie es dir geht.«

»Was? Ich hör dich ganz schlecht, mein linkes Ohr ist ganz taub.«

Jaxon biss die Zähne aufeinander und ließ sich auf einem Rastplatztisch nieder.

»Ich wollte mich bei dir entschuldigen«, sagte er. »Wirklich. Es tut mir leid, dass ich dich geschlagen habe.« Er schloss für eine Sekunde die Augen, als das Gefühl der Ohnmacht zurückkam, das ihn ergriffen hatte, als ihm klargeworden war, dass es seine Schwester war, die er getroffen hatte.

»Ich ... ich weiß gar nicht, wie das passieren konnte.«

»So?«, sagte sie. »Also, ich weiß sehr genau, wie das passieren konnte. Du bist auf Levin losgegangen.«

»Ich weiß. Es war, weil er bei uns eingezogen ist und Johanna mich ...«

»*Weil er bei uns eingezogen ist?* Mann, Jax, hörst du dir eigentlich selber zu? Das kann doch nicht dein Ernst sein. Johanna und Levin sind außer sich. Sie wollten die Schlösser auswechseln lassen, nachdem du weg warst.«

Jaxon spürte, wie ihm schwindelig wurde bei Sarahs Worten. Seine Stimme klang heiser. »Was?«

»Levin hält dich für gefährlich. Er hat Angst um seine Tochter.«

Das kleine Mädchen hatte in seiner Nähe gestanden, erinnerte er sich. Es hatte ihn mit großen, blauen Augen angestarrt und angefangen zu weinen.

Er sah den Unimog an, der in seiner Nähe geparkt war. Der Drang, sofort einzusteigen und nach Hause zu fahren, war fast so groß, wie mit dem Ding abzuhauen und nie wieder zurückzukommen.

»Und haben sie?«, fragte er. »Die Schlösser ausgewechselt?«

Er hörte Sarah seufzen. »Ich konnte sie davon abbringen«, sagte sie und er erkannte an der plötzlichen Müdigkeit in ihrer Stimme, dass das kein einfaches Unterfangen gewesen war. Er wollte irgendwas sagen, sich bei ihr dafür bedanken, dass sie sich immer, sogar diesmal, wo sie selber zum Opfer geworden war, vor ihn stellte. Aber er bekam kein Wort heraus.

Das Motorengeräusch am anderen Ende der Leitung verstummte und Jaxon hörte jemanden im Hintergrund reden und das Schlagen von Autotüren. Er wusste, dass sie am Flughafen angekommen war.

»Hör mir zu«, sagte Sarah, auf einmal im eindringlichen Tonfall. »Du musst mir versprechen, dass so etwas nie wieder passiert, verstanden?«

Jaxon konnte nichts sagen. Ohne dass er es wollte, sah er Levin vor sich. Levin, der sich in seinem Zuhause breitmachte, der neue Regeln aufstellte und ihn, Jaxon, verdrängen wollte.

Er senkte den Kopf und sah, dass seine freie Hand die Kante des Holztisches so fest umklammerte, dass die Knöchel weiß hervortraten.

»Jax, sag etwas, verdammt nochmal. Ich muss mich darauf verlassen können. Du weißt, dass ich jetzt zwei Wochen lang nicht da sein werde, um auf dich aufzupassen.«

Jaxon holte tief Luft. Er wusste, dass Sarah heute mit ihrer besten Freundin in den Urlaub aufbrach, auf den sie sich seit einem Jahr freute. Er zwang sich dazu, die Tischkante loszulassen.

»Okay«, sagte er.

»Was okay?«

»Ich verspreche es.«

Als er im Hafen ankam, war längst die Nacht hereinge-
brochen. Jaxon fuhr eine Ewigkeit an der Nordseite des
Rheins entlang, vorbei an Containern, Verladekränen und
Frachtern, bis er die vereinbarte Anlegestelle in Hoek van
Holland erreichte.

Er stellte den Unimog so nahe wie möglich am Steg ab und
stieg aus. Der Parkplatz, auf dem er stand, war bis auf ein
paar abgestellte Lkw-Anhänger leer. Auch am Anlegesteg
und auf der Wasserstraße war wenig Betrieb. Die Möwen
schienen bereits zu schlafen und das Einzige, was zu hören
war, waren die Wellen, die im regelmäßigen Takt gegen die
Schiffswände schlugen, das gelegentliche Geschnarre des
UKW-Funks und irgendwo in der Ferne die Motoren der
Verladekräne. Von Charlies Schiff war weit und breit nichts
zu sehen. Ebenso wenig wie von Konkurrenzkäufern, die
normalerweise immer schon frühzeitig in der Nähe herum-
hingen.

Jaxon lehnte sich gegen das Heck des Unimogs, aß M&Ms
und wartete. Er holte die Browning aus seiner Tasche, ließ
das Magazin herausfallen, schob es wieder hinein und dachte daran, wie Tom ihm hinter seiner Lagerhalle das Schießen gezeigt hatte. Jaxon hatte so lange auf eine Reihe leerer
Dosen geschossen, die Tom immer wieder aufgestellt hatte,
bis er die ganze Reihe ohne einen einzigen Fehlschuss ab-
geräumt hatte. Es war ein höllischer Lärm gewesen und er
hatte noch eine Stunde danach ein beunruhigendes Pfeifen
in den Ohren gehabt.

Jaxon spähte in die Ferne und sah endlich das rote Licht
der Backbordseite von Charlies kleinem Frachter, das langsam aber stetig näherkam. Erleichtert steckte er die Pistole

ein und sah dem Frachter beim Anlegen zu. Wie üblich hantierte Charlies Mannschaft auf Deck, aber etwas war anders als sonst. Jaxon kam nicht gleich darauf, was es war, aber als Charlie an Land kam, ging es ihm auf: es war die fehlende Angespanntheit der Leute, die Hektik, die sonst bis zu ihm spürbar war und diese nervöse Atmosphäre verursachte, in der sie stets arbeiteten. Charlies Leute unterhielten sich in normaler Lautstärke und Charlie befestigte in aller Ruhe die Leinen um die Poller, ohne dass die halbe Mannschaft bereits an Land kam und Ausschau nach potenziellen Verhandlungspartnern hielt.

Misstrauisch beobachtete Jaxon das Treiben auf dem Schiff und auf dem Steg und rührte sich nicht, bis Charlie aufsah, die Augen zusammenkniff und sich seine graue Mütze in den Nacken schob.

»Was zur Hölle tust du hier?«, fragte er und kam vom Steg zu ihm an Land gestiefelt.

Da war sie wieder, die Nervosität. Zwei von Charlies Leuten, ein Schwarzhaariger und einer, von dem Jaxon wusste, dass er Pole war und Marek hieß, waren ebenfalls an Land gekommen. Sie folgten ihrem Kapitän zum Unimog, an dem Jaxon immer noch lehnte und seine Süßigkeiten kaute.

»Ich kaufe eure Ware auf. Was soll ich sonst hier tun?«, sagte Jaxon, ahnte jedoch schon, dass das die falsche Antwort war.

»Wir haben nichts für dich dabei«, sagte der Schwarzhaarige.

»Was soll das heißen, ihr habt nichts dabei? Wozu habt ihr hier angelegt?«

»Wir haben nichts dabei, was du kaufen kannst. Nur legale und bestellte Ware«, erklärte der Schwarzhaarige, während

Charlie Jaxon ansah als wünschte er, er würde sich mitsamt seinem Laster auf der Stelle in Luft auflösen.

»Hast du nichts von der Razzia gehört?«

»Welche Razzia?«

»Dein Kollege, Rick, hat davon gehört.«

Mit *Rick* war Tom gemeint, wie Jaxon wusste. »Ich glaube nicht, dass er davon gehört hat«, sagte er, doch noch während er sprach, klopfte eine zaghafte Stimme an und erinnerte ihn an Toms Besorgnis, als er ihn losgeschickt hatte.

Charlie sah sich ungeduldig um. »Ihr wurdet alle vorgewarnt. Und Rick ist im Verteiler, also hat er davon gehört. Dass er es riskiert und einen Mann herschickt, ist nicht unsere Schuld. Es ist ein Risiko für uns, wenn der Zoll einen leeren Laster vor dem Frachter rumstehen sieht, also verschwinde!« Er unterstrich seine Worte mit einer wedelnden Armbewegung, aber Jaxon war unfähig, sich zu rühren. Erst als eine Stimme vom Schiff aus rief: »Dahinten kommt ein Fahrzeug in unsere Richtung« und Charlie ihn daraufhin an der Jacke packte und Richtung Führerhaus stieß, zog er die Fahrertür auf und stieg in den Unimog.

»Richte Rick aus, er soll solche Aktionen gefälligst lassen. Wahrscheinlich hat er gedacht, dass wir nichts davon gehört haben und trotzdem Ware mitbringen. Aber wir haben dieselben Informanten im Hafen wie ihr.«

Jaxon sagte nichts. Er fühlte sich wie betäubt. Mit einem Ruck zog er die Tür zu und wendete den Laster auf dem Parkplatz. Dann fuhr er den Weg zurück, den er gekommen war.

Sieben

Den Zettel am Kühlschrank, auf dem neben rosa markierten Anwaltsterminen noch diverse andere Anweisung wie *nächste Woche Donnerstag Biotonne rausstellen* oder *falls schwarzweiße Katze im Garten auftaucht, Helga Bescheid sagen* standen, hatte Miriam zerrissen, sobald sie die Küche betreten hatte. Jetzt lag sie mit den Stöpseln ihres iPod in den Ohren auf der Couch, hörte das neue Album von Alanis Morissette und fühlte sich so entspannt wie schon lange nicht mehr.

Beinahe schon automatisch drehte sie sich auf den Bauch und tastete mit der rechten Hand nach ihrer Bewerbungsmappe. Vielleicht fiel ihr beim Durchsehen der Werke ja ein, wen sie alternativ für Jaxon für ihr Porträt nehmen konnte.

Sie fand die Mappe nicht, robbte zum Rand des Bettes, um mit der Hand weiter darunter zu gelangen, tastete jedoch weiterhin ins Leere. Sie zog sich die Stöpsel aus den Ohren, rutschte auf den Fußboden hinunter und sah unter der Couch nach, aber außer ein paar Staubflocken war da absolut gar nichts.

Miriam versuchte, ihre Gedanken zu sammeln, bevor sie in Panik verfallen konnte. Die Mappe würde hier irgendwo sein. Sie lag zwar seit einem halben Jahr immer an derselben Stelle unter ihrer Couch und jetzt tat sie das nicht, aber dafür würde es eine einfache Erklärung geben.

Miriam schob das Sofa von der Wand und sah in die Lükke zwischen Polster und Lehne, in die bestenfalls ein Notizblock gepasst hätte, sie riss ihre Schranktüren auf und wühlte sich durch ihre Kleidung, sie stieg auf ihren Schreibtischstuhl und fuhr mit der Hand über ihre Schränke. Je länger sie suchte, desto hektischer wurde sie. Schließlich blieb sie mitten im Zimmer stehen und stemmte die Hände in die Hüften.

Sei uns nicht allzu böse, hörte sie die Stimme ihrer Mutter, die sie bislang beiseite gewischt hatte.

Sie hatten es getan. Sie hatten ihr die Mappe weggenommen und sie somit um ihre eigene Entscheidung gebracht. Das war … einfach zu viel.

Miriam rannte hinüber in das Schlafzimmer ihrer Eltern. Es gab noch die Möglichkeit, dass sie die Mappe nicht mitgenommen, sondern irgendwo im Haus versteckt hatten. Im Haus oder, und Miriam blieb wie erstarrt im Türrahmen des Schlafzimmers stehen, bei jemand anderem. Sie könnte in der Praxis ihrer Eltern sein. Bei einer der Freundinnen ihrer Mutter. Oder, und das war am wahrscheinlichsten, denn ihre Mutter ging gern auf Nummer sicher, im Büro von Dr. Blutke.

***

Jaxon konnte nicht glauben, dass Tom ihn in die Falle geschickt hatte, aber während der mehrstündigen Autofahrt zur Lagerhalle sickerte die Wahrheit allmählich in sein Bewusstsein.

Eigentlich hätte er es vorhersehen können. Dass Tom alles mit Berechnung tat, wusste er schließlich seit dem Tag, an dem er ihn auf dem Polizeipräsidium kennengelernt hatte.

Die Lagerhalle lag wie ausgestorben da, aber es war auch eine Stunde zu früh für ihr Treffen, daher hatte Jaxon nichts anderes erwartet. Er stellte den Lkw ab, stieg wieder in den

BMW und fuhr nach Dortmund. Er glaubte, dass er Tom in seiner Wohnung antreffen würde, und falls nicht, würde er dort auf ihn warten.

Obwohl es mittlerweile zwei Uhr nachts war, ertönte kurz nach seinem Klingeln der Summton; Jaxon drückte die Haustür auf und lief die Treppen hinauf.

Tom stand barfuß und in schwarze Jeans und ein graues T-Shirt gekleidet in der Wohnungstür. Er sah müde aus, aber als er Jaxon sah, weitete sich sein Blick. Und als Jaxon die letzte Treppe heraufgekommen war, trat er einen Schritt in die Wohnung zurück.

»Was … machst du denn hier?«, fragte er.

»Merkwürdig. Genau das hat Charlie mich auch gefragt.« Jaxon folgte Tom in die Wohnung hinein und schob mit dem Fuß die Tür zu.

»Tatsächlich? Wie …«, begann Tom, aber noch bevor er seinen Satz beendet hatte, packte Jaxon ihn am T-Shirt und rammte ihn gegen die Flurwand, dass ihm die Luft wegblieb. Mit der linken Hand drehte er sich Toms T-Shirt in die Faust, den rechten Unterarm presste er ihm gegen den Hals, noch bevor er wieder Luft hatte holen können.

»Wieso hast du das getan?«, fragte er, obwohl er die Antwort bereits kannte: weil es ihm verdammt egal war, deshalb.

Tom versuchte, sich aus Jaxons Griff zu befreien, aber dieser nahm seinen Arm erst weg, als Tom die Hände hob.

»Ist ja gut«, japste er und wäre in die Knie gegangen, aber Jaxon hielt ihn auf den Beinen. So heftig er konnte, schlug er ihm ins Gesicht. Tom ging einige Schritte rückwärts und fiel in ein paar leere Umzugskisten, die aufgestapelt an der Wand standen. Neben seinem linken Auge klaffte eine Wunde, aus der im Takt seines schnellen Pulses das Blut floss.

Sein Blick war benebelt, doch er drückte sich den Handballen gegen die Wunde und schaffte es, noch bevor Jaxon bei ihm war, sein Messer in die Rechte zu bekommen und die Klinge herausspringen zu lassen.

»Komm mir nicht zu nahe«, sagte er.

Jaxon hielt inne, erkannte aber innerhalb einer Sekunde seine Überlegenheit, drehte Tom das Messer aus der Hand und beugte sich dicht über ihn.

»Nenn mir einen guten Grund, warum ich dir nicht an Ort und Stelle einen Schnitt verpassen sollte«, sagte er.

Tom versuchte, durch die Kartons weiter Richtung Wand zu rutschen. »Gott, Jaxon, lass das. Es … es ging um eine Menge Geld. Es wäre dumm gewesen, sich das entgehen zu lassen, verstehst du das nicht?«

Jaxon verharrte ein paar Sekunden in seiner Position, dann richtete er sich auf und warf das Messer auf einen unversehrten Karton in Toms Nähe.

»Nein, verstehe ich nicht«, sagte er. »Und nur damit keine Unklarheiten entstehen: Ich steige aus deinem Geschäft aus.« Er wandte sich zum Gehen.

»Komm schon, lass uns darüber reden«, rief Tom ihm hinterher, aber Jaxon beachtete ihn nicht.

»Okay, ich wusste, es gäbe eventuell eine Razzia«, gab Tom zu. »Aber da ist nicht viel dabei. Ich selbst habe das schon hundert Mal riskiert und es ist nie etwas passiert. Sie haben einen Späher auf dem Schiff, der uns vorwarnt.«

Jaxon, die Hand bereits auf der Klinke der Wohnungstür, fuhr herum und war schon im Begriff, auf eine Diskussion einzugehen, als Lena in der Schlafzimmertür erschien. Sie starrte Jaxon an, dann sah sie Tom, der immer noch blutverschmiert in einem Stapel Kartons lag, und schrie auf.

»Was hast du getan?« Sie lief durch den Flur und half
Tom aus dem Kistenberg heraus.

Zögernd verharrte Jaxon an der Tür. Dann wandte er sich
ab. Sein Körper schmerzte, als wäre er verprügelt worden,
dabei hatte er heute keinen einzigen Schlag abbekommen.
Er zog die Tür auf und verließ die Wohnung. So schnell,
dass er fast hinfiel, polterte er die Treppen hinunter.

***

Als er den BMW wenig später auf dem Platz vor der Garage abstellen wollte und es ihm von dort gelb entgegen-
leuchtete, fühlte er fast gar nichts. Er trat auf die Bremse,
legte den Rückwärtsgang ein und parkte auf seinem Aus-
weichplatz neben der Hecke.

Er hielt es angesichts der Uhrzeit für ungefährlich, wie
in alten Zeiten den Weg durch den Garten in die Küche
und zum Kühlschrank zu nehmen. Als er jedoch die stets
nur zugedrückte Terrassentür aufstoßen wollte, war sie verschlossen. Also machte er kehrt und kramte seinen Haustür-
schlüssel aus der Hosentasche.

In der Küche inspizierte er den Inhalt des Kühlschranks,
dessen Angebot entgegen seiner Erwartungen überwälti-
gend war. Er rieb sich über das Gesicht und war sich auf
einmal gar nicht mehr so sicher, ob er überhaupt hungrig
war. Wenn er es recht bedachte, fühlte er sich zum ersten
Mal in seinem Leben krank.

Er schloss den Kühlschrank und fuhr zusammen, als er
das kleine Mädchen sah, das wie ein Gespenst in der Tür
stand und ihn anstarrte. Im nächsten Moment wusste er,

dass es Levins Tochter war.

»Na, was machst du denn hier?«, fragte er in dem Bemühen, freundlich zu ihr zu sein, und legte sich eine Hand in den schmerzenden Nacken. Was war bloß los mit ihm? Wahrscheinlich sollte er einfach ins Bett gehen und hoffen, dass morgen wieder alles normal war. Da ihm das kleine Ding da ohnehin nicht antwortete, konnte es ihm genauso gut gestohlen bleiben.

Er ging einen Schritt auf sie zu, um an ihr vorbei in sein Zimmer zu gehen, da wich der letzte Rest Farbe aus ihrem Gesicht.

»Nein«, sagte sie mit zitternder Stimme und versperrte ihm mit den Armen den Weg.

»Was, nein? Ich will nur nach oben gehen.« Er nickte über ihren Kopf hinweg in Richtung Treppe, aber sie machte den Durchgang nicht frei.

»Du ... du hast meinen Papa geschlagen.« Es kostete sie offensichtlich allen Mut, sich ihm entgegenzustellen.

Jaxon sah weg und biss sich auf die Innenseiten seiner Wangen. Sie hatte verdammtes Glück, ihn in einer Nacht zu erwischen, in der er genug Ärger gehabt hatte und bestrebt war, die Angelegenheit möglichst friedlich zu lösen. Wenn er sie einfach zur Seite schob, riskierte er, dass sie anfing zu schreien und ein plärrendes Kind war das Letzte, was er gebrauchen konnte. Wo war ihr Erziehungsberechtigter? Das erste und vermutlich letzte Mal in seinem Leben wünschte er sich Levin herbei.

»Geh zur Seite. Ich wohne hier«, nahm er einen weiteren Anlauf, aber sie schluckte nur und blieb, wo sie war.

»Ich und mein Papa wohnen jetzt hier«, sagte sie. »Und dich wollen wir hier nicht.« Sie versuchte, Jaxons Blick standzuhalten, dem das mühsam aufgesetzte Lächeln auf dem Gesicht gefror. Ohne sie direkt anzusehen, ging er die letzten beiden Schritte auf sie zu und streckte die Hand aus, um ihren Arm beiseite zu schieben. Doch noch bevor er sie berührt hatte, zog sie ihn zurück. Und als er an ihr vorbei in den Flur ging, begann sie zu schreien, den Blick auf die Schlafzimmertür gerichtet, an der er zwangsläufig vorbeimusste, wenn er in das obere Stockwerk wollte.

»Nein! Geh nicht da rein! Papa! Papa!«

»Klappe!«, zischte Jaxon und fuhr zu ihr herum. »Du weckst das ganze Haus auf.«

Dann wandte er sich von ihr ab, um in sein Zimmer zu verschwinden, und stand ihm direkt gegenüber.

Er sah ganz ungewohnt aus. Er war barfuß und trug kein Poloshirt, sondern ein rotweißes T-Shirt von *Ärzte ohne Grenzen*, das farblich überhaupt nicht zu seiner blaugrau gestreiften, etwas zu langen Pyjamahose passte. Seine Haare hingen ihm offen bis auf die Schultern und umrahmten sein hellrot angelaufenes, zorniges Gesicht.

Jaxon hob automatisch die Hände. »Alles okay, ja? Ich habe ihr nichts getan.«

Levins Augen wurden schmal. »Jetzt bist du zu weit gegangen«, sagte er mit rauer, drohender Stimme. »Wenn ein kleines Mädchen in diesem Haus noch nicht mal nachts aufs Klo gehen kann, läuft eindeutig etwas verkehrt.«

Er kam einen Schritt auf Jaxon zu, der plötzlich die große Holztruhe hinter sich spürte, in der die Mützen und Schals für den Winter lagen.

Das Ganze war ein so absurdes Missverständnis, dass er auflachte. »Sie wollte mich nicht aus der Küche lassen. Ich schwöre, ich …«

»Du solltest dich mal selbst hören«, unterbrach ihn Levin. Er stand jetzt sehr nahe vor Jaxon, seine Gesichtsfarbe war noch eine Nuance dunkler geworden. Jaxon hasste es, dermaßen in die Defensive gedrängt zu werden, vor allem jetzt, wo er sich vollkommen kraftlos und so gar nicht bereit zu all dem hier fühlte.

Er fragte sich, wo seine Mutter war und ob sie mitbekam, wie friedfertig er sich hier verhielt, da sah er sie. Sie stand im rosaweißen Nachthemd in der geöffneten Schlafzimmertür und beobachtete die Szene mit beinahe ausdrucksloser Miene. Jaxon wollte ihr eine Erklärung zurufen, da packte Levin ihn an der Jacke und drängte ihn in Richtung Haustür.

»Es war eine Abmachung zwischen Sarah, deiner Mutter und mir«, sagte er mit vor Anstrengung zusammengebissenen Zähnen. »Wenn du noch einmal handgreiflich wirst, darf ich dich rausschmeißen. Und jetzt ist es soweit.«

Jaxon war zu überrascht von Levins Worten, um sich zu wehren. Erst als sie die Haustür erreicht hatten, hatte er sie erfasst. Er wollte sich aus seiner Jacke winden, um Levins Griff zu entkommen, aber der packte immer wieder nach und versuchte gleichzeitig, die Haustür zu öffnen. Es war ein kurzer, beinahe stummer Kampf, bei dem Jaxon Levin mit dem Unterarm so hart am Kehlkopf traf, dass der hustend zwei Schritte rückwärtsging. Jaxon wollte nach oben laufen, aber Oliver, der dort stand und mit offenem Mund auf das Szenario hinabblickte, ließ ihn zögern.

Er hatte gerade entschieden, dass der beste Weg doch der nach oben war, und einen Fuß auf die Treppe gesetzt, da hatte sich Levin von dem Schlag erholt. Er packte Jaxon abermals an der Jacke und riss ihn mit einem heftigen Ruck zurück.

»Hiergeblieben, Freundchen!«

Jaxon hatte keine Energie mehr, sich mit Levin zu schlagen, wusste aber, dass er sich nie und nimmer aus seinem Zuhause rauswerfen lassen würde.

Endlich schaffte er es, sich aus seiner Jacke zu befreien, da wurde er von einem lauten Klappern mitten aus seiner Bewegung gerissen. Sein Blick blieb an der schwarzen Pistole hängen, die aus der Innentasche seiner Jacke gefallen war und nun auf den Fliesen des Flurs lag.

Verdammt. Nicht das jetzt auch noch.

Levin hielt die Jacke in der Hand, die Pistole lag beinahe zu seinen Füßen und Jaxon dachte, dass er gut darin täte, ihm zuvorzukommen. Er machte eine schnelle Bewegung nach vorn, hob sie auf und wich zur Tür zurück, noch bevor die Umstehenden den Anblick einer Waffe auf dem Flurboden verdaut hatten.

Als wäre ein Windhauch durch das Haus gezogen, schien die Temperatur um einige Grade zu sinken. Johanna stöhnte auf. Levin war alles Blut aus dem Gesicht gewichen. Er ließ die Jacke fallen, als würde sich mindestens noch eine Ladung Sprengstoff darin verstecken.

Sofort fühlte sich Jaxon besser. Es war, als hätte sich ein Strick gelockert; als wäre die Waffe eine Art Tropf, die, ausgehend von der Hand, in der er sie hielt, ein heilsames Medikament durch seinen Körper pumpte. Als er sich im Raum umsah, hatten alle eine seltsam fahle Gesichtsfarbe angenommen.

»Ich habe es gewusst«, stöhnte Johanna. »Die ganzen Jahre habe ich es gewusst und konnte nichts dagegen tun.« Sie fing an zu schluchzen.

»Halt die Klappe!«, hörte sich Jaxon mit lauter Stimme

sagen, jedoch ohne den Blick von Levin zu nehmen, der ihn fixierte, als wollte er ihm irgendwas per Gedankenübertragung mitteilen.

»Er war ein Mörder!«, schrie Johanna. »Ein Mörder!« Sie schlug sich die Hände vor das Gesicht und sah somit nicht, wie Jaxon den Lauf auf Levin richtete und die Waffe entsicherte. Sie sollte aufhören, zu behaupten, er wäre wie sein Vater gewesen. Denn das war er nicht.

Irgendjemand, vermutlich Oliver oder dieses kleine Mädchen, stieß einen schrillen Laut aus.

»Ich hätte dich wegmachen lassen sollen, wie ich es wollte, aber ich hab es nicht getan. Ich dachte ...«

»Sei still!«, schrie er und schloss die Augen. Er wollte nicht sehen, wie sie dastand und ihn anstarrte und auch nicht mehr Levins Blick, den er doch nicht deuten konnte. Sie sollte nicht so mit ihm reden. Schließlich war er derjenige, der die Waffe in der Hand hatte. Bei dem Gedanken begann er, heftiger zu atmen.

Er öffnete die Augen. Die Pistole, die er mit beiden Händen vor sich hielt, zitterte. Er nahm Levin ins Visier wie eine der Coladosen, auf die er Zielen gelernt hatte.

Johanna schrie. »Nein, Leroy! Tu das nicht! Nimm mir nicht ...«

Weiter kam sie nicht, denn ein Schuss ging los, viel lauter als jene Schüsse hinter der Lagerhalle, und die angespannte Atemlosigkeit der Umstehenden zerriss.

»Nein!«, schrie Johanna, »nein!«

Levin wankte. Sein Blick fuhr zwischen Jaxon und dem Loch in seinem T-Shirt hin und her. Jegliche Wut war aus seinem Gesicht weggewischt.

Jaxon sah, wie Levin zu Boden sank. Dann drehte er sich um, öffnete die Haustür und ging zu seinem Auto, das hinter der Hecke auf ihn wartete.

Teil 2

Acht

Es war mitten in der Nacht, aber Miriam konnte nicht schlafen. Sie stand im Nachthemd am Waschbecken, schminkte sich ab und fragte sich, was sie als Nächstes tun sollte. Sie hatte den ganzen Abend versucht, ihre Eltern auf Madeira zu erreichen, aber die taten so, als hätten sie nicht nur das Land, sondern den ganzen Planeten verlassen und stellten sich taub. Ebenso wie der Anwalt, der heute, an einem Samstag, für sie nicht zu erreichen gewesen war.

Verfluchter Mist, dachte Miriam, warf ihre Abschmink-pads in den Mülleimer und schaltete die Lampe über dem Spiegel aus. Auf bloßen Füßen verließ sie das Badezimmer, als es an der Haustür klingelte.

Miriam schrak zusammen. Ein paar Sekunden lang verharrte sie im dunklen Treppenhaus.

Eigentlich kann es nur Lena sein, dachte sie. Wer sonst sollte um drei Uhr nachts bei ihr vor der Tür stehen?

Mit einem flauen Gefühl im Magen stieg sie die Treppe hinunter. Die Lampe über der Eingangstür tauchte den Vorgarten in mattes Licht und sie erkannte durch die Milchglasscheibe, dass es jedenfalls nicht Lena war, die vor der Schwelle stand. Nachdem sie sich vergewissert hatte, dass die Kette eingehakt war, öffnete sie die Tür einen Spaltbreit.

Es war Jaxon und er sah verändert aus. Miriam dachte, es läge an den Schatten um seine Augen oder an der ungewohnten Blässe, aber dann begann er zu sprechen und sie wusste, dass es etwas anderes war. Es war, als wäre ein Feuer, das sonst immer in ihm gebrannt hatte, plötzlich erloschen.

»Hallo«, sagte er mit matter Stimme. »Kannst du die Kette wegmachen?«

»Was machst du hier?«

Er senkte den Blick. »Lässt du mich rein? Ich möchte mit dir reden.«

Miriam zögerte. »Nur reden?«

Er nickte und sie schloss die Tür und löste die Kette.

»Sind deine Eltern da?«, fragte er, während er in den Flur trat und sie die Haustür hinter ihnen schloss.

»Sie sind im Urlaub. Wir können nach oben gehen.«

Er folgte ihr die Treppe hinauf. In ihrem Zimmer schaltete Miriam die kleine Lampe auf ihrer Schminkkommode ein, die den Raum in ein tiefrotes Halbdunkel tauchte. Sie ging zum Schlafsofa und sammelte Unterlagen, Klamotten und Kissen ein.

»Komm doch rein.« Sie strich die Decke glatt, aber er blieb in der Nähe der Tür stehen.

»Du bist hier, weil du über etwas reden wolltest«, sagte sie. »Worüber?«

Er zuckte die Achseln und lehnte sich gegen den Türrahmen.

Miriam musterte ihn. Was auch immer er hier wollte, reden ganz offensichtlich nicht.

»Jaxon? Ist irgendwas passiert?«

Seine Augen verdunkelten sich, bevor er sie schloss und erstickt ein- und ausatmete. »Ich ... ich glaube, ich habe etwas gemacht«, sagte er mit leiser Stimme. »Einen ... Fehler.«

Miriams Magen zog sich zusammen. Es war erst zwei Tage her, dass er seine Schwester geschlagen und sie ihn aufgelesen und mit zu sich genommen hatte. Er hatte ebenfalls völlig neben sich gestanden, hatte sie gebraucht. Und ihr war es gelungen, ihn aus seiner Verzweiflung herauszuholen, zumindest für den Moment. Damit, dass er sie mittendrin zurückgewiesen und gegangen war, hatte er ihr fast das Herz gebrochen. Aber jetzt war er wieder hier. Er war zu ihr zurückgekommen.

***

Jaxon wusste nicht, warum er ausgerechnet zu Miriam gefahren war. Er konnte sich auch nicht daran erinnern, den Weg zu ihr zurückgelegt zu haben. Aber da war ein Schmerz in ihm, der ihn von innen heraus zu zerfressen drohte. Und er wusste, wenn er in Miriams Nähe war, ging es ihm ein klein wenig besser.

Er konzentrierte sich auf Miriams schemenhafte Gestalt, die auf dem Sofa saß und ihn ansah. Auf ihre großen, dunklen Augen, die leicht geöffneten Lippen, die glatte Haut ihrer Beine, die unter ihrem kurzen Nachthemd hervorsahen. Er musste daran denken, wie sie genau hier miteinander rumgemacht hatten. Wie sie ihre Beine um ihn geschlungen und in sein Ohr gestöhnt hatte. Er hatte im allerletzten Moment die Notbremse gezogen und war gegangen. Aber heute ... heute würde er das nicht schaffen. Heute brauchte er sie.

Er ließ den Türstock los und trat einen Schritt in den rotgetränkten, warmen Raum hinein, in dem es nach feuchten Pflanzen und Mädchen roch. Der Schmerz in ihm löste sich ein klein wenig und er holte tief Luft. Er dachte, solange er sich hier befand, in Miriams Refugium, konnte ihm nichts passieren.

Miriam sah ihm entgegen und rückte ein wenig zurück, um ihm Platz zu machen, ihn einzuladen. Und obwohl es falsch war, folgte er dem Drang und ging durch das Zimmer hindurch auf sie zu.

Er wusste, dass er es langsam angehen sollte. Dass er sanft sein und es in dieser für sie ersten Nacht nur um sie gehen sollte. Aber er schaffte es nicht. Er ließ ihr keine Zeit, seinen Körper zu erkunden, ihn Stück für Stück auszuziehen und sich an ihn zu gewöhnen. Denn da war der Schuss in seinen Ohren, den er unbedingt loswerden musste. Die verzweifelten Schreie. Das Ungeheuerliche, das er getan hatte und das seine Klauen in ihn schlug, wann immer er zuließ, dass seine Gedanken abdrifteten. Voller Gier stieß er seine Zunge in ihren Mund, während er sich seiner Kleidung entledigte, so schnell er konnte. Sobald er seine Jeans mit dem Gewicht der Pistole los war und sein T-Shirt, an dem der Geruch seiner Tat haftete, fühlte er sich besser. Mit einem Arm presste er Miriams weichen Körper an seinen, sog ihre Wärme, ihren Geruch und ihr Verlangen nach ihm in sich auf und vergaß alles, was passiert war und alles, was noch passieren würde. Mit einem Stöhnen drang er tief in sie ein und realisierte erst, was er getan hatte, als sie zusammenfuhr und keuchend aufschrie.

»Jaxon, warte!«

Es gelang ihm, ein paar Sekunden lang innezuhalten. Bis der Drang nach Erlösung ihn wieder im Griff hatte und weitertrieb. Seine Bewegungen waren wild und verzweifelt, ein Verlangen, das er niemals hätte stoppen können. Miriams Arme und Beine umschlangen ihn. Er konnte spüren, wie sehr sie ihn wollte und konzentrierte sich nur darauf. In diesem Moment gab es nur sie für ihn. Es ging nur um das, was gerade zwischen ihnen geschah. Und um die Erlösung, die es ihm brachte.

Als Jaxon erwachte, spürte er ein ungewohntes Gewicht auf seinem Oberarm und seiner Brust. Er drehte den Kopf und sah Miriam, die halb auf ihm lag. Das Zimmer, in dem er sich befand, war rot gestrichen und unordentlich, überall standen Pflanzen herum. In der Nähe des Fensters, durch das die Morgensonne schien, stand eine Staffelei mit dem Bild eines Blitzes, der einen Baum spaltete.

Jaxon setzte sich so ruckartig auf, dass Miriam von ihm rutschte und sich grummelnd eine neue Schlafposition suchte. Er war in ihrem Zimmer. Er hatte mit ihr geschlafen. Wie er hierhergekommen war, war ihm zwar vollkommen schleierhaft, aber ihm war augenblicklich klar, *warum* er hier war.

Er hatte auf Levin geschossen.

Wie ein Film spielte sich die Szene in seinem Kopf ab. Da war Levin in seiner Schlafanzughose. Die schwarze Pistole, die aus seiner Tasche gefallen war. Johanna, die ihn ansah und ihn anschrie, dass sie nichts anderes von ihm erwartet hätte. Und der Schuss, der nun alles veränderte.

Sein Herz begann hart zu schlagen. Er sah sich nach einer Uhr um und entdeckte zwischen Stofftieren, Kissen und Wäsche einen Radiowecker auf einem weißen Regalbrett. Es war halb neun. Wie viele Stunden mochten seit dem Schuss vergangen sein? Fünf oder sechs waren es bestimmt. Stunden, in denen sie ihn schon suchten. Wie lange würden sie brauchen, bis sie ihn hier fanden? Wie lange, bis sie eine Verbindung zwischen ihm und Miriam hergestellt hatten? Wer wusste davon?

Jaxon brach der Schweiß aus, als er seine Sinne aktivierte und ein Auto in der Ferne hörte.

Fünfzehn Jahre Knast mindestens, hörte er eine Stimme sagen.

Mit einem Satz war er aus dem Bett und suchte hektisch seine Klamotten zusammen, die um das Bett herum verstreut waren. Er konnte nicht bei Verstand gewesen sein, als er hier eingeschlafen war. Er verfluchte die Unordnung, zog sein T-Shirt unter einem Haufen Kleidung hervor, der am Fußende des Bettes lag, dann fand er seine Boxershorts und Jeans zwischen Staubflocken unter dem Schlafsofa. Als er sie aufhob, kam die Browning darunter zum Vorschein. Er stieß sie ein wenig weiter unter das Bett, zog sich an und nahm Miriam wahr, die mittlerweile erwacht war und ihm zusah.

»Wohin gehst du?«, fragte sie, als sie sah, dass er sie bemerkt hatte.

»Weg.« Er knöpfte seine Levis zu und tastete sie ab. Er hatte lediglich seine Autoschlüssel dabei und konnte nur hoffen, dass sein Portemonnaie im Auto lag und nicht in der Jacke gewesen war, die Levin ihm letzte Nacht vom Leib gerissen hatte.

Miriam setzte sich im Bett auf. Sie sah verwirrt und müde aus. Jaxon hielt inne. Bei dem Gedanken daran, sie zu verlassen, durchfuhr ihn ein kurzer, scharfer Schmerz.

»Hör zu, ich … ich muss für eine Weile verschwinden.«

»Verschwinden?« Mit zusammengezogenen Brauen beobachtete sie, wie er auf der Suche nach seinen Socken wahllos Kissen und Kleidung aufhob und wieder fallen ließ. »Wohin denn?«

»Das kann ich dir nicht sagen.« Jaxon gab seine Suche auf und stieg barfuß in seine ausgetretenen Turnschuhe. »Aber das hat nichts mit dir zu tun.«

Er beugte sich zu ihr vor und küsste sie zum Abschied, wobei er bei jedem Autogeräusch nervös nach draußen horchte. Als er sich von ihr löste und wieder aufrichten wollte, umklammerte sie seine Unterarme.

»Geh nicht!« Ihre Augen begannen zu schwimmen. »Ich will doch mit dir zusammen sein.«

Er verharrte einen Moment und erwiderte ihren Blick. Sie war es gewesen, die ihm durch die vergangenen dunklen Stunden geholfen hatte. Und er wusste, es würden noch unzählige davon folgen.

»Du könntest mit mir kommen«, hörte er sich sagen und fühlte sich wie der letzte Dreck.

Miriam zögerte nur einen Herzschlag lang, dann breitete sich ein Leuchten auf ihrem Gesicht aus, das ihm durch und durch ging.

»Ja, genau«, sagte sie. »Warum nicht?« Sie stand auf und sah sich in dem Chaos ihres Zimmers um. »Ich muss sowieso hier raus.«

Wie ein Magnet zog der Radiowecker Jaxons Blick wieder auf sich. Fünf weitere Minuten waren verstrichen. Nervös begann er, seine Füße zu bewegen.

»Beeil dich.«

Miriam sammelte ein paar Kleidungsstücke zusammen und verließ das Zimmer. Jaxon blickte ihr hinterher. Er wünschte sich, er könnte seine Worte wieder zurücknehmen, aber er brachte kein Wort über die Lippen. Er wollte Miriam nicht zurücklassen. Er brauchte sie.

Als die Badezimmertür ins Schloss fiel, angelte er die Browning unter dem Schlafsofa hervor und steckte sie ein.

***

Als Johanna zwischen zwei gut gedeihenden Zimmerpalmen in der ansonsten leeren Wartelounge der Lungenklinik saß, ließ der Schock allmählich nach und die Erinnerungen an die letzte Nacht kamen zurück. Sie sah Jaxon vor sich stehen, die Augen dunkel, mit dieser Pistole in den Händen. Sie hörte den Schuss in ihrem Haus widerhallen und die Kinder schreien. Levin, der auf dem Fußboden lag, mit weit geöffneten Augen und dem kleinen, schwarzen Loch in der Brust. Die Blutlache, die sich unter seinem Körper ausbreitete wie Öl unter einer leckenden Motorhaube. Auch aus seinem Mund kamen Blut und schaumige Blasen.

Er stirbt, Levin stirbt!

Die Kinder schrien immer noch, eines ganz in ihrer Nähe.

Plötzlich war eine Nachbarin da, die sie von Levin fortschob und Befehle rief. »Ihr, Kinder, zieht euch Schuhe an und lauft rüber zu mir nach Nebenan!« Und zu ihr: »Reiß dich zusammen! Alarmier den Rettungsdienst! Eins, eins, zwei.«

Ein Hubschrauber, unwirklich laut, Leute, die sich um Levin drängten, versuchten sein Leben zu retten, damit sie nicht noch einen verlor, einen Mann in ihrem Leben.

Aber das werde ich, dachte Johanna. Levin ist nicht der Erste, der versucht hat, meine Familie zu retten, und er ist auch nicht der Erste, der daran gescheitert ist.

Sie schreckte auf, als eine Ärztin vor ihr stand und sie an der Schulter berührte.

»Frau Lindberg? Sie können jetzt kurz zu ihm.« Es war die dunkelhaarige Frau, die Levin operiert hatte. Sie ging Johanna voran und hielt ihr die Tür auf, verfolgte sie mit einem mitfühlenden Blick, als sie an ihr vorbei das Zimmer betrat. Wahrscheinlich hatte sie, hatten alle hier davon gehört, dass es ihr eigener Sohn gewesen war.

Reglos und mit geschlossenen Augen lag Levin da, die Haut so weiß wie das Laken, mit dem er zugedeckt war. Als Johanna an das Bett herantrat, öffnete er die Augen und drehte das Gesicht in ihre Richtung. Langsam, als würde es ihn unendliche Anstrengung kosten, hob er einen Arm und versuchte, sich die Sauerstoffmaske ein Stück hinunterzuziehen.

»Sag …«, brachte er heraus, da fing Johanna seine Hand ein und legte sie auf das Laken zurück.

»Nein«, unterbrach sie ihn und spürte, wie Panik sie überkam. »Sag jetzt nichts.«

Er würde es zur Sprache bringen. Er würde wissen wollen, wie ihr Sohn so etwas hatte tun können. Wo Levin es doch von Anfang an nur gut mit ihm gemeint hatte.

Langsam schüttelte Levin den Kopf. »Sag Emma …«, flüsterte er unter der Maske, die von innen beschlug, als er sprach, »dass ich sie sehr lieb habe.«

Johanna durchfuhr es bei seinen Worten. Sie ließ sich auf dem Stuhl neben seinem Bett nieder und hielt sich an ihrer Handtasche fest. Ganz automatisch wollte sie sagen, dass er damit aufhören sollte. Dass Emma herkommen und er es ihr selbst würde sagen können. Aber sie brachte nichts davon heraus. Die Kugel hatte Levins Brustraum und Teile seines Herzens zerstört. Die Ärzte und Maschinen kämpften um sein Leben, aber es war ein schwerer Kampf ohne viel Aussicht auf einen Sieg.

Sie schluckte. »Natürlich«, sagte sie, aber Levin hatte die

Augen wieder geschlossen und sie war sich nicht sicher, ob er sie hören konnte. Eine Weile blieb Johanna neben seinem Bett sitzen und versuchte zu begreifen, was letzte Nacht passiert war. Aber sie sah nur Levin, wie er dalag, die Hände, von denen eine über den Bettrand hing, so schlaff, wie sie nie gewesen waren. Ein merkwürdiges Gefühl überkam sie, als sie seine Hand ergriff und auf das Bett zurücklegte. Das Gefühl, dies alles schon einmal erlebt zu haben.

September 1985

Es war Freitag und Johanna hatte Frühschicht im Regional Medical Center. Als sie den Aufwachraum betrat, überflog sie die Aufnahmepapiere und die Akte des neuen Patienten. Er war ein langjähriger Bekannter ihrer besten Freundin Dana, die hier ebenfalls als Krankenschwester arbeitete. Bei der Übergabe hatte sie Johanna erzählt, dass er neunundzwanzig war und letzte Nacht mit einer Schusswunde eingeliefert worden war. In einer zweistündigen Operation war das Projektil aus der Schulter entfernt worden.

»Guten Morgen, Herr Latham.«

Als keine Reaktion aus der Richtung des Bettes kam, trat sie näher und sah einen dunkelhaarigen, unrasierten Mann, der die Augen geschlossen hatte. Auf den ersten Blick war er athletisch gebaut, hatte ausgeprägte Muskeln, aber er war blass und sah erschöpft aus. Einer seiner Arme, der, dessen Schulter nicht verbunden war, hing über den Bettrand hinunter.

Johanna trat zum Fenster und zog die gelben Vorhänge beiseite.

»Herr Latham«, sagte sie laut, während sie um das Bett herumging, um den Venenkatheter zu kontrollieren. »Geht es Ihnen gut?«

Als sie sein Handgelenk umfasste, um den Arm auf das Bett zu legen, öffnete er die Augen und sah sie an. Johanna verharrte in ihrer Bewegung, als sie seine ungewöhnliche Augenfarbe zur Kenntnis nahm. Sie war von einem besonders hellen Blau und so intensiv, dass sie beinahe türkis aussah.

»Ja«, sagte er.

»Wie bitte?«

»Es geht mir gut.« Seine Stimme war rau und sein Akzent amerikanisch.

»Oh, okay, schön.« Behutsam legte Johanna seinen Arm neben seinen Körper und sah sich den Katheter an. »Haben Sie Schmerzen?«

»Nein.«

»Gut. Dann wirkt die Narkose noch nach. Sie werden wahrscheinlich in der nächsten Stunde Schmerzen bekommen. Sie können dann hier klingeln und Bescheid sagen.« Sie zog ein Fieberthermometer aus der Tasche. »Sie bekommen dann was dagegen.«

»Ja, ich weiß. Ich kenne diese Klingel und all das.«

»Tatsächlich?« Sie schob ihm das Thermometer unter die Achsel seiner gesunden Schulter, warf wieder einen Blick in seine Akte und stellte fest, dass er schon dreimal eingeliefert worden war. Und immer in die Notaufnahme. Sie betrachtete ihn nun aufmerksamer.

»Woher haben Sie die Schussverletzung?« Sie begann damit, den Verband von seiner Schulter zu entfernen. »Wer hat das getan?«

Er machte zwar nicht den Eindruck, unter einem Trauma zu leiden, aber sie konnte sich andererseits auch kaum vorstellen, dass er psychisch völlig unversehrt aus einer Situation herausgekommen war, die mit einer Kugel in seiner Schulter geendet hatte.

Aber er antwortete nicht.

»Hören Sie, wenn Sie psychologische Betreuung brauchen …«

Er lachte, als hätte sie ihm diese auf einen Wespenstich hin empfohlen. »Nein, nein. Es war nur … ein Unfall. Auf dem Truppenübungsplatz.« Er lächelte sie mit einer so offensichtlichen Unschuldsmiene an, dass sie wusste, dass er log.

Sie wich seinem Blick aus und befestigte die Klammern an dem frischen Verband, dann nahm sie ihm das Thermometer aus der Achselhöhle, las die Temperatur ab und trug sie in seine Akte ein.

»War die Polizei schon da?«, fragte sie.

»Nein. Das ist Sache der Army.« Er zog eine Grimasse. »Sowas bedeutet immer Stress und eine Menge Papierkram. Also kommen die bestimmt noch mal wieder.«

Johanna schüttelte den Kopf. »Sie wurden letzte Nacht operiert. Niemand kann Sie zwingen, mit denen zu sprechen, wenn Ihnen nicht danach ist«, erklärte sie. »Solange Sie hier sind, sind Sie in erster Linie unser Patient.«

Er winkte ab. »Sie können sie ruhig durchlassen. Ich kann schließlich nichts dafür, wenn mir jemand die Schulter durchlöchert. Das werden die bei ihrer Suche nach dem Verantwortlichen schon merken.«

Johanna zog die Brauen hoch und schwieg. Obwohl sie ihn das erste Mal traf und er mit verbundener Schulter vor ihr im Bett lag, fand sie ihn bemerkenswert. Er war seit kaum dreißig Minuten aus der Narkose wiedergekehrt und machte schon seinen Standpunkt klar.

»Und?«, fragte er.

»Was?«

»Wie heiß bin ich?«

Johanna spürte die Hitze in ihre Wangen steigen und tat so, als müsste sie seine Akte zu Rate ziehen. »Ehm, völlig normal. Sie haben kein Fieber.«

»Das hätte ich Ihnen auch gleich sagen können. Mir geht's blendend. Wie lange muss ich bleiben?«

»Das sagt Ihnen der Arzt. Und selbst er wird erst abwarten, wie sich die Wunde entwickelt.«

»Okay, dann anders gefragt: Was glauben Sie, wie lange ich bleiben muss? Was kostet eine fachmännische Schätzung?«

Johanna legte den Kopf schräg. »Ich kann es wirklich nicht sagen. Wenn alles gut geht, vielleicht fünf Tage? Oder eine Woche? Aber nageln Sie mich nicht drauf fest.«

Er lächelte. »Ich werde Sie schon nicht festnageln. Keine Sorge.«

Johanna wandte sich ab. »Also, ich muss weiter. Wenn Sie etwas brauchen …«

»Frühstück wäre nicht schlecht.«

»Frühstück kommt um acht.« Sie ging zur Tür.

»Eine Woche!«, rief er ihr hinterher. »Was soll ich eine ganze Woche hier?«

Dann schloss sie die Tür hinter ihm.

Johanna wusste nicht, woran es lag, aber sie bekam Leroy Latham den ganzen Tag lang nicht mehr aus dem Kopf.

Am Nachmittag, als sie nach Dienstschluss auf dem Weg zum Treppenhaus war, blieb sie vor seiner Zimmertür stehen. Und obwohl sie es eigentlich eilig hatte, weil sie nach Hause zu ihrer Tochter musste, sah sie zu ihm hinein.

Er saß im Bett, den gesunden Arm hinter dem Kopf verschränkt, und sah zum Fenster hinüber. Als sie das Zimmer betrat, wandte er sich um.

»Hallo«, sagte sie.

Er musterte ihre Kleidung. »Haben Sie jetzt Feierabend?«

»Ja.« Sie zog das Buch aus ihrer Tasche, das sie gerade las. »Ich wollte Ihnen etwas zum Zeitvertreib vorbeibringen.« Sie reichte es ihm. »*Roots*. Es wird Ihnen bestimmt gefallen.«

Er nahm es entgegen und sah sie wieder an, diesmal jedoch anders. Aufmerksamer. Als er das Buch in der Hand drehte und den Klappentext las, überlegte sie, ob sie ihn nach der Wahrheit fragen sollte. Aber sie würde den Weg des offiziellen Vorgehens verlassen, wenn sie ihm eine solche Frage stellte. Er hatte vor seinen Leuten bereits eine Aussage gemacht und sie war nur die Krankenschwester.

»Gut«, sagte sie, »dann lasse ich Sie mal allein.« Sie wandte sich ab, da streckte er den Arm aus und hielt sie am Handgelenk fest.

»Moment noch«, sagte er.

Johanna hielt die Luft an, dann drehte sie sich zu ihm um. Obwohl sich seine Hand stark anfühlte, war sein Griff um ihr Handgelenk sanft.

»Jetzt, wo Sie nicht als Krankenschwester, sondern als Besucherin bei mir sind, können wir uns doch auch richtig kennenlernen und Du zueinander sagen, oder nicht?«

Er ließ sie los und hielt ihr die Hand hin, mit der er sie festgehalten hatte. »Dass du an mich gedacht und mir ein Buch gebracht hast, war sehr aufmerksam. Ich bin Leroy.«

Johanna brauchte ein paar Sekunden, um zu reagieren.

Dann legte sie ihre Hand in seine und erwiderte sein Lächeln.

»Ich bin Johanna.«

Am darauffolgenden Montag war er immer noch da. Nachdem sie am Freitagnachmittag gegangen war, hatte er doch noch Schmerzmittel bekommen. Am Sonntag hatte sich die Schusswunde entzündet und in der darauffolgenden Nacht hatte er hohes Fieber bekommen.

Er lag bäuchlings im Bett, sein Gesicht war der Tür zugewandt, durch die sie hereinkam. Als sie an sein Bett trat, öffnete er die Augen und lächelte.

»Du bist es«, flüsterte er.

Johanna bekam Herzklopfen. Aber sie war im Dienst und er hatte eine Krankenschwester gerufen. Er hatte nicht sie gerufen. Er hatte überhaupt nicht gewusst, dass sie wieder hier war.

»Was fehlt dir?«, fragte sie, wobei sie versuchte, ihren üblichen Tonfall für Patienten anzuschlagen.

Leroy schloss langsam die Augen, dann öffnete er sie wieder. »Ich habe das Buch durchgelesen. Es ist so tragisch, dass Kunta Kinte es in seinem Leben nicht mehr geschafft hat, wieder nach Hause zu kommen.«

»Ja, ich weiß. Die ganze Geschichte ist furchtbar tragisch.«

»Man darf gar nicht daran denken, wie anders sein Leben verlaufen wäre, wenn er nicht verschleppt worden wäre.«

»Nicht nur sein Leben, auch das seiner Nachkommen. Seiner ganzen Familie.«

Leroy seufzte und drehte sich auf die Seite. »Ja. Und man liest diese Geschichte und wartet auf das Happy End, aber es kommt nicht. Erst, wenn alles schon zu spät ist für ihn.«

Johanna ließ sich auf den Stuhl neben dem Bett nieder. »Weil es eine wahre Geschichte ist, deshalb«, sagte sie und begegnete seinem Blick. Er sah sie an und sein Gesicht entspannte sich etwas, als würde ihr Anblick seine Schmerzen lindern. Johanna spürte, wie sich ihr Brustkorb zusammenzog. Sie dachte an ihre kleine Tochter Sarah, die wieder geweint hatte, als sie sie vorhin abgegeben hatte. An Sarahs Vater Richard, der mit ihrer Kollegin in dem verlassenen Stationszimmer verschlungen gewesen war. Sie musste aufpassen auf sich. Sie war, seit sie ins Regional Medical gewechselt hatte, um die beiden nie wieder sehen zu müssen, ihren Weg zwar unbeirrt weitergegangen. Ihre Fassade hatte jedoch einen tiefen Riss bekommen. Ein weiteres Erlebnis dieser Art würde sie kaum überstehen.

»Woran denkst du?« Leroys Augen wirkten in dem künstlichen Halbdunkel des Krankenzimmers unheimlich hell.

»Ich …«, Johanna zog eine Grimasse. »An gar nichts.«

»Lügnerin«, sagte er sanft.

»Ich sollte dich lieber fragen, warum du geläutet hast.«

Er schüttelte den Kopf. »Ich wollte etwas gegen die Schmerzen und fürs Einschlafen. Aber jetzt, wo du bei mir bist, bleibe ich lieber wach.« Er lächelte sie an und Johanna wurde ganz warm. Oh Gott, es passiert, erkannte sie mit einer Mischung aus Freude und Entsetzen. Sie wusste, sie sollte aufstehen und gehen. Aber das kam natürlich nicht infrage. Nicht jetzt, wo er sie mit seinem Lächeln, mit seinen Augen gefangen hielt.

Sie räusperte sich. Sie sollte fragen, welcher Art seine Schmerzen waren, seine Temperatur überprüfen, ihm Tabletten geben. Aber sie rückte nur den Stuhl nahe an das Bett. Eine Weile sahen sich nur an.

»Ich würde dir gerne etwas sagen«, sagte er leise.

Johanna schluckte. »Es war kein Unfall.«

Leroy schüttelte den Kopf und berührte sich an der verletzten Schulter. »Nein.«

»Warum erzählst du mir das?«

Leroy verzog einen Mundwinkel. »Weil ich dich gerade eine Lügnerin genannt habe. Und dann ist mir eingefallen, dass ich dich ebenfalls angelogen habe, als ich dir die Geschichte mit dem Unfall auf dem Truppenübungsplatz erzählt habe.«

Johanna sah ihn unverwandt an, hin- und hergerissen zwischen dem wohligen Gefühl, diejenige zu sein, der Leroy sich anvertrauen wollte, und der Belastung, die Mitwisserin von etwas Geheimem zu sein.

»Du wirst es doch keinem verraten?«, fragte Leroy.

»Ich weiß doch gar nichts. Und das kann ich gerade noch für mich behalten.«

Leroy lachte leise. »Und du willst die Geschichte gar nicht hören? Bist du gar nicht neugierig?«

Doch, das war sie. Jedenfalls wenn es um den Ausgang von Danas letztem Date oder der nächsten Folge der Lindenstraße ging. Aber sie hatte ein kleines Mädchen Zuhause und diese Sache ging weit über das hinaus, was gut für sie war, das spürte sie ganz genau.

»Ich glaube nicht. Von schlimmen Geschichten bekomme ich Albträume.«

»Dann lassen wir es lieber. Es reicht, wenn einer von uns Schlafmittel braucht.« Und noch ehe Johanna etwas erwidern konnte, sagte er: »Und jetzt musst du erzählen, woran du vorhin gedacht hast.«

Neun

Tom fluchte und warf sein Handy auf den Beifahrersitz. Was war bloß mit Jaxon los? Wieso hatte er seit zwei Tagen sein Telefon ausgeschaltet? Er konnte ja nicht ernsthaft immer noch sauer auf ihn sein, schließlich hatte er ihm für die Sache mit der Razzia einen Schlag verpasst und der musste ja wohl für irgendwas gut gewesen sein.

Bei dem Gedanken daran fuhr sich Tom vorsichtig über die getapte Schläfe und drehte den Rückspiegel in seine Richtung. Der Bluterguss an seinem linken Auge sah von Tag zu Tag übler aus und hatte sich mittlerweile ins Violette verfärbt. Jaxon konnte also zufrieden mit sich sein.

Tom drehte den Spiegel wieder in seine Ausgangsposition und sah auf die Uhr. Es war zehn Uhr am Vormittag. Er hatte die ganze Nacht gearbeitet und war dementsprechend müde, aber er wollte auch wissen, was mit den zehntausend Euro passiert war, die er Jaxon gegeben hatte.

Er fuhr nach Methler hinein und betete gerade, dass der Umweg nicht umsonst gewesen war und Jaxon und seine zehntausend Euro wohlbehalten Zuhause waren, als sein Handy klingelte. Er nahm es vom Beifahrersitz und sah, dass es seine derzeitige Freundin war.

»Na?«, sagte er zur Begrüßung.

»Hey, wolltest du nicht schon Zuhause sein? Ich hab ein ganz leckeres Frühstück gemacht«, hörte er Lena zwischen Töpfegeklapper und dem Rattern der Eieruhr rufen.

Er bog in die Straße ein, in der Jaxon wohnte. »Es dauert noch etwas. Iss doch einfach schon, okay?«

Lena brummte unzufrieden.

»Kommt Miriam nicht vorbei?«, fragte er.

»Ich weiß nicht, ich erreiche sie nicht. Ich mache mir schon etwas Sorgen, weil ihre Eltern sie …«

Mist, der BMW stand nicht vor der Tür. Jaxon war wahrscheinlich nicht da. Oder er hatte den Wagen in die Garage gestellt.

»… geht sie seit Sonntag nicht ans Telefon«, drang Lenas Geschnatter wieder in sein Bewusstsein. »Tom? Bist du noch dran?«

»Ja.« Tom fuhr seinen Freelander auf den Stellplatz vor der Garage.

»Ist doch seltsam, oder?«

»Ziemlich«, antwortete er. »Hör zu, ich erledige hier mal kurz was, dann komme ich nach Hause, okay?«, würgte er sie ab und steckte das Handy ein.

Er verließ den Wagen, stieg die Treppe zur Haustür hinauf und klingelte. Er wartete eine Weile und obwohl er wusste, dass niemand Zuhause war, wartete er noch ein wenig länger.

Schließlich wandte er sich ab und nahm einen Jungen wahr, der von der anderen Straßenseite herüberkam.

»Willst du zu Jaxon?«, rief er, gerade als Tom zu seinem Auto zurückkehren wollte.

Er hielt inne und musterte den Jungen. Er war elf, vielleicht zwölf, mager, mit etwas zu weiten Klamotten und einem Käppi, unter dem dunkle Haare hervorwucherten.

»Wohnst du hier?«

»Ja.«

»Ist er da?«

Der Junge schüttelte den Kopf. Eine ungesunde Blässe breitete sich über seine Züge aus, die so gar nicht zu dem schönen Sommertag passen wollte. »Weißt du nicht, was er getan hat?«

Ein ungutes Gefühl beschlich Tom, während er den Kopf schüttelte. »Nein«, sagte er langsam. »Was denn?«

Eine Zeitlang schwieg der Junge, als wäre er nicht sicher, ob er antworten konnte. Doch noch bevor Tom ein weiteres Mal fragen musste, brach es aus ihm heraus: »Er hat auf den Freund meiner Mutter geschossen.«

Er zuckte bei seinen eigenen Worten zusammen und Tom wusste sofort, dass es die Wahrheit war. Er öffnete den Mund, um etwas zu sagen, wusste aber nicht was und schloss ihn wieder.

»Ähm, *Jaxon* hat auf jemanden geschossen?«, vergewisserte er sich und versuchte, schnell zu denken, aber irgendwie war da in seinem Kopf nur Jaxon, der mit seiner Browning rumballerte und irgendwas Dummes mit seinem sauer verdienten Geld anstellte.

»Was, äh, ist dann passiert?«

»Levin wurde im Hubschrauber weggebracht.«

»Ich meine, was ist mit Jaxon passiert?«

»Er ist abgehauen.«

Tom zog eine Braue hoch. »Tatsächlich.« Er zwang sich, ruhig zu bleiben und sich später über Jaxons grenzenlose Dummheit aufzuregen.

»Meinst du, man kann da reingehen?«, fragte er mit einem Kopfnicken zum Haus hin und fügte hinzu: »Jaxon hat etwas von mir ausgeliehen und ich könnte es doch einfach mal schnell holen, oder?«

Der Kleine starrte ihn an. »Bist du ein Freund von ihm?«

Na klar, Junge, der beste! Und das Veilchen hier hat mir meine Freundin verpasst, als ich es mal hintenrum bei ihr versuchen wollte.

»Er hat etwas ziemlich Wertvolles von mir, weißt du«,

sagte Tom. »Etwas, das ich gerne wiederhätte. Und wenn er jetzt eh weg ist …« Er setzte die freundlichste Miene auf, zu der er fähig war. Er wusste, wenn die Kohle dort drin war, hätte er sie in null Komma nichts gefunden.

»Gestern war hier noch alles voller Polizei und so«, überlegte der Junge laut. »Sie hatten die Straße abgesperrt. Ich glaube nicht, dass wir da jetzt reingehen sollten. Der ganze Flur war voller Blut, vielleicht ist er es immer noch.«

Tom schluckte. Jaxon hatte *in dem Haus* auf jemanden geschossen?

»Weißt du, ob sie sein Zimmer durchsucht haben?«

»Vielleicht«, sagte der Junge. »Aber die Pistole hat er mitgenommen. War es vielleicht das, was du ihm ausgeliehen hast?«

Tom lächelte schief. »Ich sagte doch schon, es ist etwas Wertvolles. Also, was ist jetzt, lässt du mich kurz rein?«

»Und wenn die Blutlache noch dort ist?«

Tom verdrehte insgeheim die Augen. Der Kerl hatte vielleicht Probleme. Es wurde Zeit, dass er zu seinem gutgelaunten Betthasen mit den Plüschpantoffeln und dem Frühstückstisch fuhr, anstatt einen verstörten Dorfjungen dazu zu überreden, eine Tür aufzuschließen.

Tom wusste, als er elf war, hatte er sich nie so angestellt.

»Ist sie nicht. Wenn Leute da waren, haben sie sie weggemacht.«

Aber der Junge hörte ihm nicht mehr zu. Er starrte an ihm vorbei zur Haustür hinüber und sah aus, als würde er sich an etwas Grauenvolles erinnern.

»Nein«, sagte er, »du kannst da nicht rein.« Er ging zwei Schritte rückwärts, dann machte er kehrt und lief davon.

***

Die Sonne ging unter und tauchte den bewölkten Himmel über dem See und die dahinterliegenden Berge in glühendes Orangerot. Miriam stand mit dem Pinsel in der Hand auf dem gemauerten Balkon ihres Hotelzimmers und betrachtete das Bild, das an einen Stuhl gelehnt auf dem Gartentisch stand. Vom See her kam Wind auf, fuhr ihr unter das dünne Kleid und ließ sie frösteln. Aber sie genoss es, hier zu stehen und die Kälte auf der Haut zu spüren. Ebenso wie sie jede Sekunde ihrer gemeinsamen Reise mit Jaxon genoss.

Sie waren seit drei Tagen unterwegs und es war, als gäbe es nichts, das sie zurückgelassen hatten und nichts, das sie erwartete. Sie liebte es, dicht neben Jaxon in seinem Sportwagen zu sitzen, die Musik aufzudrehen und mit ihm zu planen, wohin sie als Nächstes fahren könnten. Abends suchten sie sich ein Hotel und plünderten die Minibar, bevor sie sich in blütenweißer Bettwäsche fläzten und jede Menge Sex hatten. Kein einziges Mal dachte sie an Gregors Tod, ihre bevorstehende Bewerbungsfrist oder den Verrat ihrer Eltern. Seit sie am Sonntagmorgen mit Jaxon das Haus verlassen hatte und in seinen BMW gestiegen war, gab es für sie nur noch sie beide.

So sollte es bleiben, dachte Miriam und begann Jaxon bereits zu vermissen, obwohl sie seit kaum einer Stunde hier draußen war. Sie waren heute nicht unterwegs gewesen, sondern hatten den ganzen Tag im Hotelzimmer verbracht. Stundenlang hatte er für sie stillgelegen, während sie ihn gemalt hatte. Seine definierten Muskeln, den Schwung seines Kiefers, den leicht melancholischen Gesichtsausdruck, der nie ganz verschwand, auch wenn es ihr zwischendurch immer wieder gelang, ihn zum Lächeln zu bringen; sie konnte ihren Blick kaum von der Leinwand abwenden, so perfekt hatte sie ihn getroffen.

Der Wind frischte auf und trieb ein paar abgerissene Efeublätter über die ockerfarbenen Fliesen des Balkons. Über dem See ballten sich dunkle Gewitterwolken zusammen und ganz plötzlich brach die Dunkelheit herein.

Miriam packte ihre Malsachen und das noch farbfeuchte Bild zusammen, betrat das Zimmer und zog die Balkontür hinter sich zu. Jaxon schlief nicht mehr; das Bett war verlassen. Es sah so zerwühlt aus, dass sie bei seinem Anblick unweigerlich lächelte und das ihr inzwischen vertraute erregte Ziehen im Unterleib spürte. Im Badezimmer rauschte die Dusche, deshalb verschob sie es auf später, ihre Pinsel auszuwaschen. Sie zog sich einen leichten Pullover aus ihrer Sporttasche über und sah sich auf der Suche nach ihrem iPod im Zimmer um. Sie war sich sicher, dass er heute Morgen neben dem Radiowecker gelegen hatte.

In der Schublade des Nachtschrankes fand sie die Autoschlüssel und Jaxons Handy. Das Display war dunkel; er hatte sein Telefon bereits kurz nach ihrer Abfahrt am Sonntagvormittag ausgeschaltet, nachdem es ununterbrochen geklingelt hatte. Unter dem Handy lagen ein altes Kreuzworträtselheft und die Bibel. Miriam zog beides heraus, um zu sehen, ob ihr kleiner iPod irgendwo dazwischengeraten war, und zuckte zurück: In der Schublade vor ihr lag eine Pistole.

Ein paar Atemzüge lang starrte sie einfach nur in die Schublade hinein.

Was, um Himmels Willen, hatte eine Waffe im Nachtschrank eines Hotelzimmers zu suchen?

Ihre Hände wurden feucht, als sie an die Schublade herantrat und die Pistole herausnahm. Sie war aus Plastik und Metall, schwarz und leichter, als sie gedacht hatte. Fast wie eine Spielzeugwaffe.

Miriam öffnete den Mund, um laut nach Jaxon zu rufen, dann schloss sie ihn wieder und spürte, wie sich ihr Magen verkrampfte.

Ich habe etwas getan.

Die Nacht fiel ihr ein, in der er bei ihr aufgetaucht war. Er war verändert gewesen. Hatte völlig neben sich gestanden.

Aber das konnte nicht sein.

Unnatürlich laut drang das Prasseln aus der Dusche an ihre Ohren, lauter als der Regen, der in diesem Augenblick begann, gegen die Balkontür und das Fenster zu rauschen. Sie sollte damit aufhören, wie erstarrt herumzustehen. Sie sollte irgendwas tun.

Sie legte die Pistole auf das Bett und griff nach dem Telefon, das auf dem Schreibtisch stand. Dann rief sie die einzige Person an, deren Nummer sie auswendig kannte – und bei der sie sich schon längst hätte melden sollen. Was war in den letzten drei Tagen eigentlich mit ihr los gewesen, dass sie keiner Menschenseele, nicht einmal ihrer besten Freundin, mitgeteilt hatte, wo sie steckte?

Bereits nach dem ersten Klingeln nahm Lena ab. »Ja?«

»Lena? Ich bin´s.«

»Miriam!« Lena klang so erleichtert, dass Miriams Anspannung noch weiter wuchs. »Wo bist du? Wieso ist die Nummer unterdrückt?«

»Ich rufe vom Hotel aus an. Wir sind irgendwo am Chiemsee …« Oh Gott, sie hatte sich nicht einmal den Ort gemerkt.

»Ihr? Du bist mit Jaxon unterwegs?« Lenas Stimme überschlug sich beinahe.

Miriam sah zur angelehnten Badezimmertür hinüber, hinter der der Dampf hervorquoll. Sie schluckte. »Ja. Hör zu, ich habe gerade …«

»Hat er dir gesagt, was er getan hat?«

»Er … nein …« Miriam konnte nichts mehr sagen. Das Rauschen der Dusche war auf einmal verstummt.

»Miriam? Bist du noch dran? Du musst da abhauen, sofort!«

Miriam rührte sich nicht. Sie hörte Jaxon im Badezimmer hantieren. Dann öffnete sich die schmale Tür und aus dem Wasserdampf heraus betrat Jaxon den Raum. Er trug dunkle Boxershorts, hatte den Kopf gesenkt und trocknete sich die Haare ab. Als er aufsah und Miriam mit dem Telefonhörer am Ohr neben dem Schreibtisch sah, blieb er stehen.

»… *jemanden erschossen, Miriam! Du musst sofort von dort verschwinden, hörst du? Miriam!*«, quäkte es aus dem Telefonhörer wie aus einem schlecht eingestellten Radio.

Miriam starrte Jaxon an, der dastand und die Hände herunternahm. Ohne den Blick von ihm abzuwenden, nahm Miriam den Hörer vom Ohr und legte ihn auf die Gabel zurück. Ihre Gedanken rasten. Sie versuchte herauszufinden, was in Jaxon vorging. Sein Blick glitt von ihrem Gesicht über die offene Schublade und blieb bei der Pistole hängen, die sich wie ein großes, gefährliches Insekt von dem weißen Bettlaken abhob. Einige Sekunden lang schien es, als würden sie beide den Atem anhalten. Dann ließ Jaxon das Handtuch fallen und ging mit schnellen Schritten zum Bett. Er griff die Pistole, legte sie in die Schublade zurück und schlug sie zu. Miriam zuckte zusammen. Eine Sekunde lang dachte sie, dass sie Lenas Rat befolgen und gehen sollte. Aber ihre Beine zitterten. Und Jaxon stand mit bebendem Brustkorb zwischen Bett und Wand und versperrte ihr den Weg zur Tür.

»Dann weißt du es jetzt also«, durchbrach er die Stille.

Miriam spürte, wie sich das Zittern in ihren Beinen über den restlichen Körper ausbreitete. »Ich ... ich weiß gar nichts.«

»Ach, nein?« In Jaxons hellen Augen flackerte etwas. »Lena schien doch bestens informiert zu sein.«

Miriam schüttelte den Kopf. »Sie hat gesagt, dass du jemanden erschossen haben sollst. Aber ich kann das nicht glauben, ich ...« Sie brach ab, als sie Jaxons Blick begegnete. Sein Gesichtsausdruck war hart.

»Es stimmt aber«, sagte er und lehnte sich in der Nähe der Tür mit einer Schulter gegen die Wand. »Wir sind nicht in den Flitterwochen, Miriam. Aber es war schön, dass du es für eine Weile gedacht hast«, fügte er hinzu.

Miriam starrte ihn an, während sie die vergangenen Tage Revue passieren ließ. Es war, als würde ein ganz anderer Mensch vor ihr stehen. Als würde sich plötzlich ein Loch im Boden auftun und sie in die Tiefe stürzen lassen.

Sie schluchzte auf. Dann packte sie ihre Handtasche, die zwei Meter entfernt auf einem Sessel lag, warf ein paar Gegenstände hinein und legte sich den Gurt über die Schulter.

»Ich muss hier raus«, stieß sie hervor. »Du machst mir eine Scheißangst.« Sie eilte an ihm vorbei auf die Tür zu, aber Jaxon packte ihren Oberarm und hielt sie fest. Miriam schrie auf.

»Du kannst jetzt nicht einfach verschwinden«, sagte er.

Miriam wollte sich seinem Griff entwinden, aber Jaxon

drehte sie mit dem Rücken zur Wand und hielt sie dort fest. Sobald Miriam spürte, wie machtlos sie gegen ihn war, begann sie zu schreien.

»Sch-sch«, machte Jaxon und legte ihr eine Hand auf den Mund, sein Gesicht nahe an ihrem. »Sei still!«

Miriam kämpfte gegen ihn an. Panik stieg in ihr auf. Sie begann im Magen und suchte sich ihren Weg bis in die Lunge. Sie versuchte zu atmen, aber Jaxons Hand verschloss ihren Mund und sie bekam nicht genügend Luft. Sie wollte ihn von sich stoßen, aber je mehr sie sich wehrte, desto stärker wurde der Druck seines Körpers auf ihrem.

»Wenn du versprichst, still zu sein, lass ich dich los«, hörte sie ihn sagen. Sie nickte, aber sobald er seine Hand von ihrem Gesicht nahm, sog sie Luft ein und als sie sie wieder ausstieß, schrie sie wieder. Sie konnte gar nichts dagegen tun.

Unvermittelt schlug Jaxon ihr mit dem Handrücken ins Gesicht. Der Schmerz fuhr ihr direkt ins Gehirn und ließ sie augenblicklich verstummen. Sie legte sich beide Hände auf die Wange und spürte, dass ihr die Tränen in die Augen schossen.

***

Es war kein heftiger Schlag, dennoch tat es Jaxon augenblicklich leid und er wandte sich ab, um seinen rasenden Puls zu beruhigen. Und um das Entsetzen nicht zu sehen, das sich jetzt garantiert in ihren Augen widerspiegelte. Verdammt, dass es jetzt so zwischen ihnen stand, hatte er nicht gewollt.

Als er sich wieder unter Kontrolle hatte, kehrte er zu ihr zurück und kniete sich neben sie. Sie war an der hellgelb gestrichenen Wand zusammengesunken und verdeckte ihr Gesicht mit den Armen. Jaxon berührte sie leicht an der Schulter und strich ihr eine Haarsträhne hinter das Ohr.

»Es tut mir leid«, sagte er. »Ich hätte dich nicht schlagen dürfen.«

Miriam hob den Kopf. Ihr Gesicht glühte und ihr Blick war so zornig, dass er ein Stück von ihr abrückte.

»Was hätte ich denn tun sollen?«, sagte er. »Dich schreiend durch die Hotelflure stürmen lassen?«

Miriam funkelte ihn über ihre auf den Knien verschränkten Arme hinweg an. »Zum Beispiel. Du kannst mich hier nicht festhalten, Jaxon.«

»Natürlich nicht. Das wollte ich auch nicht. Nicht wirklich.« Jaxon senkte den Blick. »Ich habe nur kalte Füße bekommen.«

Das war stark untertrieben. Als er Miriam mit dem Telefon am Ohr neben seiner Pistole hatte stehen sehen, hatte er eine regelrechte Panikattacke niederkämpfen und als allererstes diese Waffe aus seinem und ihrem Sichtfeld befördern müssen.

Miriam griff nach ihrer heruntergefallenen Tasche und rappelte sich auf. Ihre Knie sahen immer noch ziemlich zittrig aus, aber sie machte einen Schritt auf die Tür zu und legte eine Hand auf die Klinke. Jaxons Herz begann so hart zu schlagen, dass ihm schwindelig wurde. Er stand ebenfalls auf, bewegte sich jedoch nicht vom Fleck. Als Miriam merkte, dass sie nicht aufgehalten wurde, wandte sie sich ihm zu. Sie hatte die Lippen aufeinandergepresst, ihre Augen glänzten. Jaxon wünschte sich, sie würde ihn noch nicht verlassen; dass der Traum, in dem sie sich die vergangenen drei Tage befunden hatten, noch eine Weile weiterging.

»Was ist das hier für dich?« Miriam ließ die Klinke los und deutete mit einer Armbewegung in Richtung des Bettes, neben dem auf einem Haufen ihr Gepäck lag. »Etwa eine Flucht? Vor der Polizei?«

Jaxons Eingeweide verknoteten sich. Er öffnete den Mund, um zu erklären, was passiert war, ohne alles wieder wie einen Film in seinem Kopf ablaufen zu lassen, aber er schaffte es nicht.

Miriam musterte ihn. »Dann hast du mich die ganze Zeit über angelogen?« Und als er nicht antwortete: »Verdammt noch mal, rede mit mir!«

»Nein«, sagte er. Er wusste natürlich, worauf sie anspielte. Auf die vielen Stunden, die sie scheinbar unbeschwert miteinander verbracht hatten, ohne sich darum zu kümmern, wo sie die nächste Mahlzeit herbekommen oder die nächste Nacht verbringen würden. Als würde das Leben für immer genauso weitergehen.

»Es war nicht alles gelogen.«

»Nein? Dann hast du mich also nicht auf eine Flucht mitgenommen, ohne mir von deiner Pistole zu erzählen? Oder was du damit gemacht hast?«

Jaxon wich ihrem Blick aus. Er ging ein paar Schritte rückwärts und sank auf das Bett.

»Ich … konnte es dir nicht sagen.« Seine Stimme klang ungewohnt erstickt. Die Erinnerung an die Situation im Flur, an die Worte seiner Mutter, machten ihm immer noch eine Heidenangst.

»Ich verstehe es nicht.« Miriam schüttelte den Kopf. »Lena klang total panisch. Sie hat mich gewarnt und mir geraten wegzulaufen. Etwa vor dir?«

Jaxon sah auf. Sie stand beinahe vor ihm, die Brauen zusammengezogen. Ihr Gesicht hatte wieder seine normale Farbe angenommen, nur die Stelle, an der sein Handrücken sie getroffen hatte, blühte hellrot.

»Ich weiß es nicht«, sagte er so leise, dass er sich nicht sicher war, ob sie ihn hören konnte. »Aber ich wollte dir nie etwas tun.«

Er wusste, dass sie ihm glaubte, als sie noch näherkam und sich neben ihn setzte. Eine Weile war nichts zu hören außer dem Regen, der gegen die Scheiben trommelte. Die Erleichterung darüber, dass Miriam nicht aus dem Zimmer gestürmt, dass sie bei ihm geblieben war, gab Jaxon die Kraft, sich wieder aufzurichten. Er starrte auf die Fotografie einer Berglandschaft, die an der Wand hing, aber was er vor sich sah, war Levin, der ihn mit zornverzerrtem Gesicht immer wieder zu packen versuchte.

Es war eine Abmachung zwischen Sarah, deiner Mutter und mir. Und jetzt ist es soweit.

»Ich habe auf Levin geschossen«, sagte er in die Stille hinein. »Den Freund meiner Mutter.« Er schüttelte den Kopf, ohne Miriam anzusehen. »Ich ... ich weiß nicht, ob er noch lebt.«

Ein Schaudern überkam ihn bei seinen eigenen Worten, das Miriam, die dicht neben ihm war, ebenfalls zu erfassen schien. Eine Weile schwieg sie. Jaxon hörte sie schlucken und konnte förmlich spüren, wie sie nach Worten rang.

»Warum?«, fragte sie leise. »Warum hast du das gemacht?«

Jaxon schloss die Augen, dann öffnete er sie wieder und sah sie an. »Ich weiß es nicht«, sagte er. »Ich hatte das Gefühl, es tun zu müssen. Bevor ... sie es tun.«

***

Tom erwachte von einer lauten Stimme in seiner unmittelbaren Nähe. Er zog sich das Kissen über den Kopf und drehte sich weg, aber Lena rüttelte ihn an der Schulter.

»Tom, wach auf! Du musst mir zuhören.«

»Bitte, halt die Klappe«, ächzte er und blinzelte auf sein Handydisplay. Es war zehn Uhr abends. Oh Gott, er hatte den ganzen Tag verpennt.

»Miriam hat angerufen! Sie ist mit Jaxon zusammen, er hat eine Waffe dabei. *Deine* Waffe, stimmt es nicht? Wenn ihr was passiert, dann …«

Sie brach ab und ging einen Schritt beiseite, als Tom sich aufrichtete.

»Miriam war vollkommen ahnungslos. Sie hat die Pistole gefunden und mich angerufen. Dann hat sie einfach aufgelegt. Ich glaube, ihr ist irgendwas passiert, verstehst du?«

Tom stand vom Sofa auf, holte seine Zigaretten und ein Feuerzeug vom Regal und steckte sich eine Marlboro zwischen die Lippen.

»Und was habe ich damit zu tun?«, nuschelte er. »Jaxon hat mir eine reingehauen, weißt du nicht mehr?« Er deutete mit dem Feuerzeug auf seine getapte Schläfe, bevor er es aufflammen ließ und seine Zigarette ansteckte.

Lena stemmte die Hände in die Hüften. »Ich weiß, dass du sie finden kannst, wenn du nur willst.«

Tom nahm einen tiefen Zug. Es war so typisch, dass sie das von ihm dachte. Für sie war er eine Art MacGyver, der Mittel und Wege hatte, um absolut jedes Problem zu lösen.

»Er ist abgehauen und hat sein Handy ausgeschaltet. Ich

habe also keine Ahnung, wo er ist.« Tom streckte den Arm aus und klopfte die Asche in ein leeres Schokoladenpapier, das neben seiner Tastatur auf dem Schreibtisch lag. »Aber, sieh mal, Jax hat auf jemanden geschossen. Er ist ein ziemlich unstrukturierter Kerl und wird sehr bald einen Fehler machen. Also wird ihn die Polizei schon finden.«

Er hatte sie mit seinen letzten Sätzen eigentlich beruhigen wollen, aber in ihren Augen blitzte es auf.

»Zumindest wissen sie jetzt schon mal, in welcher Gegend sie suchen müssen«, sagte sie.

»Ach ja? Wo müssen sie denn suchen?«

»In Bayern. Am Chiemsee. Das hat Miriam mir noch gesagt, bevor sie aufgelegt hat.«

Tom runzelte die Stirn, als er sich vollständig Lena zuwandte, die in seiner Nähe stand, eine Gesichtshälfte vom hereinscheinenden Flurlicht beleuchtet.

»Und wieso, bitteschön, weiß die Polizei davon?«, fragte er. »Hast du sie etwa angerufen?«

»Natürlich. Ich musste denen doch sagen, was ich weiß.«

»Und was genau hast du denen gesagt? Wer du bist? Wo wir wohnen? Dass ich mit Jaxon rumgehangen habe in der letzten Zeit?«

»Sie … sie haben tausend Fragen gestellt«, sagte Lena, angesichts seines Stimmungswechsels plötzlich verunsichert.

»Und du hast ihnen diese tausend Fragen natürlich beantwortet. Was blieb dir auch anderes übrig? Verflucht nochmal, wieso hast du ihnen nicht gleich meine Vita durchgefaxt?«

»Tom …«

Er wusste schon, wie es abgelaufen war. Schließlich war er oft genug nach Hause gekommen und hatte auf einmal einen neuen Telefonanbieter oder war Abonnent irgendeiner schwachsinnigen Zeitschrift wie *Wild und Hund* – irgendwas, was sich Lena in seiner Abwesenheit an der Wohnungstür hatte aufschwatzen lassen. Also konnte er sich nur zu gut vorstellen, was die Polizei alles aus ihr herausbekommen hatte. Wahrscheinlich waren sie schon auf dem Weg hierher und er stand immer noch in Jogginghosen herum und vergeudete seine Zeit.

Er beugte sich zu ihr vor. »Sie werden herkommen. Und wenn sie mich in die Finger kriegen, werden sie mich verhaften, ist dir das klar? Dann kannst du zusehen, wer dir zum Einschlafen den Nacken krault und deine Nutella bezahlt.«

Bisher hatte er es geschafft, ein kleines Nichts zu sein. Außer Zeugenverhören und ein paar Kleinigkeiten war er bei der Polizei nie in Erscheinung getreten. Seine Akte war so dünn, dass sie aller Wahrscheinlichkeit nach eine lose Blattsammlung in einer Klarsichtfolie war, weil sich ein Schnellhefter noch nicht lohnte.

Doch ein bewaffneter Attentäter auf der Flucht? Es gab wenig, was die Nation mehr bewegte. Die Polizei würde Himmel und Hölle in Bewegung setzen, um ihren Verdächtigen zu finden. Und mit der Info, dass Jaxon in den letzten Wochen sein neuer bester Freund gewesen und kurz vor der Tat geradewegs aus seiner Wohnung gekommen war, würde Tom auf der Hitliste der Verdächtigen direkt in die Top Ten hochschnellen. So schnell konnte er gar nicht gucken, wie der Schnellhefter aus der Schublade gezogen war.

Mit einem Gesichtsausdruck, als würde sie seine Gedanken lesen, sah Lena ihn an. Tom konnte geradezu sehen, wie ihre Liebe zu ihm mit der zu Miriam rang.

»Scheiße, Tom, jetzt tu nicht so, als wäre das alles meine Schuld. Wer hat uns denn in all das reingeritten?«

»Ja, wer denn?«, sagte er, während er sich umdrehte und seine Zigarette in dem provisorischen Aschenbecher ausdrückte.

»Es sind doch deine hirnverbrannten Freunde, durch die Miriam Jaxon überhaupt erst kennengelernt hat. Oder wessen Party war das, auf der wir ihn getroffen haben? Du hast eine so verdammt asoziale Clique, Tom. Miriam und ich sind nicht so, und jetzt ...«

Weiter kam sie nicht, denn Tom war bei ihr, packte sie im Genick und schob sie in den Flur hinaus und auf die Wohnungstür zu. Keine Sekunde länger würde er sich das anhören.

»Du gehst jetzt«, sagte er. Er wollte nach der Türklinke greifen, da riss sie sich los, das Gesicht gerötet.

»Was soll das, Tom? Schmeißt du mich etwa raus?«

»Allerdings.«

»Und warum? Was ist das? Eine Trennung?«

»Ach was. Aber ich muss jetzt verschwinden und das kann ich nicht, solange du hier herumhängst.«

Es muss nicht unbedingt schiefgehen, dachte er. Er war immer darauf gefasst gewesen, innerhalb weniger Minuten seine Wohnung zu räumen und zwar komplett. Und das war genau das, was er jetzt tun würde.

Lenas Augen wurden schmal. »Und wo gehst du hin?«

Tom lachte. »Oh man, Kleine, das werde ich dir gerade sagen.«

Er nahm ihre Handtasche von der Flurkommode, warf ihren Schlüsselbund hinein und drückte sie ihr in die Arme.

»Nimm deinen Wagen und fahr zu deinen Eltern«, sagte

er, jetzt im versöhnlichen Ton. »Und überleg dir verdammt gut, was du sagst, wenn demnächst die Bullen bei dir auf der Matte stehen.«

Sie drückte die Tasche an sich und sah ihn mit einer Mischung aus Hass und Trennungsschmerz an.

»Du bist ein richtiger Scheißkerl, Tom.«

Er beugte sich vor und küsste sie, überrascht, dass sie es zuließ. »Und du das unrentabelste Projekt, in das ich je investiert habe«, erwiderte er, dann schob er sie in das dunkle Treppenhaus hinaus und hörte zu, wie sie die zehn Treppen ins Erdgeschoss hinunterlief.

***

Mit einem Ruck zog Johanna den Vorhang beiseite und stand vor dem Sammelsurium ihrer Kleidung. Sie musste ihn sehen.

Alles war wieder da, so intensiv, als wären zwanzig Stunden und nicht zwanzig Jahre vergangen. Dabei war Jaxon, ihre ganz persönliche Achterbahnfahrt in die Vergangenheit, nicht einmal anwesend.

Sie strich mit der Hand über die schwarzen Pappdeckel. So lange hatte sie die Kartons nicht mehr hervorgeholt, sie mussten völlig verstaubt sein. Aber als sie ihre Hand zurückzog, war sie sauber.

Johanna nahm die Schachteln aus dem Regal, stellte sie auf das Bett und öffnete die Deckel.

Sie sah sofort, dass jemand an ihren Kartons gewesen war, in ihren Erinnerungen gewühlt hatte. Das Foto, das sie von Leroy in Italien gemacht hatte, ihr Lieblingsbild von ihm, war fort. Ihre Briefe und Tagebücher, ihre Fotos, sie waren chronologisch sortiert gewesen; jetzt waren sie es nicht mehr.

Jaxon, durchzuckte es sie. Sie fuhr sich mit beiden Händen durch das Gesicht. Sie durfte nicht an ihn denken. Aber direkt vor ihr war die Tür, in der sie gestanden hatte. Wie er sie angesehen hatte in dem Moment, bevor er geschossen hatte. So als würde er irgendetwas von ihr erwarten.

»Aufhören!«, schrie sie in dem stillen Schlafzimmer und es hallte durch das leere Haus.

Den Brief! Sie musste den Brief lesen, den Leroy ihr damals, kurz nachdem sie sich kennengelernt hatten, in dem Buch hinterlassen hatte. Nicht seinen Abschiedsbrief natürlich, obwohl er sie beide in dem Buch versteckt hatte, den einen hinten, den anderen vorne.

Grauen erfasste sie bei dem Gedanken, dass Jaxon es ebenfalls weggenommen haben könnte. Aber sie fand es unter einem Stapel von Postkarten und als sie die erste Seite aufschlug, war auch der Brief noch da. Sie faltete ihn auseinander, las ihn und lächelte, als er dieselben Gefühle in ihr entfachte, wie an dem Tag, an dem sie ihn gefunden hatte.

September 1985

Sie glaubte, Leroy sei für immer gegangen, als sie im Türrahmen seines Zimmers stand, in dem Dana gerade die Bettlaken glattzog.

»Wo ist er?«

»Hat sich selbst entlassen. Sagte, er hätte keine Zeit, noch länger hier herumzuliegen.« Dana sah sie mit hochgezogenen Brauen über das Kopfkissen hinweg an, um ihr zu zeigen, was sie davon hielt.

»Heute?«

»Gerade erst.« Sie legte mit geübtem Handgriff das flache Kissen auf das Bett und strich mit der Hand darüber, dann rollte sie den Infusionsständer aus dem Zimmer. Neben Johanna blieb sie stehen.

»Um Gottes Willen, Hanna, sag bloß, du hast dich in ihn verliebt.«

»Nein!«

»Und warum guckst du dann aufs Bett und seufzt?«

Johanna zuckte die Achseln. »Wir haben uns gut unterhalten und ich dachte, wir würden uns nochmal sehen.«

»Tatsächlich?« Dana sah sie einen Moment lang an, als könnte sie kaum glauben, was Johanna ihr erzählte. Dann schob den Infusionsständer vor sich in den Flur.

»Vielleicht erwischst du ihn ja noch«, rief sie über die Schulter.

Johanna ging in das Zimmer hinein und setzte sich auf das verwaiste Bett. Auf der Suche nach einer Erinnerung von Leroy wanderte ihr Blick durch den Raum. Aber da war nichts. Nur ihr Buch hatte er dagelassen. Johanna nahm es vom Nachtschrank und blätterte durch die zerlesenen Seiten, bis ihr ein Zettel in den Schoß fiel. Sie erkannte das Papier der Notizblöcke, die sie hier im Krankenhaus verwendeten.

Johanna, stand dort in unordentlicher Schrift, *ich weiß nicht, ob es richtig ist, jetzt zu verschwinden. Ich weiß nicht, was uns entgeht, sollten wir uns nie wieder sehen. Aber du wolltest die Geschichte nicht hören und das war für dich mit Sicherheit die richtige Entschei-*

dung. Denn ich bin die Geschichte. Leroy.

Johanna war am unteren Rand des Zettels angekommen und ließ ihn sinken. Leroy hatte ihr einen Brief hinterlassen.

Sie las ihn ein weiteres Mal, dann sprang sie auf und steckte ihn in die Tasche ihres Kittels, während sie aus dem Zimmer eilte.

Sie ließ den viel zu langsamen Fahrstuhl links liegen und flog beinahe die Treppen hinunter. Nachdem sie den Parkplatz überquert und den Park hinter sich gelassen hatte, entdeckte sie ihn. Er war gerade im Begriff, auf der Beifahrerseite eines grauen Mercedes einzusteigen.

»Leroy!«, schrie sie.

Er hielt inne und sah ihr über die geöffnete Autotür hinweg entgegen. Als Johanna nahe genug war, um zu sehen, dass er lächelte, atmete sie auf. Er beugte sich in das Auto und sagte etwas zum Fahrer, dann schlug er die Tür zu, im selben Moment, in dem sie bei ihm angekommen war.

»Du irrst dich«, sagte sie außer Atem. »Ich habe mich nicht gegen dich entschieden. Ich … ich will wissen, was uns entgehen würde.«

Zehn

… soll ein zwanzigjähriger Kamener in seinem Elternhaus einen achtundvierzigjährigen Arzt aus bisher unbekannten Gründen angeschossen und lebensgefährlich verletzt haben. Der mutmaßliche Täter ist bewaffnet und befindet sich auf der Flucht …

Als wäre er mit kaltem Wasser übergossen worden, fuhr Jaxon aus dem Schlaf und saß aufrecht im Bett. Er sah sich nach der Nachrichtenquelle um und schlug nach dem Radiowecker, der auf dem Nachttisch stand und um Punkt sieben Uhr angesprungen war. Irgendwer, wahrscheinlich der Mensch, der vor ihnen in diesem Zimmer gewohnt hatte, musste ihn gestellt haben.

Als das Radio verstummt war, fuhr sich Jaxon mit der Hand über das Gesicht und stellte fest, dass er zitterte. Ab jetzt würde es nicht mehr lange dauern, bis er geschnappt war, dachte er, während er aufstand und seinen Kram zusammensuchte. Was sollte er nur tun? Er würde ins Gefängnis kommen, vielleicht für immer.

Schwindel erfasste ihn. Er merkte, wie heftig er atmete und zwang sich zur Ruhe.

»Du musst dich stellen«, hörte er eine leise Stimme aus der Richtung des Bettes.

Jaxon fuhr herum. »Auf keinen Fall.« Er kam zurück, nahm die Pistole aus der Schublade und stopfte sie in Miriams Tasche. »Ich bin im Radio. Wir müssen von hier verschwinden.«

»Wo willst du denn hin? Du bist doch überall im Radio.«

Das wusste er selber, aber er wollte nichts davon hören. Er wollte nicht über die Möglichkeit nachdenken, dass er keine Chance hatte. Er würde weiterfahren. Im Auto wäre er erstmal relativ sicher. Und dann würde ihm schon irgendwas einfallen.

»Steh jetzt auf, wir müssen los«, rief er über die Schulter, während er in das Badezimmer ging, um die Ablage leerzuräumen. Als er wieder im Zimmer war und die Sachen in die Tasche gestopft hatte, stand Miriam vor ihm und nahm seine Hände in ihre.

»Jaxon, denk nach!«, sagte sie. »Du kannst doch nicht ewig weglaufen. Wenn du dich stellst, wird dir das positiv …«

Bevor sie zu Ende gesprochen hatte, entzog sich Jaxon ihren Händen und fasste sie an den Schultern.

»Nein«, unterbrach er sie und verstärkte seinen Griff. »N-I-E-M-A-L-S, hörst du? Niemals! Und jetzt hör auf, davon zu sprechen und mach dich fertig.«

Er wusste, dass es unfair war, sie wie selbstverständlich in seine Probleme und Pläne miteinzubeziehen und mit ihr nicht wenigstens die Möglichkeit durchzugehen, dass sie aussteigen konnte. Aber er war sich nicht sicher, welche Risiken es mit sich brachte, sie einfach gehenzulassen. Und er wusste nicht, was er ganz alleine tun sollte. Daher hatte sie momentan einfach bei ihm zu bleiben.

Erleichtert nahm er zur Kenntnis, dass sie begann, sich anzuziehen. Und dass sie wenig später anfing, stumm zu weinen, störte ihn nicht im Geringsten. Dadurch fühlte er sich zumindest schon einmal stärker als sie und das war besser als vorher.

Als sie das Hotel verließen, schlug ihnen die Seeluft des frühen Morgens entgegen, aber Jaxon hatte keinen Sinn dafür. Mit gesenktem Kopf hastete er über den Parkplatz.

Er glaubte, dass er sich besser fühlen würde, sobald er am Steuer des BMWs saß, aber als er den Schlüssel in das Zündschloss steckte, überfiel ihn Ohnmacht. Die Tanknadel bewegte sich kaum einen Millimeter und er wusste, dass sie keine zehn Kilometer weit kommen würden.

Er legte die Arme über das Lenkrad, ließ den Kopf darauf sinken und stieß ein Stöhnen aus. Er hatte kein Bargeld mehr, um zu tanken, und seine EC-Karte oder einen Automaten zu benutzen, hielt er für zu riskant.

Er spürte Miriams Hand, die seinen Rücken streichelte, aber das steigerte sein Gefühl der Hilflosigkeit nur noch.

Kurz erwog er die Möglichkeit, sich zu Fuß auf den Weg zu machen, aber er hatte zu große Angst davor, unterwegs erkannt zu werden. Um jeden Preis musste er sein Auto behalten.

Bei dem Gedanken an seinen neuen BMW hob er den Kopf vom Lenkrad. Doch, fiel ihm ein, eine Sache gab es noch, die er tun konnte.

Er griff in seine Jackentasche und schaltete sein Handy wieder ein.

**

Es war bereits Mittag, aber Johanna lag im Bett. Sie war heute Morgen aufgestanden, hatte sich um Oliver gekümmert und ihn in die Schule geschickt. Doch dann hatte sie auf der Arbeit angerufen und sich wieder krankgemeldet. Sie schaffte es heute noch nicht einmal, Levin im Krankenhaus zu besuchen.

Als das Telefon klingelte, wollte sie sich am liebsten ein

Kissen über den Kopf ziehen und es ignorieren. Aber ihr Freund lag mit einem Luftröhrenschnitt auf der Intensivstation und kämpfte um sein Leben, und ihr Sohn war irgendwo da draußen und wurde von der Polizei gejagt. Also stand sie auf und ging in den Flur, wo das Telefon an der Wand hing.

»Ja?«

»Hallo, Hanna. Ich bin es, Dana.«

»Dana.« Johanna ging zwei Schritte und ließ sich auf die Holztruhe sinken, die zwischen dem Wohnzimmer und der Küchentür im Flur stand. Sie hatte ewig nichts mehr von ihrer früheren Freundin gehört. Seit sie vor vielen Jahren nach Nordrhein-Westfalen umgezogen waren, hatten sie nur noch sehr seltenen und oberflächlichen Kontakt zueinander.

Johanna hörte Dana tief Luft holen. Sie wusste natürlich, warum sie heute anrief, obwohl weder Neujahr noch Johannas Geburtstag war.

»Ich habe von der Sache mit Jax gehört.«

Johanna brachte keine Antwort heraus. Sie war noch nicht bereit, über all das zu reden, das spürte sie deutlich. Die Blicke und Fragen der Leute waren einer der Gründe dafür, dass sie sich heute krankgemeldet und im Bett geblieben war.

»Und ich kann gar nicht sagen, wie leid es mir tut«, fuhr Dana fort. Sie klang aufrichtig und Johanna musste daran denken, was für eine enge Beziehung sie zu Jaxon gehabt hatte, als er noch klein und sie Nachbarn gewesen waren. Wie oft er zu ihr rübergelaufen war. Dana hatte ihn stets verstanden und in Schutz genommen. Dann waren sie weggezogen und für Jaxon, der damals acht Jahre alt gewesen war, hatte eine schwere Zeit begonnen. Johanna spürte, wie ihr die Tränen kamen.

»Er ist weg, Dana.«

»Ja, ich weiß. Ich …«

»Er hat hier gestanden, mich angesehen und abgedrückt. Und dann hat er sich umgedreht und ist einfach gegangen.« Johanna starrte auf die Stelle zwischen Haustür und Treppe und sah es genau vor sich. Jedes Detail jener Nacht hatte sich so tief in ihr Gehirn gebrannt, dass sie wusste, sie würde sie nie wieder loswerden.

»Hanna …«

»Du kannst dir das nicht vorstellen.« Johanna konnte jetzt, wo sie einmal angefangen hatte, nicht mehr aufhören, darüber zu reden. »Er stand da, mit dieser Pistole in den Händen, und sah ganz genauso aus wie …«

»Du solltest nicht mehr an Leroy denken.«

»Ich habe Leroy damals mit seiner Waffe direkt vor mir stehen sehen, Dana. Und jetzt habe ich es wieder erlebt!«

»Jax ist ein *Junge*«, entgegnete Dana und klang dabei genauso wie bei ihren Streitgesprächen früher. »Ein Junge, der jetzt irgendwo da draußen ist und wahrscheinlich Hilfe braucht. Hör auf damit, ihn ständig mit Leroy zu vergleichen.«

Aber Johanna schaffte es nicht. Sie hatte sich ein Leben ohne Leroy aufgebaut. Sie hatte andere Männer gehabt und einen weiteren Sohn bekommen. Sie hatte Leroy in einen Karton geschlossen und irgendwo zwischen ihrer Kleidung aufbewahrt. Aber die Vergangenheit hatte sie eingeholt.

»Ich habe Angst, Dana«, sagte sie, als die Erinnerung an jenen Tag, der alles verändert hatte, sie plötzlich überrollte. »Was, wenn er jetzt das Gleiche tut wie Leroy?«

Drei Tage waren vergangen, seit Johanna Leroy unangekündigt besucht und die Wahrheit über ihn herausgefun-
den hatte. Drei Tage, seit sie ihm von der Schwangerschaft
berichtet und ihn danach verlassen hatte. Seitdem hatte
es nichts als Funkstille zwischen ihnen gegeben. Es hatte
pausenlos geregnet und sie hätte die Tage heulend im Bett
verbracht, wäre Sarah nicht gewesen. So aber musste das
Leben weitergehen. Sie arbeitete, sie kümmerte sich um die
Kleine. Außerdem übergab sie sich ununterbrochen.

Nie im Leben war es ihr so schlecht gegangen.

Dann kam der Abend, an dem sie mit einer Wärmflasche
auf dem Sofa lag, *Vom Winde verweht* schaute und sich ein-
gestand, dass ihre Schmerzen in der Brust und im Bauch
nicht von der Schwangerschaft herrührten. Sie hatte Sehn-
sucht.

Johanna streckte den Arm aus und holte sich das Telefon
auf den Schoß. Vielleicht sollte sie doch mit ihm sprechen.
Es war zwanzig Uhr, für gewöhnlich ihre gemeinsame Zeit
zum Telefonieren.

Sie hörte Schritte im Treppenhaus und erinnerte sich,
dass Dana heute noch vorbeikommen wollte. Sie hatte Johanna heute auf der Arbeit dabei erwischt, wie sie sich in
die Toilette übergeben hatte und war ganz aus dem Häus-
chen geraten.

Johanna wickelte sich das Telefonkabel um den Finger
und zögerte. Dann nahm sie den Hörer ab, wählte seine
Nummer und wartete. Aber Leroy nahm nicht ab.

Johanna wartete eine ganze Weile, dann schlug sie die

Decke und die Wärmflasche beiseite. Sie stand auf und zog sich einen Pullover und ihren Mantel über. Sie würde Dana bitten, rüberzukommen und auf Sarah zu achten. Sie war bestimmt gerade nach Hause gekommen.

Johanna öffnete die Wohnungstür, schaltete das Licht an und zuckte zurück. Ein Buch lag auf der Fußmatte. Es war *Roots* von Alex Haley.

Leroy ist gerade hier gewesen, schoss es ihr durch den Kopf.

Mit einem Satz war sie am Treppengeländer und sah hinunter. Aber er war nicht mehr da.

Wie in Trance ging sie zurück und hob das Buch auf. Sie blätterte grob durch die Seiten, bis sie den Zettel fand.

Liebe Johanna, las sie, *du bist so viel klüger als ich. Du hast gleich den Schlussstrich gezogen, als du erkannt hast, was ich getan habe. Wer ich bin. Ich hatte die ganze Zeit Geheimnisse vor dir und nie waren es gute. Ich lebe in einer gefährlichen Welt, von der ich nie wollte, dass du mit ihr in Berührung kommst. Aber nun ist es doch geschehen und du hast die Wahrheit erfahren.*

Und du hast mir gesagt, dass du ein Baby erwartest.

Johanna, so wie die Dinge stehen, kann ich kein Vater sein. Das wirst du sicher genauso sehen. Und eine Trennung reicht mir nicht. Denn eines Tages wird unser Kind vielleicht nach seinem Vater suchen und es ist besser, es findet niemanden, als den, der ich bis dahin vielleicht sein werde.

Es tut mir alles so leid.

Dein L.

In dem Moment, in dem sie das letzte Wort gelesen hatte, erlosch das Flurlicht. Johanna stand im Dunkeln und spürte, wie sich das Entsetzen in ihr ausbreitete. Als es ihre Finger erreichte, fiel das Buch mit einem Klatschen auf den glatten Steinfußboden. Als hätte das Geräusch sie aus ihrer Starre erlöst, stürmte sie die Treppen hinunter. Sie musste ihn einholen. Irgendwie musste sie es schaffen.

»Hanna!«

Vage nahm sie wahr, dass Dana ihr die Treppen hinunter folgte. Vor dem Haus hatte sie sie eingeholt. »Hanna! Was ist passiert?«

»Leroy, er ...« Johanna keuchte. Im strömenden Regen stand sie da und sah sich um. Sie hatte keine Ahnung, in welche Richtung sie aufbrechen sollte. »Er hat mir einen Brief geschrieben. Einen Abschiedsbrief.«

»Was?« Danas Blick ging suchend umher, bis sie den Brief in Johannas Faust entdeckte.

»Er ist hier gewesen«, sagte Johanna, während Dana die Zeilen überflog. »Gerade eben. Ich hätte nur die Tür öffnen müssen. Warum habe ich nicht früher angerufen? Warum habe ich drei Tage gewartet?«

»Gottverdammt.« Dana ließ den Brief sinken. »Er hat es wirklich getan.« Johanna spürte Danas Arme, die sich fest um ihren Oberkörper legten. »Dieser Scheißkerl«, sagte sie leise.

Am nächsten Morgen regnete es immer noch. Johanna stand vor dem dunkelroten Altbau, in dem Leroy gewohnt hatte. Die ganze Straße roch nach nassem Rauch.

Johanna sah zu Leroys Fenstern hinauf, die schwarze, ausgebrannte Löcher waren. Es hatte einen Wohnungsbrand gegeben und kurz darauf, nur wenige Kilometer entfernt, einen Autounfall. Leroy war in dem ausgebrannten Auto gewesen. Die Löschkräfte hatten berichtet, dass die Wohnung zerstört und nichts zurückgeblieben war. Dass es so aussah, als hätte Leroy Latham mit seinem Leben aufräumen wollen.

Johanna umklammerte den Brief in ihrer Manteltasche. Zwei Jahre war es her, dass sie Leroy kennengelernt hatte. Zwei Jahre, in denen sie jede freie Minute miteinander verbracht hatten. Und die vor drei Tagen geendet hatten.

Sie würde nie wieder hier stehen, das Licht in seinen Fenstern sehen und die Erregung spüren, die sie stets aus Vorfreude auf ihn ergriff. Ergriffen hatte. Nie wieder würde sein grauer Jeep vor dem Haus stehen und sie an all die Fahrten erinnern, die sie gemeinsam unternommen hatten. Nie wieder würde sie Leroy besuchen. Ihn nie wiedersehen, nie wieder anfassen.

Und warum? Weil eine Trennung nicht gereicht hatte. Es hatte der Tod sein müssen.

Unwillkürlich wanderten ihre Hände zu ihrem Bauch und drückten zu, als könnte sie ihre Schwangerschaft damit ungeschehen machen.

Eines Tages wird unser Kind vielleicht nach seinem Vater suchen und es ist besser, es findet niemanden.

Ein weißes Blatt, dort, wo einst der Vater gewesen war.

Wieso hatte sie mit Leroy nicht wenigstens die Möglichkeit besprochen, es wegmachen zu lassen? Wieso hatte sie so grenzenlos selbstsüchtig sein müssen und dieses elende Kind behalten wollen? Er wäre noch bei ihr. Er wäre diesen furchtbaren, diesen endgültigen Schritt nicht gegangen.

Johanna senkte den Kopf. »Gott, was hast du getan?«, flüsterte sie.

In diesem Moment, in dem sie vor Leroys Haus stand, mit seinem Abschiedsbrief in der Tasche, konnte sie sich nicht vorstellen, dieses Kind auf die Welt zu bringen. Nicht das Kind, das ihr Leroy weggenommen hatte.

»Ich habe ihm gesagt, dass ich ihn wegmachen lassen wollte.« Es fühlte sich ungeheuerlich an, es laut auszusprechen. Aber Dana war diejenige gewesen, die ihr damals ins Gewissen geredet hatte, es nicht zu tun. Um jeden Preis hatte Dana das Ungeborene retten wollen. Es war der erste schlimme Streit zwischen ihnen gewesen und ihre Freundschaft war danach nie wieder gewesen wie zuvor. Jaxon hatte von diesem Tag an zwischen ihnen gestanden.

»Du solltest damit aufhören, zurückzublicken und dir Vorwürfe zu machen.« Danas Stimme klang hart. »Das bringt niemanden weiter.«

Johanna stand von der Truhe auf und ging einen Schritt auf die Haustür zu, durch die in den letzten vier Tagen mehr Menschen gegangen waren als in allen zwölf Jahren, die sie hier lebten, zuvor.

»Schau nach vorne und überleg«, sagte Dana. »Wo könnte er sein?«

»Ich weiß es wirklich nicht«, antwortete Johanna automatisch auf die Frage, die ihr in den letzten Tagen unzählige Male gestellt worden war. Sie wusste nicht, woher Jaxon gekommen, wohin er gegangen oder mit wem er befreundet war. Sie fragte sich auf einmal, was der eigentliche Grund für Danas Anruf war.

»Verdammt.« Dana stieß den Atem aus. »Also gut«, sagte sie. »Dann erzähl mir jetzt mal ganz genau, was am Sonntag bei euch passiert ist.«

***

Jaxon lehnte neben der geöffneten Fahrertür an seinem Wagen, eine Wasserflasche in der Hand, aus der er ab und zu einen Schluck trank. Es war ein heißer Nachmittag und er war gerade acht Stunden lang Auto gefahren, aber es hatte sich gelohnt. Er konnte sich jedenfalls keinen Ort vorstellen, der abgelegener war als dieser. Sie befanden sich irgendwo im Osten Deutschlands, nicht weit entfernt von der polnischen Grenze. Links von ihm erstreckten sich Felder und Wälder, rechts lag ein blauschimmernder See, auf dem ein paar Enten herumschwammen.

Nachdem sie die letzte Ortschaft, Parlow, hinter sich gelassen hatten, waren sie sechs Kilometer eine verwitterte Kopfsteinpflasterstraße entlanggefahren, bis der Weg vor einem schmiedeeisernen Tor geendet hatte, hinter dem ein verlassen wirkendes Anwesen lag. Jaxon hatte den BMW ein Stück vom Tor entfernt im Schatten der Buchen abgestellt und musste Tom insgeheim Anerkennung zollen. Wenn das mal kein Versteck war. Außer ein paar Kühen, Pferden und einer staubfarbenen Katze waren sie seit mindestens einer Stunde keinem einzigen Lebewesen begegnet und er merkte, wie er nach dem überstürzten Aufbruch heute Morgen allmählich zur Ruhe kam.

»Da kommt er«, sagte er ins offene Auto hinein, als in einer Staubwolke ein Fahrzeug näherkam. Er stieß sich von der aufgeheizten Karosserie ab und ging ihm entgegen.

Tom fuhr nicht seinen Freelander, sondern einen alten, dunkelblauen VW Passat mit einem Berliner Kennzeichen, den er am Feldwegrand abstellte.

»Hi«, sagte er, als er ausstieg. Er ließ seinen Blick über den BMW und das dahinterliegende Tor wandern, bevor er Jaxon einer Musterung unterzog.

»Alles okay?«, fragte er. »Gab es irgendwelche Schwierigkeiten?« Er wirkte ein wenig nervös und Jaxon fragte sich, was das eigentlich genau für ein Ort war, zu dem Tom ihn hier gelotst hatte.

»Naja.« Er kratzte sich im Nacken. »Es gab da eine kleine Komplikation.«

»Was für eine Komplikation?« Tom nahm seine Sonnenbrille ab und schob sie sich mit einem Bügel in den Ausschnitt seines Shirts. Der Anblick seiner getapten Schläfe erinnerte Jaxon zum ersten Mal wieder an die Razzia im Hafen und ihre Auseinandersetzung vor einigen Tagen. Ihm fiel ein, mit welcher Aggressivität er auf Tom losgegangen war und trat einen halben Schritt zurück.

Toms dunkle Augen blitzten auf. »Falls diese Komplikation finanzieller Natur sein sollte, könntest du mal in deiner Jackentasche nachschauen. Da müssten noch zehntausend Euro von mir drin sein.«

Jaxon stieß die Luft aus. Darüber, dass er in jener Nacht nicht die Geistesgegenwart besessen und die verdammte Jacke aufgehoben hatte, die Levin ihm vom Körper gerissen hatte, ärgerte er sich immer noch. Nach vier Hotelübernachtungen und mehr als tausendfünfhundert gefahrenen Kilometern waren seine Bargeldreserven restlos erschöpft. Es war Miriam gewesen, die das Geld für die Tankfüllung abgehoben und sie über den heutigen Tag gerettet hatte.

»Tja, was soll ich sagen? Die Jacke und die Kohle, die da drin war, die sind, ähm … weg.«

Tom verzog das Gesicht, als hätte er Schmerzen. »Verfluchter Mist.« Er atmete ein paarmal tief durch, dann nickte er zu dem Tor herüber, das ein Stück entfernt unter den ausladenden Bäumen im Schatten lag.

»Na gut, dann lass uns mal …« Er brach ab, als er an Jaxon vorbeisah, und die Kinnlade fiel ihm herunter.

»Was tut *sie* hier? Du … du solltest sie doch loswerden. Schritt eins deines Plans!«

Jaxon drehte sich um, obwohl er auch so wusste, dass Tom Miriam gesehen hatte, die aus dem BMW gestiegen war.

»Ich wollte sie ja loswerden«, beeilte er sich zu erklären. »Wir standen schon in München am Bahnhof, aber da war Polizei und ich …«

»In München? Natürlich war da Polizei!«, fuhr Tom auf. »Was hattest du am Hauptbahnhof zu suchen? Du solltest Miriam an der nächsten *Bushaltestelle* rauswerfen. Die Dinger gibt's in jeder Seitenstraße. Das kann doch nicht so schwierig sein.«

Jaxon fuhr sich mit beiden Händen durch die Haare. Er hatte ein schlechtes Gewissen, weil Tom ihm heute Morgen am Telefon innerhalb von Minuten einen Fluchtplan entworfen und er sich nicht daran gehalten hatte. Andererseits, wie sollte er erklären, was ihn geritten hatte, Miriam bei sich zu behalten?

Mit Schaudern dachte er an den überfüllten Vorplatz des Münchner Hauptbahnhofes zurück, vor dem sie gestanden hatten. Vor dem Gebäude hatten sich die Autos und Taxen gedrängt und Miriam hatte neben ihm gesessen und geweint. Dann hatte er das Polizeiauto näherkommen sehen und nur noch Kälte gefühlt, die ihm den Rücken hinaufgekrochen war und ihm das Gehirn gelähmt hatte. Im Schritttempo war es an den parkenden Autos vorbeigerollt, als würden die Beamten darin nach jemandem Ausschau halten. Jaxon hatte gar nicht weiter nachgedacht, den Wagen angelassen und war auf die Straße ausgeschert.

Er hatte Stunden gebraucht, um sich von dem Schock zu erholen und nicht mehr die Nerven gehabt, einen weiteren Bahnhof anzusteuern.

Er rieb sich die Arme. »Meine Güte, Tom. Ich konnte Miriam nicht einfach irgendwo in Bayern auf die Straße setzen, das musst du doch ver …«

»Und ob du das konntest! Verdammt nochmal, Jax, jetzt haben wir ein echtes Problem am Hals. Jetzt muss sie hierbleiben, verstehst du das?«

Miriam kam zu ihnen herüber und Jaxon zuckte verhalten die Achseln.

Sie blieb neben ihm stehen, den Blick auf Tom gerichtet, der aussah, als hätte er in etwas Saures gebissen.

»Hallo«, sagte sie in die Stille hinein, die aufgetreten war, als Tom und Jaxon schlagartig ihre Auseinandersetzung abgebrochen hatten.

»Hallo.« Tom stemmte die Hände in die Hosentaschen und warf Jaxon einen langen Blick zu.

»Wo ist Lena?«, fragte Miriam. »Ist sie nicht mitgekommen?«

Eine steile Falte entstand zwischen Toms Brauen. »Das wäre ja noch schöner.«

Miriam runzelte die Stirn. »Wieso? Was ist passiert?«

»Deine Lena hat mir die Bullen auf den Hals gehetzt und ich habe sie Zuhause rausgeworfen, das ist passiert. Weil du einfach von der Bildfläche verschwunden bist, als …«

»Hey, hey!« Jaxon streckte einen Arm aus und hielt Tom zurück, der sich bei seinen Ausführungen auf Miriam zubewegt hatte. »Ganz ruhig, ja?«

Miriam senkte den Blick. »Ich hätte sie schon früher anrufen sollen. Sie hatte ja keine Ahnung, wo ich die ganze Zeit war, und …«

»Allerdings nicht.«

»… gestern, nach unserem Telefongespräch …« Sie brach ab und sah zu ihm auf. »Meine Güte, sie hat sich doch einfach nur Sorgen gemacht.«

Tom bleckte die Zähne. »Sorry, aber sie ist unausstehlich, wenn sie sich sorgt.«

Miriam stieß ein Seufzen aus. »Kannst du mir dein Handy borgen? Ich muss sie anrufen, sie ist bestimmt völlig außer sich …«

»Von wegen«, giftete Tom weiter. »Du und Lena, ihr habt Kontaktsperre.«

Miriam lachte auf. Sie setzte dazu an, etwas zu erwidern, aber Tom schnitt ihr mit einer Handbewegung das Wort ab.

»Genug geplänkelt.« Er nickte zum BMW herüber. »Ihr beide wartet im Wagen. Ich checke mal eben die Lage.«

Zornig sah Miriam ihn an, dann machte sie kehrt und stapfte durch die Hitze zu dem offenstehenden Auto zurück.

Jaxon sah ihr hinterher. »Du bist ein echter Scheißkerl, weißt du das?«, sagte er.

Tom lachte. »Nur gut, dass du keiner bist, was?«

Er wandte sich dem Tor zu, aber Jaxon, der befürchtete, dass dies die vorerst letzte Möglichkeit sein könnte, mit ihm unter vier Augen zu sprechen, stellte sich ihm in den Weg.

»Hör mal.« Er legte ihm eine Hand auf die Brust. »Ich will, dass du damit aufhörst, Miriam blöd anzumachen. Sie kann nichts dafür, dass ich sie mitgenommen habe, okay?«

Tom stieß seinen Arm beiseite. »Und ich kann nichts dafür, dass du zu dämlich bist, ein Mädchen auf einem Mais-

156

feld auszusetzen. Ich könnte dich ehrlich umbringen dafür, dass wir sie jetzt deinetwegen am Hals haben – «

»Wie auch immer.« Jaxon senkte die Stimme. »Jetzt geht es darum, dass sie nicht mitbekommt, dass sie hierbleiben muss. Sie darf sich nicht wie eine Gefangene fühlen, sonst will sie sofort nach Hause, kapierst du?«

Er hoffte, dass diese Nachricht bei Tom angekommen war, auch wenn der nicht so aussah, als würde er darin eine Notwendigkeit sehen.

»Das ist dein Job«, sagte er auch nur und wandte sich ab.

***

Irgendetwas war anders. Tom kam nicht gleich darauf, was es war, aber als er sich dem Tor näherte, sah er, dass es mit einer neu aussehenden, dicken Kette verschlossen war.

Er legte die Hände um das schmiedeeiserne Gitter und ließ seinen Blick über das dahinterliegende Anwesen schweifen. Der große Hof mit den alten Bäumen und den umstehenden Gebäuden war genauso, wie er ihn in Erinnerung hatte. In der Mitte des Grundstücks stand das zweigeschossige Haupthaus mit den kleinen Fenstern, dem Ziegeldach und der ausgetretenen Verandatreppe, rechts davon die hölzerne Scheune mit dem Heuboden und den offenstehenden Toren.

Er kniff die Augen zusammen, weil er meinte, im Schatten der Hauswand eine Bewegung wahrzunehmen und fuhr zusammen, als kurz darauf ein großer, schwarzer Hund auf ihn zustürmte. Und gleich noch einmal, als er erkannte, dass es sein eigener war. Er hatte ihn vor etwa drei Jahren auf einem Hof in der Umgebung gekauft und großgezogen.

»Hi, Laika, was machst du denn hier?«, murmelte er.

Und was tat Judith hier? Denn wo Laika war, war Judith mit Sicherheit nicht weit. Dabei sollten sie beide in Berlin sein.

Laika, die so tat, als wäre er nicht für Jahre weg, sondern nur mal eben in Parlow zum Brötchenholen gewesen, überschlug sich vor Aufregung und fiepte, als Tom seine Hand zurückzog. Er richtete sich auf und sah Judith über den Hof auf sich zukommen. Einen Meter vor dem Tor blieb sie stehen.

»Na«, sagte sie, »da bist du ja wieder.«

Tom sah sie an und die Stimme blieb ihm irgendwo in der Kehle stecken, als die Erinnerungen zurückkamen: an die Zeit, die sie gemeinsam hier verbracht hatten; die zahllosen Streitereien; die Nacht vor fast zwei Jahren, in der er ohne ein Abschiedswort ins Auto gestiegen und nicht mehr zurückgekommen war.

Sie warf einen Blick an ihm vorbei. »Oh, und meinen VW hast du auch wieder mitgebracht. Wie nett.«

Tom räusperte sich. »Ähm, ja …« Er wünschte, sie würde näherkommen, damit er sie anfassen konnte. Es war immer Dasselbe: Einerseits liebte er sie und wünschte sie sich in seiner Nähe. Und wenn sie dann da war, konnte er ihre Anwesenheit kaum ertragen. Es hatte sich nicht das kleinste Bisschen geändert.

»Dass du ihn nicht mittlerweile zu Barem gemacht hast, wundert mich.« Judith zog einen Mundwinkel in die Höhe. »Ich meine, du machst ja früher oder später alles zu Geld, was du in die Finger bekommst.«

Wow, dachte Tom, sie macht haargenau da weiter, wo sie damals aufgehört hat.

»Vielleicht habe ich mich ja mittlerweile geändert.«

Judith lachte. »Wohl kaum. Ich denke, du bist immer noch der geldgierige, egozentrische Mistkerl, der du immer warst. Dein blaues Auge hast du bestimmt nicht bekommen, weil du plötzlich so ein netter Typ geworden bist.«

Tom fuhr sich über die Schläfe. »Das habe ich in letzter Zeit häufiger gehört. Also ist da wahrscheinlich was dran.« Er versuchte ein versöhnliches Lächeln, aber Judith ging nicht darauf ein.

»Was willst du hier, Tom? Und sag nicht, du bist zufällig in der Gegend gewesen.«

Tom schwieg, unsicher, ob er gleich mit der Tür ins Haus fallen sollte. Judith war eine Komplikation, mit der er zugegebenermaßen nicht gerechnet hatte. Er hatte sie und diesen Ort vor Jahren bereits verlassen und war gegangen. Er hatte einen Neuanfang gemacht und er war davon ausgegangen, dass sie das auch getan hatte.

Er drehte sich zu den Autos um, in der Hoffnung, von dort würde in irgendeiner Form Ablenkung erscheinen, aber Jaxon saß bei geöffneter Tür auf der Rückbank des BMWs, ein Bein im Freien, und unterhielt sich mit Miriam. Judith folgte seinem Blick.

»Also, was wollt *ihr* hier?«, korrigierte sie sich. Sie hatte ein Glitzern in den Augen, das neu war, aber die leichte Melancholie darin war ihm vertraut.

»Hör mal, wir, also ich ...« Er wusste nicht, wie er anfangen sollte. Früher hatte er mit Judith über alles reden können. Sie war das Mädchen gewesen, mit dem er seine Kindheit und Jugend verbracht, mit dem er vor ewigen Zeiten seine erste Zigarette geteilt, mit dem er seine Unschuld verloren hatte. Aber er hatte seine zahlreichen Chancen verspielt. Und jetzt war offensichtlich, dass sie nichts mehr für ihn übrighatte.

»Also, kannst du vielleicht das Tor aufschließen? Können wir reinkommen? Dann kann ich dir alles erklären«, startete er einen Versuch.

Judith verzog das Gesicht. »Nein«, antwortete sie. »Tut mir leid. Aber du setzt keinen Fuß mehr auf dieses Grundstück.«

Als könnte sie seinen Anblick nicht länger ertragen, entfernte sie sich von ihm, dann fuhr sie sich mit einer Hand über die Augen und wandte sich ab.

Tom stieß sich vom Tor ab und ging zum Auto zurück.

»Und?«, fragte Jaxon, als er aus dem BMW stieg. »Was jetzt?«

»Warten wir es ab.« Tom blieb mit dem Rücken zum Tor stehen, hinter dem Laika traurig kratzte und fiepte, und tastete seine Hosentaschen ab. Er wünschte sich, er hätte etwas zum Zerreißen in der Hand.

»Wie lange sollen wir warten?«

»Ich schätze, zehn Sekunden.«

»Zehn Sekunden sind okay.« Jaxon schob sich die Hände in die Taschen und sah an Tom vorbei auf das Anwesen.

»Sie kommt zurück«, teilte er ihm mit.

»Klar kommt sie zurück. Noch drei Sekunden, zwei …«

»Sie schließt das Tor auf.«

»… eins«, schloss Tom, als er ihre Stimme hinter sich hörte.

»Okay. Meinetwegen könnt ihr reinkommen.«

***

Judith war ein blasses, mageres Mädchen mit langen, schwarzgefärbten Haaren und großen, dunklen Augen. Auf tragische Art und Weise sah sie traurig aus. Miriam wusste nicht, ob es nicht lediglich an der Form ihrer Brauen lag, aber sie verspürte bei Judiths Anblick das Bedürfnis, ihr ein Taschentuch zu reichen.

Hoffentlich ist es nicht dieser Ort, der das aus ihr gemacht hat, dachte sie, während sie Jaxon und Tom über den Hof folgte. Er sah, ebenso wie der Garten und das Haus, verwildert aus. An vielen Stellen spross Unkraut aus dem Boden, im Dach der Scheune klafften große Löcher und der Zaun war vor lauter Bewuchs bestenfalls zu erahnen. An der Hauswand neben der Veranda lehnte ein verrostetes Fahrrad.

Als sie den Flur betraten, hörten sie eine Quizsendung, die in einem angrenzenden Raum im Fernsehen lief.

Judith stieg vor ihnen eine steile Holztreppe nach oben. Das Haus war verwinkelt und dunkel, die Decke mit Spinnweben überzogen. Am Ende des schmalen Flurs im ersten Stock, wo ein Giebelfenster ein wenig Licht hereinließ, öffnete Judith eine Tür zu ihrer Linken.

»Hier hinten sind zwei Zimmer, die ihr benutzen könnt«, sagte sie.

Miriam trat ein und sah sich um. Der Raum hatte eine große Grundfläche, wirkte durch seine niedrige Decke, die kleinen Fenster und robusten Möbel jedoch beengend.

»Gegenüber ist der zweite Raum«, sagte Judith. »Wenn ihr Hunger habt, könnt ihr runterkommen. Ich glaube, ich habe noch was für ein Abendessen da«. Sie lächelte Miriam und Jaxon an, Tom überging sie dabei irgendwie, dann drehte sie sich um und ging über den knarrenden Holzfußboden in Richtung Treppe.

Miriam wandte sich zu Jaxon um, der seit ihrer Ankunft kein Wort gesagt hatte. Dann zu Tom, der in der Tür stand und Judith nachblickte.

»Erklärst du uns mal, wo wir hier sind?«, fragte sie, aber Tom schien gerade keine Sprechstunde zu haben.

»Ich fahre die Autos rein«, sagte er zu niemand Bestimmtem, dann war er ebenfalls verschwunden.

Miriam trat neben Jaxon an das Fenster und sah in den Hof und auf das weitläufige Grundstück hinaus, das auf der Nordseite zum Seeufer hin abfiel.

»Diese Judith ist irgendwie seltsam, findest du nicht?«, sagte sie leise, aber Jaxon antwortete nicht.

»Was glaubst du, wie lange bleiben wir jetzt hier? Hat Tom dir das gesagt?«

Jaxon hob eine Schulter. »Was weiß ich«, erwiderte er tonlos. »Bis die Welt vergisst, was ich getan habe, vermutlich.«

»Wir müssen ja nicht hierbleiben«, sagte Miriam. Sie wollte ihm tröstend einen Arm um die Taille legen, aber Jaxon wich ihr mit einer halben Drehung aus und ging vom Fenster weg.

»Ach ja?«, fuhr er sie an. »Und wo sollte ich deiner Meinung nach sonst hingehen?«

Miriam schlang sich die Arme um den Leib. »Ich … ich weiß nicht. Wir würden schon eine Möglichkeit finden …«

Jaxons Blick wurde schmal. »Da bin ich ja mal gespannt. Außer *du musst dich stellen, Jaxon* ist von dir bisher noch nichts gekommen.«

Miriam spürte, wie sich ihr Magen verkrampfte. »Nicht so laut«, flüsterte sie, ging an ihm vorbei und schloss die Tür. »Oder willst du, dass Judith alles mitkriegt?«

»Keine Sorge, dieses Gespenst ist wahrscheinlich eine von Toms Kolleginnen und vollkommen vertrauenswürdig.« Jaxons Stimme klang bitter. Er hatte sich neben dem Fenster an die Wand gelehnt und leicht vorgebeugt, fast so, als hätte er Schmerzen. Ihn so verloren zu sehen, brach Miriam fast das Herz.

Es ist auf diesem Hotelparkplatz passiert, dachte sie. Von dem Moment an, in dem er Tom am Telefon gehabt hatte, hatte sie jeden Zugang zu ihm verloren.

»Du musst nicht hierbleiben, nur weil er das gesagt hat«, versuchte sie Jaxon klarzumachen und nickte zum Fenster, hinter dem Tom gerade den Hof überquerte. »Du hast es vielleicht noch nicht mitbekommen, aber Tom führt ein kriminelles Geschäft.«

Jaxon verzog einen Mundwinkel. »Doch, das habe ich schon irgendwie mitbekommen.«

»Aber du, du bist doch gar nicht so«, fuhr Miriam fort und hörte selber, wie verzweifelt sie klang. »Diese Sache mit dem Schuss, die hast du im Affekt getan. Tom hingegen … der macht alles mit Berechnung. Wo also soll einer wie er gute Ratschläge für dich herhaben?«

Über seine verschränkten Arme hinweg starrte Jaxon sie an. »Hör auf damit«, sagte er.

Miriam holte tief Luft. »Dann sag mir doch mal ganz ehrlich, wo du die Waffe herhast. Die hast du dir doch nicht selbst gekauft.«

Als sich Jaxon abwandte, die Lippen zu einem dünnen Strich zusammengepresst, wusste sie, dass sie ins Schwarze getroffen hatte. Sie wollte gerade auf dieser Schiene zu argumentieren fortfahren, da schnitt er ihr mit einer Handbewegung das Wort ab.

»Denk mal an heute Morgen.« Er stieß sich von der Wand ab, ging ein paar Schritte in den Raum hinein und warf einen Blick auf den altertümlichen Wecker, der auf dem Nachtschrank stand. »Die Meldung im Radio? Diese Polizisten am Bahnhof?«

»Jaxon, ich denke, dass du …«

»Und hier?« Er breitete die Arme aus. »Hier ist weit und breit niemand. Kein Radio, keine Polizei. Morgen früh weckt mich keine Horrormeldung über mich selbst.« Er machte eine Pause. »Ich werde den Teufel tun und von hier verschwinden«, schloss er, marschierte zur Tür und zog sie auf. »Und jetzt gehe ich zum Essen runter.«

Das Abendessen fand im Wohnzimmer statt. Der Raum war ebenfalls groß, aber auch hier war die Decke niedrig und die Fenster waren klein. Er war mit zwei wuchtigen Sofas, mehreren Sesseln, einem Holztisch und einer ziemlich wacklig aussehenden Glasvitrine so zugestellt, dass nicht mehr viel Bewegungsspielraum blieb.

Auf einem der Sofas saß Tom, neben ihm lag eingerollt der Hund, hinter ihm gähnte das Loch eines Kamins in der Wand, der die einzige Heizmöglichkeit in diesem Haus darzustellen schien. Toms Blick folgte Judith, die mit einem Brotkorb und einer Wasserkaraffe aus einem angrenzenden Raum kam.

»Setzt euch doch«, sagte sie zu Miriam und Jaxon, die im gemauerten Torbogen stehengeblieben waren. Sie stellte den Brotkorb und die Karaffe auf den gedeckten Holztisch, dann verließ sie das Wohnzimmer wieder, während Miriam und Jaxon auf dem zweiten Sofa Platz nahmen.

Tom hob das Gesäß an und zog einen durchsichtigen Beutel mit Tabak und ein Feuerzeug aus seiner Jeanstasche. Dann schob er seinen Teller und sein Glas beiseite und begann damit, sich eine Zigarette zu drehen.

»Woher kennst du Judith?«, fragte Miriam, während Jaxon das Wasser auf die Gläser verteilte.

Tom zuckte die Achseln. »Wir kennen uns schon immer.«

Er befeuchtete das Zigarettenpapier mit der Zungenspitze, bevor er es zu einer Tüte drehte. »Wir haben hier mal zusammen gewohnt.«

»Wirklich?« Unwillkürlich sah sich Miriam in dem Wohnzimmer um. Sie musste daran denken, wie Tom vor etwa einem Jahr das erste Mal bei ihnen Zuhause aufgetaucht war, um Gregor abzuholen. Sie hatte gleich ein ungutes Gefühl bei ihm gehabt, aber Lena hatte sich Hals über Kopf in den neuen Kumpel ihres Bruders verliebt und so hatte Miriam ihre Bedenken beiseitegeschoben.

»Wart ihr mal zusammen oder so?«, fragte sie.

Tom zog sanft an den langen Ohren des Hundes. »Hmhm.«

»Jetzt scheint sie aber nichts mehr von dir wissen zu wollen«, mischte sich Jaxon ein, der damit angefangen hatte, sich ein Brot zu belegen.

»Ach, sie tut nur so.« Tom zog einen Mundwinkel hoch.

»Und was ist mit Lena? Was ist zwischen euch passiert?«, schwenkte Miriam, den friedlichen Moment nutzend, um. Aber Toms Stimmung schwenkte mit um.

»Das habe ich dir schon gesagt. Sie konnte ihre Klappe nicht halten und ich habe sie an die Luft gesetzt. Ende der Geschichte.«

»Sie wird dich kaum mit Absicht verraten haben. Wahrscheinlich tut es ihr schon leid und sie …«

»Warum sollte es ihr leidtun?« Tom grinste süffisant. »Sie hat es doch nur für dich getan. Meine Freiheit gegen deine, verstehst du?«

Miriam ignorierte seinen zynischen Ton. »Warum willst du nicht, dass ich sie anrufe, Tom? Was ist das, was ich nicht wissen soll?«

Sie spürte Jaxons Hand auf ihrem Bein und merkte erst jetzt, wie sehr sie sich aufregte.

Tom beugte sich in ihre Richtung. »Ich will nicht, dass du Lena anrufst, weil sie nicht wissen darf, wo wir sind. Ich vertraue ihr ganz einfach nicht. Ebenso wenig wie dir«, ergänzte er mit einem gefährlichen Glitzern in den Augen. Dann verstummte er, weil Judith zurückkam. Sie hatte eine Schüssel Feldsalat dabei und stellte sie auf dem Tisch ab. In dem Moment, in dem sie sich setzte, stand Tom auf, packte seinen Kram ein und steckte sich den Joint zwischen die Lippen.

»Ich bin weg, hab zu tun«, sagte er und verließ die Runde. Der schwarze Hund sprang vom Sofa und folgte ihm schwanzwedelnd durch den Torbogen nach draußen.

Judith griff nach einer Brotscheibe. »Was für eine Überraschung«, murmelte sie. Dann wandte sie sich Miriam zu. »Und wo kommt ihr beide her?«

Elf

Es klopfte an der Tür und Jaxon ließ die Zeitung sinken.

»Nein!«, bellte er. Sein Herz hämmerte. Das Letzte, was er gebrauchen konnte, war Gesellschaft, solange er diese Nachricht noch nicht verdaut hatte. Und das hatte er definitiv noch nicht getan.

»Kann ich reinkommen?«, hörte er Tom rufen.

Jaxon atmete einige Züge tief ein und aus, aber es half nichts. Er stand völlig neben sich.

»Tu dir selbst einen Gefallen und verschwinde!«, rief er, aber Tom hatte seine Antwort gar nicht erst abgewartet und schon den Kopf in das Zimmer gesteckt. Nachdem er festgestellt hatte, dass Jaxon alleine war, trat er ein und schloss die Tür.

»Was ist los mit dir?«, fragte er und näherte sich dem Bett, auf dem Jaxon saß.

»Nichts.« Jaxon hoffte, dass sein beschleunigter Herzschlag nicht durch das T-Shirt hindurch zu sehen war.

Tom ließ sich auf der Armlehne des Sessels nieder, der zwischen Bett und Fenster stand. »Wo hast du die Zeitung her?«

Jaxon legte sie außerhalb von Toms Reichweite. »Miriam hat sie heute Morgen vom Brötchenholen mitgebracht.«

»Miriam war Brötchenholen? Wo denn?«

»In diesem Kaff hier in der Nähe. Wieso? Wird das jetzt ein Verhör, oder was?«

Tom erhob sich und fuhr sich durch die Haare. »Mann, Jax, du musst sie doch im Auge behalten. Was, wenn sie abhaut?«

Jaxon stand ebenfalls auf, weil er sich lieber mit Tom auf Augenhöhe befand, wenn sie schon eine Diskussion austragen mussten. Er stieß die Luft aus und merkte, wie nervös er klang.

»Und was ist überhaupt los mit dir?«, fuhr Tom auf. »Du siehst aus, als hättest du gerade deine eigene Todesanzeige gelesen.«

Jaxon wandte sich ab und versuchte, sich wieder in den Griff zu kriegen. Tom nutzte den Moment und schnappte sich die Zeitung vom Bett.

»Also? Was steht da Entsetzliches drin? Wurde jetzt ein Kopfgeld auf dich ausgesetzt, oder was?«

Eine Sekunde lang war Jaxon versucht, Tom eine reinzuhauen, aber er schüttelte nur den Kopf.

»Levin ist tot«, sagte er.

Tom warf ihm einen Blick zu, dann rollte er die Zeitung zusammen. »Okay«, sagte er langsam.

»Was?« Jaxon sah Tom an und hoffte, er würde irgendwas sagen oder tun, das ihn wieder beruhigte.

»Sagen wir es so«, sagte Tom nach einer Pause und warf die Zeitungsrolle auf die Fensterbank. »Es ändert nichts an der gegenwärtigen Situation.«

Jaxon sog die Luft ein. »Wie bitte? Es ändert sehr wohl etwas an der Situation, ob der Typ tot ist oder nicht.«

Tom ging einen Schritt zurück. »Es erhöht das Strafmaß, wenn du geschnappt und verurteilt wirst – «, gab er zu, aber Jaxon fuhr dazwischen.

»Blabla, hör mit deinem Strafmaßgequatsche auf. Hast du schon mal jemanden umgebracht?« Und als Tom nicht antwortete: »Was ist? Hast du?«

Tom wich seinem Blick aus. »Natürlich nicht.«

»Also weißt du auch nicht, wie das ist, von einer Sekunde zur nächsten zum Mörder zu werden.«

»Mag ja sein.« Tom hob entwaffnend die Hände.

»Du weißt es nicht«, wiederholte Jaxon. »Alles ändert sich.«

»Wie du das mit deinem Gewissen regelst, ist die eine Sache. Unmittelbar ändert sich aber nichts: Du versteckst dich hier und musst aufpassen, dass du nicht geschnappt wirst. Womit wir bei dem Grund sind, aus dem ich hier bin.«

»Stell dir vor, was jetzt bei uns zuhause los ist. Bisher haben wahrscheinlich alle heulend an Levins Krankenbett gesessen. Und jetzt?«

Es war das erste Mal seit dem zwanzigsten Juli, dass er versuchte, sich die Situation Zuhause zu vergegenwärtigen, aber es gelang ihm nicht. Die Veränderung, die er durch den Schuss bewirkt hatte, war zu groß.

»Was interessiert uns, was bei dir zuhause los ist?«, riss ihn Tom aus seinen Gedanken. »Die Tatsache, dass du Miriam mit hierher geschleppt hast, wird uns in nicht allzu ferner Zukunft das Genick brechen. Das ist momentan das Problem. Alles klar?«

Er hat Recht, dachte Jaxon. Was interessierte ihn schon, was Zuhause los war?

»Miriam ist also das Problem, richtig?«

Erleichtert drehte Tom die Augen zur Decke. »Richtig.«

»Und … was schlägst du zur Lösung des Problems vor? Sollen wir sie erschießen? Im See ertränken? Ich meine, du bist noch clean, also kann ich das übernehmen.« Er merkte, dass er hysterisch lachte, ohne es zu wollen. »Oder meinst du, das Dings, dieses Strafmaß, steigt dann noch weiter?«

Tom sah ihn finster an und wandte sich ab. »Okay, vergiss

es. Ich mach das schon. Krieg du dich nur wieder ein.« Er kam zurück und schnappte sich die Zeitung von der Fensterbank. »Und meide die Medien, wenn es möglich ist«, fauchte er beim Verlassen des Schlafzimmers und schlug die Tür hinter sich zu.

Jaxon langte nach dem nächstbesten Gegenstand, den er zu fassen bekam, dem altmodischen Wecker, und schleuderte ihn gegen die Tür, wo er in seine Einzelteile zersprang. In der nächsten Bewegung trat er einen Holzstuhl aus dem Weg, der krachend gegen das Bett flog und auf dem Fußboden liegenblieb.

»Scheiße!«, schrie er. Schwer atmend blieb er mitten im Raum stehen. Während die Sekunden durch ihn hindurchflossen, merkte er, dass es ihm allmählich besser ging. Oh man, der Kerl war einfach zur verdammt falschen Zeit aufgetaucht, das war alles.

***

Johanna hatte gewusst, dass Levin sterben würde. Sie hatte ein wenig Zeit gehabt, sich auf den Moment vorzubereiten, dennoch traf sie der Schmerz mit Wucht, als sein Herz sechs Tage nach dem Schuss aufhörte zu schlagen.

Mit Levins Tod wuchs das Ausmaß der Tat Jaxons so sehr, dass ihr die Räume Zuhause auf einmal beengt vorkamen; viel zu klein für die Ungeheuerlichkeit dessen, was geschehen war.

Sie trat an das Fenster im Wohnzimmer, sah in die Dunkelheit hinaus und suchte eine Antwort auf die Frage, wie ein Mensch einfach aufhören konnte zu leben, weil einem anderen, ihrem eigenen Sohn, eingefallen war, ihn zu töten.

Aber da war nichts. Nur ein Spiegelbild ihrer selbst.

Mit einem Ruck zog sie den Vorhang vor die schwarze Scheibe und fuhr herum, als sie eine Gestalt an der Tür wahrnahm.

Mit einer vollgepackten Tasche auf dem Rücken stand Oliver da. Er ist ein so hübscher Junge, ging es Johanna durch den Kopf. Mit seinen elf Jahren war er jetzt schon groß, hatte dunkle Augen mit langen Wimpern und dichte, weiche Haare, die er hasste und meistens unter irgendeiner Form von Kopfbedeckung versteckte. Ihm fehlte Selbstvertrauen und er hatte das Rückgrat eines frisch geschlüpften Vogels. Sein Blick war meistens gehetzt, als fürchtete er, hinter der nächsten Ecke überfallen zu werden. Und seit dem Schuss war es schlimmer geworden. Er hatte Angstzustände und schreckte nachts von Albträumen verfolgt aus dem Schlaf.

»Mama?«, sagte er. »Ich will nicht, dass du ganz alleine hier im Haus bleibst.«

Johannas Augen begannen zu brennen. Wie hatte es nur so weit kommen können, dass hier, bei ihr, nicht mehr der richtige Ort für ihn war? Dass sie nach Jaxon nun auch ihren zweiten Sohn verlieren würde?

»Kannst du nicht mitkommen?«

»Ach, Oliver ...«

»Warum denn nicht? Was ist, wenn Jaxon zurückkommt? Willst du dann ganz alleine hier sein?«

Johanna schüttelte den Kopf. »Ich habe keine Angst vor Jaxon.«

Das war gelogen. Sie hatte schon immer Angst vor Jaxon gehabt, schon als er noch gar nicht auf der Welt gewesen war.

Sie wollte auf Oliver zugehen und ihn zum Abschied umarmen, da tauchte Michael hinter ihm im Türrahmen auf und Johanna verharrte am Fenster. Hinter Olivers schmächtiger Gestalt wirkte er riesig. Seine Hände lagen wie Pranken auf den schmalen Schultern seines Sohnes.

»Warte im Wagen, Oliver«, sagte er, jedoch ohne seinen Blick von Johanna abzuwenden.

Oliver bewegte sich nicht. Seine Augen begannen zu glänzen und Johanna, die wusste, wie sehr er sie vermissen würde, zwang sich zu einem Lächeln.

»Geh ruhig«, sagte sie. »Ich bleibe hier und bringe das alles wieder in Ordnung.«

Oliver schniefte und Michael schob ihn hinter sich in den Flur hinein. Er wartete, bis die Haustür ins Schloss geklackt war, bevor er das Wohnzimmer betrat.

»Wie willst du das tun?«, fragte er und Johanna hielt sich an dem Fensterbrett hinter ihr fest. »Wie willst du wieder in Ordnung bringen, was dein Sohn unserem Kind angetan hat?«

Johanna schüttelte den Kopf. Sie brachte kein Wort heraus. Sie wusste nicht, wie sie ihre Familie wieder in Ordnung bringen konnte, nur, dass es ihre Aufgabe war, es zu tun.

Sie sah Michael zu, der mit gesenktem Kopf über den Wohnzimmerteppich schritt. Sie konnte seinen Zorn und seine Ohnmacht verstehen.

»Er hat mir von Levin erzählt«, sagte er in ihr Schweigen hinein. »Dass er dein neuer Freund gewesen ist. Und dass er sich um dich bemüht hat.«

Johanna schluckte. »Das stimmt.«

»Tja.« Michael blieb stehen und begegnete ihrem Blick. »Das habe ich auch immer getan, weißt du noch?« Er machte eine Pause. »Mir kommt der Gedanke, dass ich, wenn man Levins Schicksal bedenkt, noch ganz gut aus der Sache herausgekommen bin, meinst du nicht?«

Johanna schwieg. Es hatte eine Zeit gegeben, in der Michael sie geliebt hatte, in der er mit ihr zusammengezogen war und eine Familie mit ihr gegründet hatte. Das war mehr, als Leroy jemals getan hatte.

April 1995

»Was? Wir ziehen um?« Sarah hielt beim Bestreichen ihres Butterbrotes inne. »Weit weg? Wieso denn?«

»Weil Michael einen neuen Job hat und uns allen ein Haus baut«, erklärte Johanna und streifte Jaxon mit einem Blick. Er saß ihr gegenüber am Tisch und spielte mit einer zerschrammten, orangefarbenen Wasserpistole, die er von draußen hereingebracht hatte. Sie sah überhaupt nicht aus wie jene, mit der Leroy einst auf sie gezielt hatte, dennoch brach Johanna der Schweiß aus.

»Er baut uns ein Haus?«

»Ich sitze mit euch am Tisch, Sarah.«

»Du baust uns ein Haus?«

»In der Tat.«

Es wird besser werden, dachte Johanna und bemühte sich, den Film zu stoppen, der beim Anblick der Spielzeugpistole in ihrem Kopf abzulaufen begann. Wenn sie nicht mehr hier waren, würde es besser werden.

Michael sah sie an und runzelte die Stirn, bevor sein Blick auf die andere Tischseite wanderte.

»Leg das weg«, sagte er.

Johanna ließ den Kopf sinken. Michael hasste es, dass Jaxon sie traurig machte. Michael hasste Jaxon.

»Jaxon!«, bellte Michael so laut, dass alle am Tisch zusammenzuckten. »Du sollst das verdammte Ding weglegen!«

Johanna konnte hören, wie Jaxon vom Tisch aufstand, den Raum durchquerte und die Plastikpistole auf das Sideboard legte.

Sie konnte Michaels Zorn spüren, während er Jaxon mit Blicken verfolgte. »Wo hat er die überhaupt her?«, rief er.

»Er hat sie im Hof von Kevin Seidel geschenkt bekommen«, antwortete Sarah.

»Und da schleppst du sie mit hier rein? Obwohl du genau weißt, was das mit deiner Mutter tut? Schaff sie hier raus. Ich kann sie nicht sehen. Ich kann *dich* nicht sehen. Raus hier!«

Johannas Herz zog sich zusammen. Sie konnte nicht mehr atmen. Geh, dachte sie, bitte geh!

»Oh, nein!« Sarah sah erst Michael an und drehte sich dann zu Jaxon um, der auf dem Rückweg vom Sideboard mitten im Raum verharrte. »Wo soll er denn hin?«

»Das ist mir doch egal!«, fuhr Michael auf. »Soll er bei Seidels essen. Da kann er ihnen auch gleich dieses verfluchte Spielzeug wiedergeben. Oder bei Dana, da läuft er doch sowieso ständig hin.« Er schob sein Gedeck von sich und machte Anstalten, vom Tisch aufzustehen. Aber Johanna, die direkt neben ihm auf der Eckbank saß, versperrte ihm den Weg.

»Kannst du nicht hören?«, rief er Jaxon zu. »Du sollst verschwinden!«

Johanna wusste, sie sollte es nicht zulassen. Michael würde Jaxon wieder aus der Wohnung werfen, damit sie atmen konnte.

Sie schaffte es, Michael eine Hand auf den Arm zu legen.

»Michael, bitte …«, flüsterte sie. Aber Michael schüttelte sie ab. Sein Blick traf sie wie Messerstiche.

»Steh auf und geh beiseite, Johanna. Du fasst ihn ja doch nie an. Du siehst ihn ja nicht einmal an.«

Da war sie, die Wahrheit. Er hatte sie ausgesprochen und Johanna zog ihre Hand zurück. Sie konnte es nicht. Sie konnte Jaxon keine Liebe geben und auch keinen Schutz. Gar nichts.

Langsam stand sie auf und machte den Weg frei.

Zwölf

»Was hast du denn vor?«

Miriam hob den Kopf und sah Jaxon in der Schlafzimmertür stehen, den Blick unter der gerunzelten Stirn auf die halbgepackte Tasche gerichtet, die auf dem Bett lag. Sie stopfte zwei T-Shirts und ihr Duschgel hinein, zog den Reißverschluss zu und vermied es, ihn weiter anzusehen.

»Ich gehe.«

Er sagte nichts und sie warf sich die Tasche über die Schulter und nahm die Leinwand mit dem Porträtbild, das sie zum Schutz in die Zeitung eingewickelt hatte, die sie gestern aus Parlow mitgebracht hatte.

Als sie das Zimmer verlassen wollte, streckte er einen Arm aus.

»Bitte, geh nicht.«

Miriam blieb stehen. Ihn zu verlassen tat mehr weh, als sie sich vorgestellt hatte, nachdem sie vor ein paar Stunden in der Telefonzelle in Parlow gestanden und diesen Entschluss gefasst hatte.

»Es tut mir leid, was passiert ist«, sagte er.

»Was?« Miriam sah zu ihm auf. »Was genau tut dir denn leid? Dass du mich hierhergeschleppt hast? Wie du mich behandelst, seit wir hier sind? Oder dass du nach wie vor mit einer Pistole im Nachtschrank schläfst?«

Jaxon schien nicht zu wissen, was er sagen sollte. Er öffnete den Mund, brachte dann aber doch keine Antwort heraus. Miriams Zorn, mit dem sie vorhin aus dem Dorf hier angekommen war, begann wieder in ihr hochzukochen.

»Du weißt es nicht«, fuhr sie ihn an. »Auch gut.«

Fast erwartete sie, er würde sie aufhalten, aber er nahm den Arm zurück und sie ging mit gesenktem Kopf an ihm vorbei. Sie ignorierte das schmerzhafte Ziehen, das sich in ihrer Brust und ihrem Magen ausbreitete, während sie die Treppe hinunterging. Sie hatte gehofft, niemandem über den Weg zu laufen, und der Hof, der im abendlichen Zwielicht dalag, wirkte verlassen. Jaxons BMW, in dem sie so viele gemeinsame Stunden verbracht hatten, war seit heute Morgen verschwunden. Stattdessen stand ein dunkelgrüner, staubiger Ford Explorer ohne Nummernschilder auf dem Hof. Das stets verschlossene Tor stand ausgerechnet in diesem Moment sperrangelweit offen, was Miriam als glückliche Fügung verstand. Sie hatte sich bereits Gedanken gemacht, wie sie es heute passieren wollte; für ihre beiden Ausflüge nach Parlow hatte sie sich den Schlüssel aus der Flurkommode und Judiths verrostetes Fahrrad geliehen.

Als sie die Hälfte des Hofes überquert hatte, hörte sie, dass Jaxon ihr folgte.

»Miriam!« Er kam schnell näher und hielt sie am Oberarm fest. »Warte!«

Die Tasche rutschte ihr von der Schulter und fiel in den Kies. Miriam fuhr herum. Ihre Augen brannten.

»Lass mich los!«

»Komm schon. Es ist Sonntagabend. Und du kannst hier doch nirgendwo hin.«

Miriam riss sich los und hob ihre Tasche wieder auf. Sie wusste, dass sie in Jaxon verliebt war. Aber sie wusste auch, dass sie keinen Tag länger mit zwei bewaffneten und gesuchten Männern auf diesem verwahrlosten Hof im brandenburgischen Hinterland bleiben konnte. Sie hatte ein Leben und sie hatte Pläne, an die Lena sie heute erinnert hatte, als es ihr nach zwei Tagen endlich gelungen war, sie anzurufen.

»Ich muss gehen.« Sie zwang sich dazu, Jaxon stehenzulassen. Sie hatte noch etwas Geld im Portemonnaie und würde, auch wenn Parlow das hinterletzte Dorf auf der Landkarte war, schon irgendeine Möglichkeit finden, von hier wegzu…

Wie angewurzelt blieb sie stehen. Aus der hereinbrechenden Dunkelheit war Tom aufgetaucht. Mit einem Schraubenzieher in der Hand trat er in die Toröffnung und versperrte ihr den Weg.

Einen Moment lang starrte Miriam ihn nur an. Das Herz rutschte ihr in die Hose, als sie erkannte, dass er nicht die Absicht hatte, sie einfach so ziehen zu lassen. Aber sie straffte die Schultern und sah ihm in die Augen.

»Du wirst nicht verhindern können, dass ich gehe, Tom. Also lass mich durch.«

Obwohl er ein ganzes Stück größer war als sie und sie wusste, dass er stärker war als er aussah, ging sie weiter. Da schob Tom den Schraubenzieher in den Werkzeuggürtel an seiner Hüfte, packte ihre Oberarme und stieß sie in den Hof zurück. Miriams Magen machte einen Satz, als sie rückwärts taumelte, Tom im Blick, der ihr nachkam, einen harten Glanz in den Augen. Sie glaubte zu fallen, aber Jaxon war hinter ihr und hielt sie fest.

»Hallo?«, bellte er Tom an und schob Miriam mit einer Bewegung hinter sich. »Komm mal wieder runter!«

»Es ist dein verfluchter Job, auf sie aufzupassen und du siehst einfach zu, wie sie mit Sack und Pack hier rausspaziert?«, schrie Tom zurück.

»Du kannst sie nicht einfach hier festhalten.«

»Und ob ich das kann.«

»Lass sie gehen, sie wird uns nicht verraten.«

»Ach nein? Willst du deinen Schwanz darauf verwetten, Jaxon? Willst du das?«

Schwindel erfasste Miriam, als das Adrenalin heftig durch ihren Körper pumpte. Sie hätte aussteigen sollen. Am Bahnhof in München, als sie noch die Chance dazu gehabt hatte, hätte sie aussteigen und nach Hause fahren müssen. Niemals hätte sie Jaxon auf seiner Flucht bis hierhin begleiten dürfen.

»Komm zu dir«, sagte Tom, ruhiger jetzt. »Du hast erst gestern diesen Mist in der Zeitung gelesen. Willst du wirklich so ein Risiko eingehen?«

Jaxon antwortete nicht und Tom fuhr fort, als gäbe es nichts und niemanden außer ihm und Jaxon in diesem Hof: »Natürlich nicht. Also nimmst du sie jetzt mit und passt noch ein paar Tage lang auf sie auf. Alles klar?« Er ließ Jaxon nicht aus den Augen, während er redete. Dann zog er den Schraubenzieher wieder hervor und ging in Richtung des Explorers davon.

Miriam rührte sich nicht, als Jaxon ihre Tasche und das Bild aufhob, die sie bei dem heftigen Stoß fallengelassen hatte. Die Tasche sah an ihm viel kleiner und leichter aus als sie in Wirklichkeit war.

»Hör nicht auf ihn«, sagte er, während er ihr das Bild reichte. »Er ist immer noch stocksauer, weil Lena ihn verraten hat, und lässt es jetzt an dir aus.«

Miriam brauchte ein paar Sekunden, um seinen Worten zu folgen. »Was soll das heißen?«, sagte sie und spürte, wie sie allmählich aus ihrer Starre erwachte. »Heißt das, ich kann jetzt gehen?«

Als hätte sie eine völlig absurde Frage gestellt, runzelte Jaxon die Stirn. »Natürlich kannst du gehen.«

»Okay.« Sie streckte die Hand aus. »Gibst du mir dann meine Tasche, bitte?«

Jaxon nahm die Tasche von seiner Schulter und reichte sie ihr. Als sie danach greifen wollte, zog er sie zurück.

»Lieber wäre es mir schon, wenn du bis morgen warten könntest und nicht ganz allein um diese Uhrzeit gehst. Morgen kann ich dich zum Bahnhof bringen und du kannst nach Hause fahren.«

Miriam musterte ihn und stellte fest, es gab doch etwas, das noch mehr wehtat, als ihn zu verlassen. Dass er dieses Spiel mit ihr zu spielen versuchte. Dabei hätte sie es wissen müssen. In dem Moment, in dem sie die Pistole gefunden hatte, hätte sie es wissen müssen.

Jaxon streckte seine freie Hand aus. »Also? Kommst du mit rein?«

»Ich weiß nicht, wie du darauf kommst, dass wir beide noch einmal irgendwo Hand in Hand hingehen«, erwiderte Miriam. Dann ging sie Jaxon voraus auf das Haus zu.

***

»Tom? Bist du noch dran?«

»Sicher.« Tom lehnte sich zurück, zog die Füße auf den Fahrersitz und ließ seinen Blick über den leeren Hof und das Gebäude schweifen. Das Anwesen lag in Stille und Dunkelheit da, in allen Fenstern war das Licht erloschen. Tom war sich sicher, dass Miriam im Laufe der Nacht einen Fluchtversuch unternehmen würde und hatte in seinem neuen SUV Stellung bezogen. Aber bisher war alles ruhig.

»Hast du gehört, was ich gesagt habe?«, sagte die Stimme am anderen Ende der Leitung.

»Laut und deutlich, Simon.«

»Du bist aus dem Ring geflogen. Solltest du trotzdem bei irgendeiner Übergabe auftauchen … du weißt, dass da gewisse Leute nicht lange fackeln und dir den Kopf wegblasen.«

»Ja, das weiß ich.« Tom beugte sich zur Beifahrerseite herüber, öffnete das Handschuhfach und suchte nach seinem Haschisch-Nachschub, den er zusammen mit dem Explorer aus Berlin mitgebracht hatte. Wer beschattet wurde, gefährdete den ganzen Ring und bekam daher keine Informationen über eingehende Ladungen mehr, so waren die Regeln. Aber dass das ausgerechnet jetzt passieren musste, wo er dabei war, ihre weitere Flucht unter Dach und Fach zu bringen, war eine mittelschwere Katastrophe.

»Hör zu, Simon, so funktioniert das nicht«, begann er, noch während er versuchte, sich eine Lösung aus dem Ärmel zu schütteln. »Ich brauche ziemlich schnell ziemlich viel Geld. Einmal noch, dann bin ich weg. Dann suche ich mir was Neues.«

Simon lachte. »Was glaubst du, warum ich dich anrufe und dir diesen ganzen Mist erzähle, Mann?«

»Keine Ahnung. Weil du das kürzeste Streichholz gezogen hast?«

»Der Plan war, dich einfach auflaufen zu lassen. Charlie ist so stinksauer auf dich, weil du neulich deinen Mann zum Hafen geschickt hast, der will dich mit einem Stein um den Hals im Rhein versenken, wenn er dich das nächste Mal sieht.«

»Tss«, machte Tom. Diese blöde Razzia würde ihm wahrscheinlich für den Rest seines Lebens nachhängen.

»Jetzt, wo du raus bist, mache ich dir einen Vorschlag.«

Simon senkte die Stimme. »Mir wird diese Sache schon lange zu heiß. Ich will seit einiger Zeit aussteigen, aber so ganz ohne Startkapital was Neues anzufangen, dazu habe ich auch keinen Nerv. Deshalb dachte ich, wir könnten zusammen ein letztes Ding drehen, die anderen abziehen und richtig viel Kohle machen.«

Eine kurze Pause entstand. Tom nahm eine Gestalt am anderen Ende des Hofes zwischen den Bäumen wahr und richtete sich auf. Er spürte, wie sich sein Herzschlag bei dem Gedanken an *richtig viel Kohle* zu beschleunigen begann.

»Heh, noch da?«

»Ja«, stieß Tom hervor. »Ja, das machen wir.«

»Schön. Ich melde mich, wenn ich was höre.«

Tom beendete den Anruf und steckte das Handy ein.

»Sieh an«, sagte er zu Laika, die sich auf der Rückbank zusammengerollt hatte, »sie ist durch die Hintertür abgehauen.« Er hatte ja gewusst, dass Jax ein mieser Aufpasser war. Irgendwie verlor der Kerl im Laufe der Zeit immer das eigentliche Ziel aus den Augen.

Miriam bewegte sich reichlich seltsam für jemanden, der sich ungesehen von einem Gelände stehlen wollte. Sie kam auf sein Auto zu, als wüsste sie, dass er hier saß und wollte ihn unbedingt treffen. Was er sich nach seinem Auftritt am Tor heute Abend nur schwer vorstellen konnte.

Außerdem war das da draußen gar nicht Miriam, stellte er fest, als sie nahe genug war. Es war Judith.

Als sie am Auto angekommen war, legte sie die Arme auf das Dach und sah zu ihm hinein.

»Hey. Wo ist der schicke BMW hin, mit dem ihr angekommen seid?« Ihr normaler Ton ihm gegenüber ließ Tom aufhorchen.

»Was machst du mitten in der Nacht hier draußen?«

»Und du?«, entgegnete sie. »Hast du dir etwa angewöhnt, in Autos zu übernachten?«

Tom sah durch die Windschutzscheibe zur Haustür herüber, aber da war niemand. »Eigentlich wollte ich mir nur mal in Ruhe einen runterholen«, sagte er.

»Klingt ja ungeheuer aufregend.«

Tom öffnete den Haschischbeutel auf seinem Schoß. Er zuckte zusammen, als Judith die Autotür öffnete.

»Gibst du mir was ab?«, fragte sie.

Tom zog sich mit seinem Zeug auf den Beifahrersitz zurück und ließ Judith auf der Fahrerseite einsteigen.

»Also?«, begann sie, während er sorgsam damit begann, eine Tüte zu bauen. »Wo hast du dich wieder reingeritten? Oder diese Leute, mit denen du hier bist?«

Tom hielt den Blick auf seinen Joint gesenkt. »Es ist Jax«, sagte er, weil er keine Lust hatte, über sich und Lena zu sprechen. »Er hat Scheiße gebaut. Richtig große Scheiße, meine ich.«

»Und da fühlst du dich direkt dazu berufen, ihn samt Anhang in dein Allerheiligstes zu bringen? Du überraschst mich, Tom.«

Ein wenig überraschte es ihn selber. Da er aber das Gefühl nicht loswurde, Jaxon die Tür zu dem, was er da im Flur angerichtet hatte, erst aufgestoßen zu haben, hatte er es nicht über sich gebracht, ihn während seines Tiefpunktes sich selbst zu überlassen.

»Und sie?«, fragte Judith weiter.

Tom zuckte die Achseln. »Ach, keine Ahnung. Er ist sie im entscheidenden Moment nicht losgeworden.«

Judith zog einen Mundwinkel hoch. »Nein, sowas. Das

kannst du gar nicht verstehen, was? Wie sowas bloß passieren kann?«

Tom schüttelte den Kopf. »Er ist sie aus praktischen Gründen nicht losgeworden. Nicht, was du denkst.«

»Was denke ich denn? Es ist diese Sache, Tom, nicht? Diese Unaussprechliche. Das böse L-Wort.«

Sie machte eine Pause. Wahrscheinlich wartete sie darauf, dass er etwas sagte, aber er zündete sich seinen Joint an und sie legte ihre Hand in einer eindeutig vertrauensvollen Geste auf seinen Oberschenkel. Tom schielte in ihre Richtung. Ihr bisheriges Verhalten ihm gegenüber hatte ihn so sehr verunsichert, dass er erst einmal abwartete, was das zu bedeuten hatte. Aber sie lehnte sich nur zu ihm herüber und nahm ihm den Joint ab.

»Wenn du mir schon keinen eigenen drehst, lass mich wenigstens ziehen.« Sie nahm einen tiefen Zug, dann gab sie ihm die Tüte zurück, ließ ihre Hand jedoch, wo sie war.

»Es ist so merkwürdig«, sagte sie nach einiger Zeit.

»Was?« Tom merkte, dass er heiser klang. Sein Bein war, ausgehend von der Stelle, auf der ihre Hand lag, heiß geworden und die Hitze breitete sich immer weiter aus und hatte beinahe die Stelle erreicht, an der seine Reaktion unübersehbar sein würde. Er versuchte es niederzukämpfen und ärgerte sich, weil es ihm nicht gelang. Er hatte vergessen, wie schnell er sich verlor, wenn er mit Judith zusammen war. Bei Lena hatte er sich immer völlig im Griff. Da war sie es, die unter ihm zappelte.

»Ich glaube, es ist das erste Mal, dass wir zusammen sind ohne, naja, *zusammen* zu sein.« Judith rückte näher an ihn heran.

»Das ist allerdings ziemlich merkwürdig«, stimmte Tom zu, während Judith ihre Hand höher wandern ließ. Okay, was auch immer sie vorhatte, er war dafür.

Doch kurz bevor ihre Hand seinen Schritt erreichte, hielt sie inne.

»Tom?«, sagte sie leise, »liebst du mich eigentlich noch?«

»Ja«, krächzte er. *Und wie.*

Da rückte sie noch näher heran und küsste ihn. Tom erwiderte ihren Kuss und spürte, dass er sich das erste Mal seit Langem vollkommen entspannte. Denn das hier war ja so richtig. Judith und er in diesem Auto zusammen, abgeschnitten von dem ganzen lästigen Drumherum, das immer dafür sorgte, dass irgendwann alles wieder zu Ende war, ohne dass er im Nachhinein genau erklären konnte, wie es eigentlich dazu gekommen war.

Er hielt diesen Moment fest und blendete alles andere aus. Auch die Gestalt, die über den Hof eilte und durch das Tor verschwand.

Dreizehn

»Was tust du?«

»Ich gehe in die Bibliothek.«

»Wie kannst du heute in die Bibliothek gehen?«

Sarah, die neben dem Esstisch stand und Unterlagen in ihre Tasche stopfte, hob den Kopf. »Heute ist Montag. Warum sollte ich nicht gehen?«

Sarah war eine Woche früher als geplant aus dem Urlaub zurückgekommen. Jetzt stand sie hier in der Küche, so gesund und braungebrannt, als käme sie nicht nur von Sardinien, sondern gänzlich von einem anderen Stern, und warf einen Blick auf die Küchenuhr. Dann zog sie die Terrassentür auf, ließ den Kater herein, schüttete Futter in seinen Napf und nahm ihre Tasche vom Tisch.

Johanna starrte sie an. »Du sollst doch heute zur Kripo und deine Aussage machen.«

»Und vorher gehe ich für zwei Stunden in die Bibliothek.« Sarah ging an ihr vorbei in den Flur und schlüpfte in ihre Ballerinas.

»Ich muss für diesen Sakralbauten-Kurs noch eine Hausarbeit schreiben.«

Kurz darauf fiel die Haustür hinter ihr ins Schloss.

Um diese Tür ist es gegangen in jener Nacht, dachte Johanna, bevor die Stille des Hauses sie umfing.

Ein langer, einsamer Tag lag vor ihr. Vielleicht sollte sie Sarahs Beispiel folgen und ebenfalls wieder damit anfangen, normale Dinge zu tun.

Sie ging in die Küche zurück, wo der dicke Kater vor seinem Napf saß und knackend sein braunes, hartes Zeug fraß. Wann hatte sie zuletzt gegessen? Wann geschlafen?

Sie beugte sich hinunter, streichelte ihn, dann hob sie seinen Wassernapf auf, spülte ihn aus und füllte ihn neu. Sie stellte ihn wieder ab und freute sich, als er sich gleich dem Wasser zuwandte und seine rosige Zunge in die Schale tauchte.

Und jetzt? Wäsche waschen. Das hatte sie ewig nicht getan. Sie ging in den der Küche gegenüberliegenden Haushaltsraum, in dem eine Waschmaschine und ein Trockner standen, und begann damit, den Wäscheberg in unterschiedlich farbige Plastikwannen zu sortierten. Michael hatte den Trockner gekauft, nachdem Oliver geboren worden war. Er hatte auch eine Haushälterin eingestellt. Es hatte eine Zeit gegeben, in der sie tatsächlich wie eine normale, glückliche Familie erschienen waren. Wäre Jaxon nicht gewesen, der sie jeden Tag aufs Neue daran erinnert hatte, dass gar nichts normal war. Und hätte Michael nicht versucht, ihm diese Eigenart mit Schlägen auszutreiben.

Diese Zeit ist vorbei, wurde Johanna bewusst, als sie eine von Jaxons Jeans aus dem Korb zog. Jaxon war jetzt ein Mann, niemand konnte ihn mehr schlagen. Sie leerte die Taschen der Jeans aus und hielt plötzlich ein zusammengeknülltes Foto in der Hand. In einer automatischen Bewegung wollte sie es in den Mülleimer neben der Waschmaschine werfen, besann sich jedoch und faltete es auseinander. Ihr Herz zog sich zusammen; es war das Foto von Leroy und ihr, das aus ihrer Schachtel verschwunden war. Jaxon musste es an sich genommen und eine ganze Weile mit sich herumgetragen haben.

Johanna spürte einen Kloß im Hals. Mühsam versuchte sie, ihn herunterzuschlucken. Ich hätte es wissen müssen, dachte sie. Ich hätte wissen müssen, dass er sich nicht aus dem Haus würde werfen lassen.

Juli 2004

Sie saßen in der Küche beim Frühstück. Johanna gegenüber saß Michael und las in einer Zeitschrift. Jaxon, der zu einer Stippvisite in die Küche gekommen war, stand an die Anrichte gelehnt und aß einen Toast. Während er kaute, ruhte sein Blick auf Oliver, der neben Johanna saß und auf seine ganz spezielle, unappetitliche Art Cornflakes mit Kakaopulver, Bananen und Milch aß. Wobei die jeweilige Menge der Zutaten dieser Reihenfolge entsprach.

Johanna stellte ihren Kaffeebecher auf den Tisch. »Oliver, hör auf mit dieser Sauerei, sonst passiert was«, sagte sie. Es war dieser Blick von Jaxon, der sie dazu veranlasste, Oliver zurechtzuweisen.

»Was passiert denn sonst?«, fragte Oliver.

»Das wirst du dann schon sehen.«

»Das würde mich aber auch mal interessieren«, mischte sich Michael ein und sah von seiner Zeitschrift auf. »Was soll denn bitteschön passieren?«

»Würdest du damit aufhören, mir in den Rücken zu fallen?«, fuhr Johanna ihn an, woraufhin Michael die Zeitschrift schloss und von sich schob.

»Bei Jaxon konntest du nie etwas sagen, ist dir das mal aufgefallen? Wieso kannst du es jetzt bei Olli?« Er wusste, dass Jaxon hinter ihm stand, doch das hinderte ihn nicht daran, über ihn zu sprechen, als wäre er nicht anwesend. Jaxon hatte keine Miene verzogen, kaute jedoch so langsam, dass sich seine Kiefer fast nicht mehr bewegten.

»Und bei dir ist er längst aus der Küche geflogen, wenn er sich so benommen hat. Ist das dir mal aufgefallen?«, entgegnete Johanna.

Michael lachte etwas zu laut auf. »Was willst du damit sagen? Willst du behaupten, ich bevorzuge mein Kind?«

Johanna schwieg. Sie wollte nicht antworten, solange Oliver und Jaxon im Raum waren.

»Was für eine bahnbrechende Erkenntnis«, ließ sich Jaxon leise, aber deutlich aus dem Hintergrund vernehmen, aber Michael ignorierte ihn weiterhin.

»Also?«, fragte er.

Johanna versuchte, Jaxon ebenfalls auszublenden. »Also … ja«, brach es aus ihr heraus. Schnell sprach sie weiter. »Jaxon lässt du nichts durchgehen, du gehst ihn ständig an, auch wegen Kleinigkeiten. Und Oliver … ihn hast du nie angerührt.«

Michael starrte Johanna über den Tisch hinweg an. Jaxon hinter ihm war völlig erstarrt.

»Jaxon war … er ist …«, begann Michael, dann schien er sich zu besinnen. »Oliver, geh in dein Zimmer«, sagte er an Oliver gewandt, der in seinem Sichtbereich am Tisch saß. Sobald er aufgestanden war, drehte sich Michael auf seinem Stuhl herum.

»Und du verschwindest auch!«, fuhr er Jaxon an, aber der zog nur die Brauen hoch.

»Komm schon«, sagte er mit einem unterdrückten Lächeln, »das ist deine Möglichkeit, mir zu sagen, wie ich bin.«

Michael erhob sich von seinem Platz. Er war es nicht gewohnt, sich auf diese Weise mit Jaxon auseinanderzusetzen.

»Raus!«, blaffte er mit einigen Sekunden Verzögerung.

Jaxon bewegte sich nicht. Etwas war anders als sonst. Es war nicht nur die Tatsache, dass Jaxon mittlerweile fast so groß war wie Michael. Die Hierarchie war verschoben. Johanna wusste nicht, was passieren würde, aber sie glaubte nicht, dass Michael es noch einmal wagen würde, ihn anzurühren.

Jaxon schien das ebenfalls nicht zu glauben, denn er lehnte sich ein wenig vor.

»Irgendetwas stimmt nicht mit mir, was?«, sagte er und fixierte Michael mit schmalen Augen.

Johanna hielt den Atem an. Es war fast, als würde Jaxon die Auseinandersetzung, die sie mit Michael begonnen hatte, für sie weiterführen.

»Aber du weißt verdammt nochmal nicht, was es ist.«

»Natürlich weiß ich, was es ist. Du bist ein verzogenes Scheusal, das keine Möglichkeit auslässt, um seiner Mutter wehzutun«, erwiderte Michael mit Wut in der Stimme.

Jaxon verzog das Gesicht. »Ja, genau. Ich bin der Böse und du der Gute, der gekommen ist, um uns alle zu retten.«

Michael begann, rot anzulaufen. »Genauso ist es! Ich möchte, dass Johanna glücklich ist. Und du als ihr Sohn solltest das eigentlich auch wollen.«

Während Michael auf eine Antwort wartete, musterte Jaxon ihn mit vor der Brust verschränkten Armen.

»Weißt du, was du tun solltest?«, fragte er nach einigen Sekunden scheinbar zusammenhangslos.

»Was?«

»Du solltest aufgeben.«

»Wie bitte?«

»Du kannst sie nicht glücklich machen. Der, der es konnte, ist tot.«

Johannas Hände wurden feucht bei Jaxons Worten. Er hatte sie ausgesprochen. Er hatte ihr Geheimnis ausgesprochen, das sie so lange Zeit gehütet hatte.

Michaels Blick war starr geworden. »Wovon sprichst du überhaupt?«

Aber Jaxon wandte sich ab, als hätte er bereits genug davon, sich mit Michael auseinanderzusetzen.

»Wovon, zum Teufel, spricht er?«, fragte Michael an Johanna gewandt.

»Er hat von seinem Vater gesprochen. Von Leroy.«

»Von seinem Vater? Was hat sein Vater mit uns beiden zu tun?«

Nichts, wollte sie automatisch sagen, aber sie konnte es nicht, denn Jaxon hatte ihr die Tür aufgestoßen und ihr damit den Weg bereitet, für das, was sie immer schon hätte sagen müssen. Dass sie sich die Liebe zu ihm nur eingebildet hatte.

Johanna versuchte, die Erinnerung weit von sich zu schieben. An gar nichts zu denken und mit ihrer Wäsche weiterzumachen. Aber vor ihr auf der Waschmaschine lag das Foto. Sie strich es mehrmals glatt. Zum ersten Mal dachte sie bei seinem Anblick nicht an den Moment, in dem es entstanden war, sondern an den Tag, an dem sie es Jaxon zum ersten Mal gezeigt hatte. Er war zehn oder elf Jahre alt gewesen und hatte immer wieder so vehement nach seinem Vater gefragt, dass sie ihm das Bild gezeigt und die dazugehörige Geschichte erzählt hatte. Es hatte ihr wehgetan, mit Jaxon über Leroy zu sprechen und sie hatte währenddessen so sehr mit ihrem eigenen Schmerz zu kämpfen gehabt, dass sie keine Rücksicht auf seinen genommen hatte. Später hatte sie versucht, sich einzureden, dass er die Geschichte bestimmt nicht verstanden oder schnell wieder vergessen hatte. Dass er ihr keine größere Bedeutung zugemessen hatte. Doch das stimmt nicht, dachte sie, während sie das Foto ansah. Er hatte ihr nicht nur zugehört, sondern jedes Wort aufgesaugt, das sie an ihn gerichtet hatte und ihren Inhalt besser verstanden, als sie sich hätte träumen lassen.

***

Es war bereits später Vormittag, als sich Jaxon dazu überwinden konnte, das Bett zu verlassen. Er hatte keine Lust dazu, sich mit Tom auseinanderzusetzen, deshalb ließ er sich Zeit mit dem Duschen und Anziehen. Aber als er eine halbe Stunde später die steile Holztreppe in das Erdgeschoss hinunterging und nach draußen verschwinden wollte, hielt Judith ihn auf.

»Ach«, sagte sie, woraufhin er im Torbogen zum Wohnzimmer stehenblieb. »Jetzt hast du gerade das Frühstück verpasst.« Über den Wohnzimmertisch gebeugt, lud sie Teller und Besteck auf ein Tablett.

Jaxons Blick begegnete Toms, der in einem Sessel saß und ihn aufmerksam musterte.

»Was ist los?«, sagte er.

Auch Judith hielt inne und betrachtete Jaxon, der sich unbehaglich abwandte.

»Nichts«, sagte er und wollte einen Schritt in Richtung Haustür gehen, aber Tom stand bereits alarmiert aus dem Sessel auf.

»Wo ist Miriam?«

192

Jaxon hob abwehrend beide Hände. »Mach jetzt bloß keinen Stress, okay? Setz dich am besten wieder hin.«

Tom begann, rot anzulaufen. »Das musst du schon mir überlassen, ob ich Stress mache und ob ich lieber sitze oder stehe«, fuhr er auf. »Also, wo ist sie?«

»Sie ist gegangen – «

»Gegangen!« Tom raufte sich die Haare. »Sag mal, ist dir eigentlich alles egal?«

Jaxon spürte, wie Wut in ihm hochkochte. Solange Miriam bei ihm gewesen war, hatte er sich immer wieder einreden können, ein ganz normaler Typ auf einer ganz normalen Reise zu sein. Er hatte die Schlinge, die um seinen Hals lag, nicht ganz so deutlich gespürt. Ohne sie, wurde ihm bewusst, während er Tom und Judith gegenüberstand, die heute eine ungewohnte Aura der Vertrautheit umgab, fühlte er sich schmerzhaft verlassen.

»Was hätte ich denn tun können?«, rief er in dem plötzlichen Impuls, sich zu verteidigen. »Sie festhalten? Einsperren?«

»Natürlich nicht«, warf Judith im ruhigen Tonfall ein und trat einen halben Schritt zwischen sie beide.

»Du hättest es tun *müssen*«, fügte Tom hinzu. »Für uns beide. Oder was glaubst du, was ich hier den ganzen Tag mache? Ich versuche, unsere Ärsche zu retten! Und was tust du? Du hattest nur eine einzige Aufgabe, Jaxon, nur eine! Und zwar, auf dein Mädchen aufzupassen, nachdem du es schon hier angeschleppt hast. Und du hast es verdammt noch mal vergeigt.«

Judith legte ihm eine Hand auf den Oberarm. »Lass ihn in Ruhe«, sagte sie. »Du siehst doch, dass er das nicht gewollt hat.«

Zornig schüttelte Tom ihre Hand ab. »Nicht gewollt? Wenn er es nicht gewollt hätte, hätte er es verdammt noch mal verhindert.« Er fuhr zu Jaxon herum.

»Sobald sie Zuhause ist, wird die Polizei bei ihr auf der Matte stehen, Jax. Und dann wird sie reden, ganz egal, was sie dir vielleicht versprochen hat.« Er wurde immer lauter. »Weißt du, was das bedeutet? Dass sie jeden Moment hier sein und dich verhaften können.« In seinen Augen flackerte etwas auf. Es sah fast aus, als hätte er Angst. Und Tom ängstlich zu sehen, ließ die Schlinge um Jaxons Hals allmählich enger werden. Er schnappte nach Luft. Aber er wusste, dass er niemals so weit gegangen wäre, Miriam mit Gewalt hier festzuhalten. Bereits vergangenen Abend im Hof, als er versucht hatte, sie zu manipulieren, um sie vom Fortgehen abzuhalten, hatte er spüren können, wie etwas zwischen ihnen zerbrochen war.

»So krank, dass ich Leute irgendwo einsperre, bin ich nicht«, sagte er in die Stille hinein und wich Toms bohrendem Blick aus.

»Natürlich nicht«, gab der zurück. »Du erschießt die Leute, die dir nicht passen, lieber gleich.« Er ging einen Schritt auf ihn zu. »Du verstehst es anscheinend nicht, Jaxon. Aber Festhalten kommt vor Totschießen.«

»Tom.« Judith streckte einen Arm aus und hielt Tom davon ab, sich weiter auf Jaxon zuzubewegen. »Du kannst jemanden, der gehen will, nicht aufhalten. Versteh das endlich.«

Tom schwieg eine Sekunde lang. Ihm stieg eine Hitze in die Wangen, die bis zu Jaxon hin spürbar war.

»Und ob ich das kann«, fuhr er Judith an, die vor ihm stand und keine Miene verzog. »Das habe ich dir ja wohl oft genug bewiesen!« Er stockte plötzlich und seine Augen verengten sich, während er sie fixierte. »Aber was genau hast du eigentlich mit der Sache zu tun?«, fragte er mit einer leisen Drohung in der Stimme. »Hat sich die gute Miriam etwa bei dir ausgeheult, bis du Mitleid bekommen und Tür und Tor für sie geöffnet hast? Alleine hätte sie so eine Flucht doch gar nicht zuwege gebracht.«

Judith antwortete nicht. Eine steile Falte bildete sich zwischen ihren Augen.

Jaxon verließ seinen Posten im Torbogen. »Hör jetzt auf damit!« Er ging auf Tom zu, der ihm auswich.

»Scheiße!«, sagte er an Judith gewandt. »Du bist nur zu mir ins Auto gestiegen, um mich abzulenken.«

Judith schüttelte den Kopf. »Nein, so war das nicht …«

»Respekt.« Toms Auflachen klang ungläubig und bitter zugleich. »Ihr beide habt mich reingelegt. Ich fasse es nicht!«

Auf Judiths Wangen blühten rote Flecken auf. »Wenn du das glaubst, …«

»Und du?« Als könnte er es nicht ertragen, sich weiter mit diesem Gedanken zu befassen, wandte sich Tom mit neu aufflackerndem Zorn Jaxon zu. »Du hast natürlich im Bett gelegen und gepennt.«

Jaxon schwieg dazu. Er erzählte Tom nicht, dass er wach gewesen war, als Miriam ihn verlassen hatte. Er hatte sich nicht bemerkbar gemacht, aber er hatte zugesehen, wie sie die Tür von außen angelehnt hatte, um kein Geräusch zu verursachen, und in den Flur verschwunden war. Er wusste, er hätte ihr nachlaufen und sie aufhalten sollen, aber er war liegengeblieben. Das Spiel hatten sie schließlich bereits gespielt. Er *war* ihr nachgelaufen und *hatte* sie aufgehalten. Er hatte sie sogar wieder in ihr gemeinsames Bett bekommen.

Und sie war trotzdem gegangen.

»Schön«, sagte Tom in die plötzliche Stille hinein. »Es ist euch also egal.«

Erschöpft ließ er sich in seinen Sessel fallen, legte den Kopf in den Nacken und schloss die Augen. »Hauptsache, unsere Miss Tugendhaft kann sich wohlbehalten auf den Heimweg machen«, lamentierte er.

Jaxon sah Tom an, der in den Polstern hing und aussah, als wäre all die Energie, die ihn durch die letzten Tage getragen hatte, aus ihm herausgeflossen. Unruhe ergriff ihn, als Toms Worte wieder in seinem Gedächtnis aufflackerten. *Jeden Moment können sie hier sein und dich verhaften!*

»Es ist mir nicht egal«, sagte er.

Tom stieß ein Stöhnen aus und rieb sich die Nasenwurzel, als hätte er Kopfschmerzen. »Ach, komm schon, Jax …«

»Und du hast Recht«, räumte Jaxon ein. »Ich hätte sie gar nicht erst herbringen dürfen. Das war egoistisch.«

Tom schlug die Augen auf. Obwohl er vollkommen ausgelaugt wirkte, schaffte er es, Jaxon von unten herauf anzufunkeln. Jaxon musste an den feierlichen Moment vor ungefähr hundert Jahren denken, als Tom ihm in seinem Arbeitszimmer die Browning überreicht hatte. An das Waffenarsenal in seinem Rollcontainer. Und daran, wie er ihn für einen Haufen Kohle in die Falle geschickt hatte.

Dennoch war es Tom gewesen, den er angerufen hatte, als er keinen Ausweg mehr gewusst hatte. Und der ihn daraufhin, ohne viele Fragen zu stellen, hierher, in Sicherheit, gebracht hatte.

Jaxon wusste, er würde nicht ewig weglaufen können. Er würde sich irgendwann damit auseinandersetzen müssen, was er getan hatte. Aber nicht jetzt.

Er breitete die Arme aus und hob die Schultern. »Es tut mir leid, okay?«

Tom stieß die Luft aus, dass sein Brustkorb herabsank, dann nickte er.

Jaxon beugte sich vor. »Los jetzt.« Er packte Toms Unterarm und zog ihn mit einem Ruck auf die Beine. »Wir müssen weg von hier.«

Teil 3

Vierzehn

»Sei so gut, nenn mich John. John Wills.«

»Okay, *John*. Worauf wartest du? Komm rein.«

John trat ein und sah sich in dem kleinen Bungalow um.

»Hier wohnst du jetzt also.«

»Ja.«

»Wow.«

»Findest du?«

»Ja, ich meine, es ist schön hier. So still. Und …«

»… klein«, ergänzte Dana lachend, schloss die Haustür und folgte ihm. »Ja, das stimmt. Mir gefällt es so.«

John drehte sich einmal um die eigene Achse und ließ seine Tasche von der Schulter gleiten. Der Raum war hell, mit einer offenen Küche, einem Wohnbereich und einem Tresen mit mehreren Barhockern davor, der die Bereiche voneinander abtrennte. Im hinteren Bereich der Küche gab es eine Tür, die vermutlich zu einem Schlafzimmer führte.

»Ich habe nur ein kleines Gästezimmer im Souterrain.« Dana hob entschuldigend eine Schulter. »Ich hoffe, das ist okay für dich.«

Johns Blick blieb an ihr hängen. »Ich bitte dich. Ich bin dir so dankbar dafür, dass du mich so kurzfristig bei dir aufnimmst, dass ich sogar mit der Gästetoilette Vorlieb nehmen würde.«

Dana lächelte. »Es ist überhaupt kein Problem, dass du hier bist«, versicherte sie ihm.

John ging über die hellen Fliesen zur verglasten Rückwand des Hauses und sah in den Garten hinaus. Er war groß und verwildert. Auf der Terrasse standen einige scheinbar selten genutzte Gartenmöbel.

»Es wird nicht lange dauern, den Jungen zu finden«, sagte er. »Ein paar Tage höchstens, dann bin ich wieder weg.«

»Ich sagte doch schon, es ist kein Problem. Jetzt setz dich doch erst mal. Möchtest du etwas trinken?« Dana ging in den Küchenbereich, öffnete den Kühlschrank und sah hinein.

»Cola?«

»Ja, danke.«

Sie hatte sich in der langen Zeit, in der er sie nicht gesehen hatte, sehr verändert. Sie trug die blonden Haare jetzt länger, war viel unauffälliger geschminkt und strahlte eine Ruhe aus, die früher definitiv noch nicht dagewesen war. Das muss die Umgebung sein, dachte John. Diese Abgeschiedenheit, in der sie jetzt lebte.

Er nahm die kleine Flasche entgegen, die Dana ihm reichte.

»Könntest du mir die Medienberichte zeigen, die du gesammelt hast?«, fragte er.

Dana verzog den Mund zu einem leicht spöttischen Grinsen. »Immer in Eile, was?«

John zuckte die Achseln und versuchte ihr nicht zu zeigen, *wie sehr* in Eile er eigentlich war.

»Leider ja.«

»Du bist eben erst gelandet. Du hast einen zehnstündigen Flug hinter dir. Wieso gibst du dir nicht wenigstens eine Stunde?«

»Komm schon, Dana. Der Typ, auf den er geschossen hat, ist gestorben. Sie werden mittlerweile eine Großfahndung nach ihm eingeleitet haben. Also verliere ich jetzt bestimmt keine Zeit mit Ausruhen oder Smalltalk. Ich bin hergekommen, um ihn verdammt noch mal zu kriegen, bevor es zu spät ist.«

»Das wirst du.«

Dana kam um die Theke herum und ging auf das offene Regal zu, das beinahe die gesamte Wand im Wohnbereich einnahm. »Wer dich auf den Fersen hat, der kommt nicht weit«, flachste sie, zog eine blaue Mappe zwischen zwei Ordnern hervor und reichte sie ihm.

John nahm sie entgegen und verzog keine Miene. »Das ist mein Ernst.«

»Ja, meiner auch. Setz dich doch.« Sie wies auf das breite Sofa.

John setzte sich, stellte seine Flasche ab und schlug die Mappe auf.

»Unglaublich«, murmelte er, während er die Artikel überflog.

»Nicht wahr?« Dana ließ sich neben ihm nieder, zog ein Bein unter den Körper und las über seinem Arm mit. »Dass er so etwas getan hat.«

John warf ihr einen schrägen Blick zu. »Unglaublich, dass er auf der Flucht ist«, berichtigte er sie. »Und ehrlich gesagt auch, dass er seit über einer Woche nicht geschnappt ist. Also entweder ist er in die Kanalisation abgetaucht oder er hat es verdammt noch mal drauf.«

Er schwieg eine Weile und blätterte die Seiten um, die Dana chronologisch sortiert und abgeheftet hatte.

»Und du hast überhaupt keine Ahnung, wo er sein könnte? Mit wem er unterwegs sein könnte?«, fragte er.

Dana schüttelte den Kopf. »Leider nein.«

Laut der gesammelten Artikel hatte die Polizei bislang zahlreiche Hinweise, aber keine heiße Spur von ihm. Aber nur, weil die Medien diese Information verbreiteten, hieß es nicht, dass sie auch stimmte.

Dana stieß ein leises Seufzen aus. »Hoffen wir, dass er noch eine kleine Weile durchhält, was?«

»Ja.« John schlug die Mappe zu und hob den Kopf. »Hoffen wir es.«

***

Jaxon erwachte von Schmerzen im Rücken und Nacken. Er fragte sich, woher sie kamen, bis er den harten Untergrund wahrnahm und wieder wusste, wo er sich befand. Er setzte sich auf und versuchte sich im Halbdunkeln zu orientieren, aber das Licht, das oberhalb der geschlossenen Rolltore durch schmale, vergilbte Fiberglasstreifen fiel, war so schwach, dass er nicht erkennen konnte, welche Tageszeit gerade war. Dann fiel sein Blick auf Tom, der ein paar Meter von ihm entfernt auf einem Hocker saß, einen Haufen Kabel vor sich und eine Zigarette im Mundwinkel.

Jaxon rieb sich das Gesicht. »Was tust du da?«

»Ich baue mir ein Büro.« Tom entwirrte das Kabel seines Laptops.

»Du baust dir ein … was?«

»Die Welt bleibt nicht stehen, nur weil wir uns in diesem Rattenloch verstecken, Jax. Ich muss ein paar Dinge organisieren.«

Jaxon rutschte von der Ladefläche des Lkws und zog sich die Jacke über, die er als Kopfkissen benutzt hatte. Dann ging er um das Auto herum zu dem dunkelblauen Passat, mit dem sie gestern sieben Stunden lang quer durch die Republik gefahren waren, und machte sich auf die Suche nach Essen. Aber bis auf ein paar halbleere Tüten M&Ms, die er nach seiner letzten Tour nach Rotterdam im Führerhaus des Lkws zurückgelassen hatte, gab es nichts.

Müde lehnte er sich an die dunkelgrüne Seitenwand des Autos und sah Tom dabei zu, wie er eine Media-Markt-Tüte auskippte und die Plastikverpackung einer Verteilersteckdose aufriss. Er musste an sein Zuhause denken. An sein Bett, seine Kleidung, seine Musik. An die Möglichkeit, jederzeit das Handy nehmen und sich mit Liam, Jan oder sonst wem zum Training oder einer Pizza verabreden zu können.

Tom kroch zwischen zwei Kisten hindurch, um zur Steckdose an der Wand zu gelangen.

»So, jetzt hoffen wir mal, dass da noch Saft drauf ist.«

»Sag mal«, sagte Jaxon mit einem Blick auf die Einkaufstüte und den Verpackungsmüll, »warst du heute etwa schon einkaufen?«

»Ich hab so einiges getan, während du gepennt hast«, gab Tom zurück. »So ein Mist. Kannst du mal nachschauen, ob alle Sicherungen drin sind?«

Jaxon, die Hände tief in den Hosentaschen, stieß sich vom Autoblech ab und ging zum Sicherungskasten, der neben der Tür zum Treppenhaus hing.

»Und hast du zufällig auch was zu essen mitgebracht?«, rief er über seine Schulter zurück, während er den Kasten öffnete und die gekippten Schalter umlegte.

»Was?«

»Essen!«

Tom kam zwischen den Kartons hervor, stand auf und klopfte sich den Schmutz von den schwarzen Jeans.

»Dahinten«, sagte er mit einem Wink in Richtung der

Rolltore, wo auf einem Stapel Kartons seine Jacke lag. Jaxon ging herüber und zog eine Bäckertüte und ein Sechserpack Eistee darunter hervor, während Tom seinen Laptop einschaltete.

»Jetzt geht es an die Arbeit.« Er stellte den Laptop auf einem Karton auf und rieb sich die Hände, wobei seine Mundwinkel beim Anblick der zum Leben erweckten Technik in die Höhe wanderten.

»Meine Güte, habe ich viele Mails bekommen.«

Jaxon öffnete die Brötchentüte, nahm ein Schinkenbaguette heraus und schlenderte in den hinteren Teil der Halle hinüber, wo eine Tür auf eine Industriebrache hinausführte. Ihm war vollkommen schleierhaft, wo Tom den Enthusiasmus hernahm, einkaufen zu fahren und ein Büro einzurichten. Er selber fühlte sich so ausgelaugt, dass er offensichtlich nicht einmal davon aufgewacht war, dass Tom direkt neben ihm einen Wagen gestartet und eines der ratternden Rolltore geöffnet hatte.

Er drückte die schwere Eisentür auf, die sich in der hinteren Hallenwand zwischen aufeinandergestapelten Kartons verbarg, verkeilte sie mit einem Stück Holz und trat in die Hitze des Julitages heraus. Blinzelnd ließ er seinen Blick über die trockene Grasfläche schweifen, die sich hinter dem Gebäudekomplex erstreckte. Grillen zirpten und kleine, schwarzweiße Vögel liefen geschäftig zwischen den niedrigen Büschen und Steinen umher. Jaxons Blick blieb an dem verwitterten Mauerrest hängen, vor dem er gestanden und zum ersten Mal die Pistole abgefeuert hatte. Tom hatte alle Patronenhülsen und die leeren Dosen, auf die sie geschossen hatten, eingesammelt und entsorgt, aber die Mauer war noch da, ragte wie ein Splitter aus der trockenen Erde. Dort, wo er danebengeschossen und statt einer Büchse den Beton getroffen hatte, waren Einschusslöcher und abgeplatzte Kanten zu sehen.

Jaxon begann trotz der Mittagssonne zu frieren. Der Junge, der vor drei Wochen hier gestanden und herumgeballert hatte, war sich dessen zwar nicht bewusst gewesen, aber er hatte noch alle Möglichkeiten gehabt. Er war frei gewesen. Bis zu der Nacht, in der er Levin gegenübergestanden und nicht mehr danebengeschossen hatte.

Er hatte einen Menschen getötet. Einfach so. Weil er zufällig eine Pistole in der Tasche gehabt und in diesem Moment nicht anders gekonnt hatte.

Jaxon ließ die Brötchentüte fallen, griff sich in die Jacke und spürte das harte Plastik seiner Browning in der Hand. Er erinnerte sich an Levins schmale, zornige Augen und die Schreie des kleinen Mädchens.

Er konnte nicht mehr sagen, wie sie ausgesehen hatte, aber er wusste noch, dass sie ziemlich klein gewesen war. Vielleicht sieben oder acht Jahre alt. Als hätte sie gewusst, was passieren würde, hatte sie ihren ganzen Mut zusammengenommen und sich ihm entgegengestellt. Sie hatte alles gegeben, um ihren Vater zu beschützen. Und doch hatte sie mit ansehen müssen, wie er erschossen worden war.

Jaxon spürte, wie ihm schwindelig wurde und der Magen drehte sich ihm um. Levin war tot und was er getan hatte damit endgültig. Er hatte einem kleinen Mädchen den Vater weggenommen. Das war etwas, das nie wieder gut werden würde.

Ohne genau zu wissen, was ihn dazu trieb, umschloss seine Hand den Griff der Pistole und zog sie aus der Tasche seiner Jacke.

Einen Ausweg gibt es immer, dachte er, während er den Lauf betrachtete, und das Gefühl der Hoffnungslosigkeit wurde mit einem Mal erträglicher. Er musste die Last der Schuld nicht mehr tragen, wenn er es nicht konnte.

»Jaxon!«

Er fuhr zusammen, als plötzlich Tom neben ihm auftauchte. Mit einer heftigen Bewegung riss er ihm die Browning aus der Hand.

»Was tust du mit der Knarre, verdammt?«

Jaxon biss sich auf die Innenseiten seiner Wangen. »Gar nichts.«

»Das will ich auch hoffen.« Tom legte die Pistole im Inneren der Halle auf einer Kiste ab und musterte Jaxon mit unruhigem Blick. »Was machst du überhaupt hier draußen? Du rauchst doch nicht mal.«

Jaxon zuckte die Achseln. »Ich habe nachgedacht.«

»Du hast nachgedacht? Das solltest du lieber sein lassen.«

Jaxon sah Tom an, der in der Industrietür stand wie ein Höhlenbewohner vor seinem Zuhause. Wie lange würden sie hierbleiben? Eine Woche? Zwei? Und was würden sie danach tun?

»Vielleicht«, sagte er langsam, »ist es doch das Beste, wenn ich mich stelle.«

Tom zog eine Grimasse. »Was?«

»Wegen der Strafminderung und alledem.«

Tom stieß sich vom Türrahmen ab. »Wer hat dir das denn eingeredet? Etwa Miriam? Gott, diese …«

»Komm schon", unterbrach ihn Jaxon. »Wir können nicht ewig weglaufen, das weißt du.«

»Das habe ich auch nicht vor, glaub mir …«

»Ach nein? Welche Möglichkeiten haben wir denn schon?«

»Welche Möglichkeiten wir haben?« Tom blieb stehen und wies in Richtung des Höhleneingangs hinter sich. »Jede Menge. Oder was glaubst du, wozu ich das alles veranstalte? Ganz sicher nicht, weil ich der Meinung bin, dass das hier unsere Endstation ist.«

Jaxon folgte seinem Blick und verbiss sich jeden Kommentar. Er wusste genau, von welchen sogenannten *Möglichkeiten* Tom sprach.

»Du weißt, was passiert, wenn du dich stellst«, fuhr Tom im ruhigeren Tonfall fort. »Und das wolltest du auf keinen Fall. Erinnerst du dich?«

Jaxon nickte mechanisch. Er war sich nicht sicher, warum er seinen Gedanken, sich zu stellen, direkt Tom mitgeteilt hatte. Vielleicht, weil ihm klar gewesen war, dass Tom versuchen würde, ihn davon abzuhalten. Und weil Tom natürlich Recht hatte: Er hatte eine Heidenangst davor, ins Gefängnis zu gehen.

»Und deswegen müssen wir jetzt loslegen«, fuhr Tom fort, »und dafür sorgen, dass das nicht passiert.«

Er stieß Jaxon leicht vor die Brust, als wollte er ihn aus seiner Starre erwecken. »Komm schon! Simon hat gerade angerufen, wir haben zu tun.«

Er wandte sich um, kehrte ins Innere der Halle zurück und schnappte sich im Vorbeigehen die Pistole vom Karton.

Jaxon ließ seinen Blick ein letztes Mal über die von roten Backsteinmauern umgebene Wiesenfläche und das verwundete Mauerstück in seiner Mitte wandern. Dann wandte er sich der Tür zu, hinter der Tom schon wieder vor seinem Laptop saß und sich eine Zigarette ansteckte. In der Düsternis der Halle erhellte die Flamme des Feuerzeugs eine

Sekunde lang sein Gesicht.

Ich drehe mich im Kreis, dachte Jaxon und er wusste ganz genau, dass es immer so weitergehen würde, sollte er keine Möglichkeit finden, daraus auszubrechen.

In diesem Moment hob Tom den Kopf. »Krass, uns ist *das* Geschäft durch die Lappen gegangen diese Woche«, rief er zu ihm nach draußen und winkte ihn zu sich heran.

Jaxon hob die Bäckertüte vom Boden auf. Dann trat er zu Tom in die Lagerhalle und ging an den Autos vorbei auf das neu errichtete Büro zu.

Fünfzehn

John saß in seinem Leihwagen, einem schönen, unauffälligen, silberfarbenen Renault, und beobachtete seit einer Weile das Haus. Er war sich mittlerweile sicher, dass niemand darin war, dennoch wartete er ab.

Das Gebäude lag direkt am Anfang der Straße und bei den Nachbarn schräg gegenüber herrschte Unruhe. Ein Hund bellte und hinter der Haustür bewegte sich jemand. Kurz darauf öffnete sich die Tür und eine etwa vierzigjährige Frau mit roten Haaren, Flipflops und einem schwarzen Riesenschnauzer an der Leine kam heraus.

John wartete, bis sie in dem Waldstück verschwunden waren, das sich hinter der Häuserzeile erstreckte, dann steckte er sein Werkzeug ein und stieg aus. Als wäre er seit mindestens zwanzig Jahren der engste Freund der Familie, schlenderte er um das Haus herum in den Garten, der von Hecken und der Garagenrückwand umgeben und so gut wie nicht einsehbar war. Es gab Johannisbeersträucher, ein paar verwahrloste Blumenbeete und einen Ahorn, der etwas verloren im hinteren Teil des Gartens stand.

John betrat die hell gefliese Terrasse und drückte versuchsweise einmal gegen die Glastür, aber sie war verschlossen. Ein Blick auf die Verriegelung sagte ihm, dass sie seit dem Hausbau vor dreizehn Jahren noch nie ausgewechselt worden war.

Er zog zwei Schraubenzieher aus der Tasche, stieß sie zwischen Türblatt und Türstock und hob die Tür aus den Angeln. Er drückte sie auf und wollte einen Schritt ins Haus treten, als ihn ein klagender Laut zu seinen Füßen zusammenfahren ließ. In der nächsten Sekunde erkannte er, dass es nur eine Katze war, die um seine Beine strich.

»Hiergeblieben«, raunte er, schob die Katze mit dem Fuß auf die Terrasse zurück und setzte die Tür wieder in die Angeln.

Die Küche, die er durchquerte, wirkte aufgeräumt. Im quadratisch geschnittenen Flur blieb er einen Moment lang stehen. Er versuchte nachzuvollziehen, was sich hier vor zehn Tagen abgespielt hatte, und merkte, dass er nach Spuren oder Hinweisen suchte, aber da war natürlich nichts mehr.

Er wandte sich der Treppe zu und joggte sie hinauf, warf einen Blick ins Bad und danach hatte er Jaxons Zimmer gefunden.

John sah sich um und ließ die herrschende Unordnung auf sich wirken. Das verlassene Bett war zerwühlt, der Fußboden hauptsächlich mit Kleidung übersät, der Schreibtisch schien Ablageplatz für alles Mögliche zu sein. Das gesamte Zimmer sah aus, als wäre sein Bewohner gerade auf der fieberhaften Suche nach etwas gewesen.

John stieß ein leises Seufzen aus. Jaxon war ganz eindeutig kein gut organisierter Stratege. Aller Wahrscheinlichkeit nach war er nicht allein unterwegs. Falls doch, würde er nur schwer zu finden sein. Organisierte, strategisch denkende Typen fand man, indem man den Anfang einer logischen Kette suchte und sich an ihr entlanghangelte; indem man sich in sie hineinfühlte und versuchte, so zu denken wie sie.

Schlecht organisierte Leute begingen zwar schneller einen Fehler, aber bis dahin hatte man beinahe keine Chance, ihnen auf die Spur zu kommen.

John ging zum Schreibtisch hinüber, zog nacheinander die

Schubladen auf und durchsuchte sie. Was hatte Jaxon getan, kurz bevor er diesen Mord begangen hatte? Wo war er gewesen? Mit wem hatte er sich getroffen?

John blätterte durch Blöcke und Unterlagen, durchsuchte die Taschen der herumliegenden Kleidungsstücke und jedes Fach des Rucksacks, der neben dem Schreibtisch auf dem Boden lag.

Als er schon glaubte, dass die Kripo alles eingesackt hatte, was auch nur im Entferntesten hilfreich sein könnte, und es in diesem Zimmer einfach keinen Anhaltspunkt mehr gab, von dem aus er seine Suche starten konnte, fand er sie. Eine leere Getränkedose ohne Deckel, die in einer Ecke auf der Fensterbank stand, und in die Jaxon scheinbar jeden Fetzen Papier gestopft hatte, auf dem er jemals etwas notiert hatte.

John nahm die Dose, steckte sie in die Innentasche seiner Jacke und nach einem schnellen Blick durch das Zimmer, um sich zu vergewissern, dass er nichts Wesentliches übersehen hatte, ging er in den Flur zurück und lief die Treppe hinunter.

Er würde durch die Haustür verschwinden, entschied er, dann brauchte er sich nicht die Mühe zu machen, die Terrassentür von außen zu verschließen.

Nachdem er ins Freie getreten war und die Tür hinter sich ins Schloss gezogen hatte, in Gedanken immer noch bei Jaxons unaufgeräumtem Zimmer, der Coladose und der Aufgabe, vollkommen entspannt und natürlich zu wirken, lenkte ihn ein Schrei ab, der ihm durch Mark und Bein ging.

»*Jax!*«

John wirbelte herum, sämtliche Sinne auf Empfang gestellt. Eine junge Frau tauchte aus der Straße hinter der Gartenhecke auf, der Gesichtsausdruck voller Überraschung und Hoffnung. Sie trat näher und der Ausdruck fiel ihr vom Gesicht.

»Oh Gott«, stammelte sie, vollkommen perplex, »es tut mir leid. Ich habe Sie für … jemand anderen gehalten.«

Röte stieg ihr in die Wangen. Doch obwohl ihr die Verwechslung offensichtlich unangenehm war, sah sie John unverwandt an, die Augen leicht zusammengekniffen. Ihr langes Haar war hell, die Haut sah gebräunt aus, als wäre sie viel in der Sonne oder käme gerade aus dem Urlaub.

John blieb auf dem obersten Treppenabsatz stehen, blinzelte und setzte sich seine Sonnenbrille auf, wofür er bei dem Wetter zum Glück keinen Vorwand brauchte. Er hatte Sarah vor sich, wurde ihm bewusst. Und er konnte nur hoffen, dass sie nicht gesehen hatte, dass er in diesem Haus gewesen war. Sonst könnte ihre Begegnung hier gleich unangenehm werden.

Sobald seine Augen verdeckt waren, schien sie sich zu fassen. Die Enttäuschung wich aus ihrem Gesicht und sie sah von ihm zur Haustür hinter ihm.

»Wollten Sie zu uns?«

John nickte. »Eigentlich schon.«

Er streckte die Hand aus und trat so nahe an sie heran wie nötig, damit er ihre schütteln konnte. »John Wills. Ich ermittle in dem Mordfall Ihren, ähm, Bruder betreffend.«

Sarahs verzog das Gesicht. »Ach ja? Dafür sind Sie ein bisschen spät dran, meinen Sie nicht? Er ist seitdem nicht mehr hier aufgetaucht.«

John nickte. »Deshalb bin ich ja hier. Kann ich mich vielleicht ein wenig umsehen? Es ist gut möglich, dass die Kollegen Hinweise übersehen haben, die dabei helfen könnten, ihn zu finden.«

Sarah starrte ihn an. »Nein«, sagte sie, »können Sie nicht. Weil es hier keine Informationen gibt, die Ihre Leute noch nicht bekommen haben.«

John beobachtete sie, ihre ablehnende, misstrauische Haltung. Er konnte froh sein, bereits im Haus gewesen und diesen Punkt seiner To-Do-Liste abgehakt zu haben.

»Verstehe«, sagte er. Und obwohl er ihr gerne auf den Zahn gefühlt hätte, um herauszufinden, ob sie im Kontakt zu Jaxon stand, vielleicht sogar wusste, wo er sich aufhielt, spürte er, dass es das Beste war, jetzt den Rückzug anzutreten.

Er ging an ihr vorbei auf die Straße zu. »Dann will ich Sie mal nicht länger stören.«

Sie schwieg, bis er die Hälfte der Strecke zu seinem Auto zurückgelegt hatte. Dann hörte er sie rufen, so laut, dass es in der ansonsten stillen Straße widerhallte.

»Ja, gehen Sie! Und lassen Sie meinen Bruder in Ruhe!«

***

Johanna saß seit einer ganzen Weile in ihrem weißen VW Polo und konnte sich nicht bewegen. Sie starrte durch die Windschutzscheibe auf das Garagentor, ohne es richtig zu sehen, und dachte an das Gespräch mit der Klinikleitung, von dem sie gerade kam.

Die Pflegedirektorin hatte von ihr wissen wollen, wie es jetzt weiterging und, vor allem, wann sie zurückzukommen gedachte.

Johanna wusste, dass die Zeit der Starre, in der sie sich immer noch befand, allmählich vorbei sein musste. Aber sie hatte auch die Blicke ihrer Kolleginnen und der Ärzte gesehen, während sie durch die Gänge zu dem Büro ihrer Vorgesetzten gegangen war, und sie hatte gespürt, dass ihre Zeit im Stephanus-Krankenhaus vorbei war. Levin hatte dort erst vor wenigen Monaten als Unfallchirurg angefangen. Ihre Kollegen waren also auch seine gewesen.

Johanna stieß ein Seufzen aus, rappelte sich im Sitz auf und wollte gerade aussteigen, als jemand an das Autofenster klopfte. Sie schrak zusammen. Dann erkannte sie Sylvia, ihre Nachbarin von schräg gegenüber, die verschwitzt, in Sportkleidung und mit ihrem aufgeregt hechelnden Hund an der Leine in ihrer Auffahrt stand.

Johanna seufzte ein weiteres Mal und kurbelte die Scheibe hinunter.

»Hey.« Sylvia drückte sich heftig atmend eine Hand in die Seite. »Alles okay bei euch?«

Johanna antwortete nicht. Sie wusste nicht, wie oft sie diese Frage bei ihrem Spießrutenlauf durch die Klinik heute gehört hatte. Es war gerade einmal zehn elende Tage her, dass in diesem Haus der Schuss abgefeuert worden war. Zehn Tage, in denen Jaxon geflohen, Levin gestorben und Oliver ausgezogen war.

»Johanna?«, hakte Sylvia nach, »du sitzt seit einer Dreiviertelstunde im Auto. Alles in Ordnung?«

Der Kater kam buckelnd um die Hausecke und rieb sich an den aufgeheizten Klinkersteinen. Fiepend zerrte der Hund an der Leine.

»Ich habe gesehen, dass Sarah zurückgekommen ist«, keuchte Sylvia, während sie sich die Leine mehrmals um die Hand wickelte.

Natürlich hatte sie das gesehen. Sylvia war die meiste

Zeit des Tages Zuhause, von wo aus sie, an einem großen, vollgestopften Schreibtisch mit Blick auf den Eibenweg sitzend, Hochzeiten organisierte.

»Und ich habe einen Mann vor eurem Haus gesehen«, fuhr sie fort. »Heute Mittag. Eine Sekunde lang habe ich wirklich geglaubt, Jaxon wäre zurückgekommen. Ich hab mich zu Tode erschreckt …«

»Was?«

Sylvia biss sich auf die Unterlippe. »Oh nein, entschuldige, Johanna.«

Bei dem Gedanken, Jaxon könnte eines Tages einfach wieder in ihrer Straße auftauchen, begann Johannas Herz hart zu schlagen. »Was hast du gesagt?«

Sylvia schüttelte den Kopf. »Er war's nicht, Johanna. Es war ein großer, dunkler Typ und er hat euer Haus angeschaut, deshalb hab ich es kurz geglaubt.«

Johanna ließ das Fenster nach oben und stieg aus dem Auto aus, in dem sich die Hitze des Sommertages gestaut hatte. Sylvia hatte Recht, sie hatte ewig darin gesessen. Ihr T-Shirt klebte an ihrem Rücken.

Sie wandte den Blick ihrer Nachbarin zu, die sie beklommen ansah. Johanna wünschte, ihr jammernder Köter würde einmal zeigen, was er konnte, und sie von ihrer Auffahrt runterzerren.

»Du solltest dir endlich deinen eigenen Typen anlachen, dann würdest du sie dir nicht an jeder Hausecke einbilden«, sagte sie, bevor sie sich ihre Handtasche schnappte und das Auto verriegelte. Sie ließ Sylvia stehen, lief die Treppenstufen zur Haustür hinauf und betrat den kühlen, gefliesten Flur. Ihr Herz trommelte immer noch zu schnell und sie hielt sich am Treppengeländer fest, als ihr schwindelig wurde.

War es wirklich denkbar, dass Jaxon eines Tages zurückkam? Und was, wenn er vorher geschnappt und verhaftet
wurde? Wie würde sie davon erfahren? Vielleicht durch große Typen, die vor ihrem Haus auf sie warteten, um ihr die
Nachricht zu überbringen?

Johanna drehte sich der Magen um bei diesem Gedanken.
Sie atmete ein paar Züge tief durch, um sich zu beruhigen.
Dann hängte sie ihre Tasche an die überladene Garderobe
und stieg die Treppe zu Jaxons Zimmer hinauf. Seit er verschwunden war, hatte sie es nicht mehr betreten und noch
nie, wurde ihr bewusst, hatte sie es genauer in Augenschein
genommen.

Mitten in seinem Chaos blieb sie stehen. Außer jeder
Menge Klamotten und Sportsachen besaß er nicht viel. Er
hatte eine Stereoanlage, ein paar CDs und ein paar Bücher,
die meisten davon hatte er in der Schule lesen müssen. Johanna wusste nicht, ob er jemals eines davon aufgeschlagen
hatte. Sie ging zum Schreibtisch, über dem er offensichtlich seinen Rucksack ausgekippt hatte. Der Laptop, der hier
sonst gelegen hatte, war weg. Leute von der Polizei, die nach
Anhaltspunkten für seinen Aufenthalt suchten, hatten ihn
mitgenommen, jedoch nichts gefunden. Anscheinend hatte
er ihn nicht oft benutzt.

Überhaupt war Jaxon nie daran interessiert gewesen, viel
zu besitzen. Und doch hatten sie eine riesige Geldmenge gefunden. Viele tausend Euro in seiner Jacke und jede Menge
hier, in diesem Zimmer, in einer Schublade des Schreibti-
sches.

Johanna ließ sich auf den Schreibtischstuhl sinken, nahm
die Fernbedienung der Stereoanlage von der Fensterbank
und schaltete sie ein. Der Soundtrack von *Matrix* lief an. Sie

hatte ihn hunderte Male durchs Haus schallen hören.

Ohne nach etwas Bestimmtem zu suchen, schob sie einen Stapel Blöcke und Papier beiseite. Ein Jo-Jo lag darunter und sein Abiturzeugnis. Johanna sah es zum ersten Mal. Es war besser, als sie gedacht hatte. Sein bestes Fach war Erdkunde. Als Johanna das Zeugnis beiseitelegte, kam ein alter Atlas darunter zum Vorschein. Jaxon hatte vor vielen Jahren in krakeliger Schrift seinen Namen hineingeschrieben. *Jaxon Lindberg*. Dana hatte ihm diesen Namen gegeben, als er einen gebraucht hatte und Johanna nach seiner Geburt nicht in der Lage gewesen war, einen auszusuchen. Er war nach Leroys Vater benannt.

Johanna blätterte ein paar Seiten im Atlas um und sah sich einer Europakarte gegenüber.

Überall, ging ihr auf. Er konnte überall sein.

Und plötzlich spürte sie am ganzen Leib, wie sehr sie ihn vermisste. Als sie hier so saß, zwischen all seinem Kram, mit seiner Musik im Ohr, fragte sie sich zum ersten Mal seit seinem Verschwinden, wo er sein könnte und ob es ihm gut ging. Sein ganzes Zimmer, diese ganze Unordnung, fiel ihr auf, spiegelte die Orientierungslosigkeit wider, in der er sich befand. Er war aus Verzweiflung gegangen. Er war wie ein Tier in die Ecke gedrängt worden und erst gegangen, nachdem er den Schuss losgelassen hatte. Zuvor hatte er die Haustür als Ausweg gar nicht in Betracht gezogen. Er hatte im Gegenteil bleiben wollen.

Sie drehte das Jo-Jo auf dem Tisch und erinnerte sich daran, wie verzweifelt Jaxon als kleines Kind oft gewesen war. Und wie viel schlimmer seine Situation geworden war, nachdem sie aus Kaiserslautern weggezogen waren und er nicht mehr bei Dana hatte Zuflucht suchen können.

Sie hob den Kopf und starrte aus dem Fenster in den blauen Himmel, in dem die Schwalben ihre abendlichen Flugmanöver vollführten. Als der letzte Ton des Musikstücks aus der Anlage verstummte, stand Johanna vom Schreibtischstuhl auf. Sie wusste jetzt, wohin Jaxon gegangen sein könnte.

***

Es war bereits viertel nach acht am Abend, als John an sein Auto gelehnt vor dem Haus stand, in dem laut seiner Recherchen Gregor Nordmanns Schwester wohnte.

Nachdem er hatte feststellen müssen, wie viele Zettel in eine 0,33 Liter-Getränkedose passten, und dass fast alle Kontakte, die Jaxon oder sonst wer darauf notiert hatte, von irgendwelchen Leuten stammten, die nichts, aber auch gar nichts über seinen Verbleib wussten, hatte er Jan gefunden. Einen Typen, der behauptet hatte, Jaxons Kumpel zu sein, angeblich jedoch keine Ahnung hatte, wohin er abgehauen sein könnte. John hatte trotzdem auf ein Treffen bestanden.

Nun hatte er einen wahren Interview-Marathon hinter sich, aber er war recht zufrieden damit, wie es gelaufen war: Er hatte alle Leute, die er gesucht hatte, gefunden, er hatte einen roten Faden gehabt, es war von Station zu Station immer weitergegangen. Und jetzt stand er hier, es war immer noch Tag eins seiner Suchaktion und Jaxon war immer noch auf freiem Fuß.

Er trank mit einem Zug seine Wasserflasche leer, warf sie auf den Beifahrersitz und schlug die Tür zu. Er überquerte die Straße und klingelte an der Haustür, die praktisch im selben Moment geöffnet wurde. John sah sich einem Mädchen gegenüber, das im Flur stand und damit beschäftigt war, seinen rechten Fuß in einen Cowboystiefel zu zwängen. Sie hatte kurze schwarze Haare, die ihr wild vom Kopf abstanden, dunkel geschminkte Augen und trug Jeans, die ihr wie eine zweite Haut an den Beinen saßen.

»Äh, hallo«, sagte sie, sobald sie wieder auf beiden Beinen stand. »Wer sind Sie denn?«

»Ich bin John Wills. Ich möchte zu Gregor Nordmanns Schwester. Wohnt sie hier?«

»Gregor Nordmanns Schwester?«, wiederholte das Mädchen, als sei das die seltsamste Bezeichnung, die sie je gehört hatte. »Also wollen Sie zu Miriam?«

»Es scheint so, ja.« John nickte und das Mädchen beugte sich ein wenig vor.

»Gregor ist gestorben«, sagte sie mit gedämpfter Stimme. »Vor Kurzem erst. Ich glaube nicht, dass sie schon darüber reden kann.«

»Ich habe davon gehört. Aber es geht gar nicht um ihren Bruder. Es geht um Jaxon Lindberg. Ich wollte ihr nur ein paar Fragen stellen.«

»Ach«, machte das Mädchen mit zusammengezogenen Brauen. Sie sah auf ihre Armbanduhr. »Wir sind auf dem Weg zu einer Party. Also, vielleicht können Sie das mit dem Interview vertagen? Es war schwer genug, sie dazu zu überreden mitzugehen.«

»Es geht ganz schnell«, sagte John. »Und es ist wirklich wichtig.«

Das Mädchen holte Luft, als wollte sie etwas erwidern, da kam ein zweites Mädchen die Treppe hinunter. Es war blass und ebenfalls aufwändig gestylt, strahlte im Gegensatz zu dem Mädchen mit den Cowboystiefeln jedoch eine gewisse Traurigkeit aus.

Die Schwarzhaarige wandte sich um. »Na toll«, sagte sie leise und sah John an, als hätte er ihr gerade höchstpersönlich den Abend versaut.

Das zweite Mädchen hatte den Treppenabsatz erreicht und blieb stehen. »Hallo«, sagte sie.

Noch bevor John sich vorstellen konnte, mischte sich das Cowgirl ein: »Er will zu dir, dir Fragen stellen, aber ich habe ihm schon gesagt, dass wir jetzt keine Zeit haben.«

Sie nahm Miriam an der Hand und zog sie auf die Tür zu, in der John stand. Er ließ das erste Mädchen durch, dann streckte er den Arm aus und versperrte Miriam den Weg.

»Es ist wirklich wichtig«, sagte er.

Miriam blieb stehen und ließ die Hand ihrer Freundin los. Sie starrte John an, der seinen Arm sinken ließ. Irgendetwas war komisch an dem Mädchen, aber er konnte nicht sagen, was.

»Wer sind Sie?«, fragte sie.

John stellte sich ein weiteres Mal vor, während die Schwarzhaarige an ihm vorbei in den Flur zurückstapfte und sich mit einem Stöhnen auf einer Schuhbank niederließ.

»Ich bin hier, weil ich Jaxon finden muss«, sagte John.

Miriams Züge verhärteten sich unmerklich, aber es war ihre Freundin, die sich zwischen den Jacken heraus meldete: »Und wieso? Von der Polizei sind Sie ja wohl nicht. Erstens war die schon hier und zweitens sind Sie doch ... was genau? Amerikaner?«

John hüstelte. »Das stimmt. Ich bin sozusagen privat engagiert worden, ihn zu finden.«

»Oh. Wow. Von wem?«

»Das ist natürlich vertraulich.«

»Dann muss Miriam Ihnen also überhaupt keine Frage beantworten.«

John wandte sich an Miriam, die ihn weiterhin nicht aus den Augen ließ. »Kann ich vielleicht kurz reinkommen?«

Miriam zog die Stirn kraus. »Was wollen Sie von mir wissen?«

»Hast du vielleicht irgendeine Ahnung, wo Jaxon sein könnte? Oder mit wem er unterwegs ist?«

»Warum fragen Sie ausgerechnet mich das?«

»Das möchte ich auch mal wissen«, tönte es aus dem Hintergrund. Die Vorlaute stand jetzt wieder auf und postierte sich mit verschränkten Armen in Miriams Nähe.

»Ich habe heute mit einem von Jaxons Freunden gesprochen, Jan Herrlin«, sagte John. »Er sagte, er wäre mit Jaxon im Unikum gewesen, der dort mit einem Mädchen rumgeknutscht hätte.«

Er stockte, als ihm auffiel, dass Miriam eine leichte Röte in die Wangen gestiegen war.

»Und ich denke«, fuhr er langsam, seinem Drehbuch folgend, fort, »dass dieses Mädchen etwas über ihn wissen könnte. Jan sagte, sie sei mit einer Freundin zusammen dort gewesen, die er zwar auch nicht kennt, die aber mit einem Tom Lamar zusammen ist …«

»Soso«, warf die Schwarzhaarige an dieser Stelle in einem Tonfall ein, an dem John erkannte, dass er auch hier auf eine Goldader gestoßen war.

An Miriam gewandt, die den sandfarbenen Steinfußboden mittlerweile wesentlich interessanter zu finden schien als ihn, sagte er: »Er hat erzählt, dass Tom Lamar sicher mehr wüsste, dass aber niemand irgendwas über diesen Tom wüsste, außer, nun ja, Gregor.«

Er hielt inne und wartete Miriams Reaktion ab, aber sie rührte sich nicht.

»Und – weißt du etwas über Tom? Oder seine Freundin?«

Miriam sah ihn ein paar Sekunden an, dann schüttelte sie den Kopf.

»Phf«, machte Lena, »warum sagst du es ihm nicht? Soll er sich doch die Zähne daran ausbeißen, Tom zu finden.«

»Halt die Klappe«, fuhr Miriam sie mit einer Heftigkeit an, die John ihr in ihrer derzeitigen Stimmung gar nicht zugetraut hätte. An John gewandt sagte sie: »Lena spinnt.«

»Tu ich nicht.«

»Warum sollte ich Tom finden wollen?«, fragte John dazwischen. »Ist er mit Jaxon zusammen abgehauen?«

»Ja«, bestätigte Lena, deren Redseligkeit John jetzt gar nicht mehr so nervtötend fand. »Aber das ist eigentlich keine spannende Neuigkeit. Die Polizei weiß längst davon und bringen wird es Ihnen auch nichts, weil Sie sie nicht finden werden. Niemand findet sie.«

An dieser Stelle nickte Miriam.

John sah abwechselnd von Lena zu Miriam. »Ach was«, sagte er, »und wieso glaubt ihr das?«

Lena zuckte die Achseln. »Tom hat tausend Kontakte. Er kennt Leute, er kennt Verstecke. Den finden Sie nicht, wenn er nicht gefunden werden will.« Ihr Tonfall war eine Mischung aus Stolz und Verbitterung.

John wandte sich an Miriam, die wiederum nickte, als hätte er eine Bestätigung eingefordert. »Das stimmt.«

»Und was sind das für Kontakte, die er hat?«, wollte John wissen.

»Was weiß ich.« Lena zuckte abermals die Achseln. »Er hat

immer eine ziemliche Geheimniskrämerei darum gemacht.« Ihr Blick blieb neutral, während sich Miriams Gesichtsausdruck Wort für Wort weiter verfinsterte.

»Diese Waffe, die hat er von Tom bekommen«, fügte sie Lenas Worten hinzu. »Ich habe ihm gesagt, dass er sich nicht mit ihm abgeben soll, aber er hat nicht auf mich gehört.« Sie schloss den Mund und sah aus, als hätte sie bereits zu viel gesagt. »Haben Sie jetzt alle Ihre Informationen?«

»Wenn es nichts mehr gibt, das ihr wisst und das mir weiterhelfen könnte, ja.«

»Haben wir nicht.«

»Eine Handynummer? Ein Foto von Tom? Etwas in der Art?«

Mit einem Handgriff zog Lena ihr Portemonnaie aus ihrer Handtasche, klappte es auf und hielt ihm ein Bild unter die Nase, das sie selbst mit einem dunkelhaarigen Typen zeigte, etwa einen Kopf größer als sie, mit einer Verschlagenheit im Blick, die John sofort unsympathisch war. Mit einer besitzergreifenden Geste zog er Lena von hinten an sich heran, während er sich mit der freien Hand eine Kippe an den Mund führte.

Oh man, was für ein Typ.

»Kann ich das Bild haben?«

Lena lachte und klappte das Portemonnaie zu. »Von wegen.«

»Seine Handynummer?«

»Tsss. Die musste ich der Polizei auch schon geben und es hat nichts gebracht. Er hat längst eine andere.«

Sie grinste ihn mit einer Spur Herablassung an und John ahnte, dass die Schlacht für heute verloren war.

Mit Sicherheit waren diese beiden der Schlüssel zu den Jungs, die er finden musste, aber aus Miriam, von der er sich gar nicht sicher war, ob sie nicht noch mit Jaxon in Kontakt stand oder zumindest wusste, wo er zu finden war, würde er so ohne Weiteres nichts herausbekommen. Und Lena hatte ihm vermutlich mehr oder weniger alles aufgetischt, was sie wusste. Was nicht sonderlich viel war.

Reglos saß John auf dem Fahrersitz seines Mietwagens und sah die leere, stille Straße hinunter.

Gar kein schlechter Schachzug von diesem Tom, sein schwatzhaftes Mädchen ohne brauchbare Informationen zurückzulassen.

John zog den Durchschlag des Haftbefehls aus der Tasche, den er heute Nachmittag nach einer Stippvisite in Toms versiegelter Wohnung in seinem Briefkasten gefunden hatte. Er faltete ihn auseinander und las ihn ein weiteres Mal durch. Dann rollte er ihn zusammen und warf ihn zu der Wasserflasche auf den Beifahrersitz.

Er wusste jetzt sicher, mit wem Jaxon unterwegs war und er wusste auch, dass dieser Kerl ein Schmuggler war. Ein Metier, auf dem er sich bestens auskannte.

John griff nach dem Zündschlüssel, um für heute Feierabend zu machen und zu Dana zurückzufahren. Doch noch bevor er den Wagen angelassen hatte, sah er Miriam aus dem Haus kommen und über die Straße auf sein Auto zulaufen.

»Warten Sie!«, rief sie.

John ließ den Schlüssel wieder los und lehnte sich zurück.

»Ich wollte Sie noch etwas fragen«, sagte Miriam, als sie am geöffneten Fenster angekommen war. Sie holte tief Luft. »Was werden Sie denn mit Jaxon tun, wenn Sie ihn gefunden haben?«

John räusperte sich. Aus irgendeinem Grund war er versucht, ihr die Wahrheit zu sagen, wenigstens einen Teil davon.

»Er hat Angst vor dem Gefängnis«, fuhr Miriam leise fort, als er nicht antwortete. Sie schluckte, dann senkte sie den Kopf, so dass ihr die Haare vor das Gesicht fielen. »Ich glaube, er wäre lieber tot als eingesperrt.«

John sah nach vorne durch die Windschutzscheibe. Sein Mund fühlte sich auf einmal trocken an.

»Das kann ich mir denken«, sagte er.

Ein paar Sekunden lang schwiegen sie beide und John wusste, dass sie auf eine Antwort wartete.

»Du brauchst dir keine Sorgen um ihn zu machen«, sagte er, als sie den Kopf hob. »Wenn ich ihn gefunden habe, wird ihm nichts mehr passieren.«

Er lächelte sie an, während ihr Blick mit seinem verbunden blieb. Nach einer Weile nickte sie.

***

Die Lagerhalle, in der sie sich versteckten, war ungefähr dreihundertfünfzig Quadratmeter groß. Platz genug also, um sich zu bewegen, auch wenn ein paar Fahrzeuge und sehr viele Kartons herumstanden. Über der Halle lagen Büroräume mit einem zugehörigen Badezimmer, das sie benutzten, wenn niemand mehr da war. Sie konnten nach draußen gehen, wenn sie vorsichtig waren, und es gab sogar eine Katze, die ab und zu vorbeikam und die sich letzte Nacht neben Jaxon auf der Ladefläche des Lkws zusammengerollt hatte.

Es könnte also schlimmer sein, sagte er sich, während er in der Halle auf und ab lief und einen Tennisball gegen die Betonwand warf. Viel schlimmer.

»Schließt du die Tür dahinten zu?«, rief Tom durch die Halle. »Wir müssen los.«

Werfen, auffangen, werfen. Wenn er in Bewegung blieb, schaffte er es meistens, nicht allzu viel nachzudenken.

»Jaxon!« Tom kam nach hinten, trat den Holzkeil beiseite, der die Stahltür offenhielt, und drehte den Schlüssel um. »Meine Güte, was ist los mit dir?«

Jaxon warf den Ball und fing ihn wieder auf. Dann lehnte er sich mit dem Rücken gegen die Wand und sah Tom zu, der seine Jacke aus dem Büro holte und überzog. Tom interessierte sich nicht für Duschräume und Katzen. Für ihn zählte nur, dass ihr Versteck sicher war. Und der Plan, den er heute mit Simon zusammen vorbereiten wollte.

»Wir sollten das nicht tun.«

Tom tastete die Taschen seiner Jacke ab und drehte sich um, eine Sekunde lang überrascht, Jaxon immer noch an der Wand stehen zu sehen. »Sollten was nicht tun?«

»Den Überfall.«

Tom verharrte in seiner Bewegung und musterte Jaxon eine Zeitlang, dann sagte er: »Dir passiert schon nichts. Das Auto ist vollkommen sicher. Und am Hafen halten wir uns versteckt. Niemand außer Simon wird uns heute zu Gesicht kriegen.«

Jaxon schüttelte den Kopf. »Das meine ich nicht.«

Tom senkte die Brauen und verschränkte die Arme vor der Brust. Der Autoschlüssel mit Judiths Kranichanhänger daran klimperte in seiner Hand. »Was meinst du dann?«

Jaxon antwortete nicht sofort. Es war nicht nur der Rotterdamer Hafen, an dem es Razzien gab und es von Zollbeamten und Polizisten nur so wimmelte.

»Mit Waffen auf das Schiff gehen und diese Leute ausrauben.« Er stieß sich von der Wand ab. »Denkst du mal daran, dass das genau das ist, was uns in diese Situation hier reingeritten hat?«

Tom klappte den Mund auf. »Wie bitte?« Er ließ die verschränkten Arme fallen. »Das ist ja wohl nicht dein Ernst! Dass du die Nerven verloren und euren Arzt erschossen hast, das ist es, was uns *in diese Situation hier reingeritten hat.*«

Jaxon wandte sich ab. »Ich denke jedenfalls nicht, dass uns das, was ihr da gerade plant, die Freiheit zurückbringen wird«, sagte er nach einer Weile.

»Natürlich wird es das«, erwiderte Tom sofort. Er kam einen Schritt auf Jaxon zu. »Wir müssen hier raus«, fuhr er mit einer ausholenden Armbewegung fort. »Und dafür brauchen wir Geld. *Viel* Geld. Und wenn du nicht zufällig irgendwo einen reichen Onkel hast, den du anpumpen kannst, wird uns kaum etwas anderes übrigbleiben.«

Jaxon presste den Filzball in seiner Hand zusammen. »Wir werden immer weiter auf der Flucht sein, verstehst du das nicht?«, sagte er und erkannte, noch während er sprach, dass es für diese Erkenntnis zu spät war. Daran hätte er denken sollen, bevor er auf Levin geschossen hatte.

Tom schüttelte den Kopf. »Nicht, wenn mein Plan funktioniert.«

»Dein Plan ist verdammt riskant.«

»Er wird funktionieren. Solange nicht irgendjemand daherkommt und ihn durchkreuzt«, fügte er mit einem strengen Blick auf Jaxon hinzu.

Jaxon ließ sich gegen die Ladefläche des Lkws sinken. Es hatte einfach keinen Sinn, in dieser Sache mit Tom zu diskutieren. Sein Kumpan hatte in seinem Leben anscheinend noch nie etwas anderes getan, als sich außerhalb der Grenzen der Legalität zu bewegen. Er schien noch nicht einmal die Möglichkeit in Betracht ziehen zu können, etwas anderes zu tun. Es war Jaxons Problem, dass er irgendwann, aus Gründen, an die er sich nicht mehr erinnern konnte, in Toms Kielwasser geraten war.

»Also, was ist jetzt?« Tom nickte zu seinem Fahrzeug hinüber. »Du solltest Simon kennenlernen, bevor ihr morgen zusammen die …«

Er brach ab, als Jaxons Handy zu klingeln begann, das neben dem Laptop auf einer Kiste lag, und warf einen Blick auf das Display.

»Unbekannte Nummer«, sagte er zu Jaxon, der ihm das Handy abnahm. »Drück weg.«

»Wieso?«

»Unbekannte Nummer, Jax! Wieso ruft dich überhaupt eine unbekannte Nummer an? Das ist dein Diensthandy!«

»Na und?«

»Niemand sollte diese Nummer haben.« Gereizt riss Tom die Tür zur Rückbank des Passats auf, wo ihr Gepäck lag. »Wenn ich das gewusst hätte, hätte ich dir längst eine neue SIM-Karte gegeben.«

»Krieg dich wieder ein.« Das Handy in Jaxons Hand verstummte. »Niemand hat die Nummer, außer Miriam.«

Tom verdrehte die Augen. »Wie unsagbar beruhigend.«

Er warf eine seiner Sporttaschen auf die Motorhaube und fing an, darin herumzukramen. »Nimm schon mal die Karte raus.«

Kurz darauf hatte er den Umschlag mit den SIM-Karten gefunden und kam zu Jaxon, der die hintere Klappe seines Handys geöffnet hatte. In dem Moment, in dem er die Chipkarte herausnehmen wollte, vibrierte das Telefon und kündigte eine SMS an. Jaxon hielt inne, drehte das Handy um und las die Mitteilung.

Er runzelte die Stirn. »Hör zu.« Er klickte zum Anfang der Nachricht zurück. »Habe von Haftbefehl und guten Fähigkeiten gehört«, las er vor. »Wenn ihr Kohle und neue Kontakte braucht, meldet euch. J.«

»Jott«, wiederholte Tom, der mit gesenktem Kopf vor Jaxon stand und nachzudenken schien. »Klingt irgendwie nicht nach Miriam.«

»Nein«, gab Jaxon zu, der nicht die leiseste Ahnung hatte, was die Nachricht zu bedeuten hatte. Er hatte die Handynummer tatsächlich nicht weitergegeben, aber was wusste er schon, woher die SIM-Karten stammten, die Tom aus seinem Rollcontainer heraus verteilte?

»Kann ich mal sehen?« Tom nahm Jaxon das Handy ab und las die Nachricht durch. Er schnaubte.

»Lächerlich. Hier versucht ein Polizist à la *21 Jump Street* unser Vertrauen zu erschleichen, um uns aus unserem Versteck zu locken. Das ist sowas von offensichtlich, dass es schon wieder unwahrscheinlich ist.« Er gab Jaxon das Handy zurück. »So viel zu deiner Miriam. Nur gut, dass wir in Parlow sofort die Kurve gekratzt haben, nachdem sie verschwunden ist.«

Jaxon klickte sich ein weiteres Mal durch die Nachricht. »Bist du ganz sicher, dass es ein Polizist ist?«

Bei dem Gedanken daran, dass ihn die Polizei selbst hier, in irgendeinem fensterlosen Betonbunker am Stadtrand von

Duisburg, erreichen konnte, überlief es ihn kalt. Unwillkürlich legte er das Handy beiseite.

»Was soll es sonst sein?« Tom warf die Tasche in das Auto zurück und schloss die Wagentür. »Dass da so mir nichts, dir nichts ein seriöser Typ anklopft und dir Kohle und Kontakte anbietet, gibt es nicht.«

Jaxon ließ seinen Blick über die äußerst stabil aussehenden grauen Rolltore an der Hallenfront wandern. Er wollte gerade die Vermutung äußern, dass die Polizei Handys, an die sie SMS schickte, sicher auch orten konnte, als Tom sagte: »Ich weiß, was wir mit ihm machen. Wir schicken ihn hin.«

»Wir schicken ihn wohin?«

»Zum Hafen.« Tom schnappte sich das Handy vom Karton. »Wir sehen ihn uns einmal an.« Er verzog die Mundwinkel zu einem Grinsen und begann damit, eine Antwort einzutippen. »Wir schreiben ihm sofort zurück. Damit verwirren wir ihn total. Er denkt, wir würden jetzt erst mal hier sitzen und stundenlang grübeln, was wir tun sollen.«

»Hör auf damit!« Panik erfasste Jaxon, während sich Tom von ihm entfernte und den Inhalt seiner Nachricht noch einmal überflog.

»Du weißt doch überhaupt nichts über diesen Typen. Was, wenn er mit einer ganzen Armada Polizei dort auftaucht?«

»Das glaube ich nicht.«

Jaxon starrte auf die massiven Stahltore, aber was er vor sich sah, war die Dunkelheit des Hafengeländes, in der sie heute Nacht in die Falle gehen würden. Wahrscheinlich wusste die Polizei längst, wo er sich versteckte, und war in diesem Moment dort draußen, bereit zuzuschlagen.

Tom öffnete die Autotür. »Komm jetzt, wir müssen los, Simon treffen.«

Jaxon spürte, wie sich sein Magen schmerzvoll zusammenzog. »Auf keinen Fall«, brachte er heraus und hörte selber, wie erstickt seine Stimme klang. »Ich gehe heute Nacht nicht da raus.«

Zehn Minuten später stand er im offenen Toreingang und sah den roten Rücklichtern nach, die in der hereinbrechenden Dunkelheit verschwanden. Vor morgen früh würde Tom nicht zurück sein, also sollte er sich in der Zwischenzeit einfach hinlegen und schlafen, aber er wusste, er würde kein Auge zumachen. Er war wütend auf Tom, weil der trotz der drohenden Gefahr zum Hafen aufgebrochen war. Und er war wütend auf sich selbst, weil er ihn nicht begleitet hatte. Was sollte er tun, wenn Tom heute Nacht verhaftet werden und nicht zurückkommen würde?

Mit einem lauten Rattern schloss Jaxon das Rolltor. Das hier ist kein Rattenloch, dachte er, als er sich umdrehte und in der Halle umsah, die jetzt, wo der Passat nicht mehr da war, ungewohnt groß wirkte. Es ist eine verdammte Rattenfalle. Und er saß mittendrin.

Er dachte daran, die Browning zu berühren. Nur so, um sich zu vergewissern, dass sie noch da war. Aber was er schließlich in der Hand hielt, war Toms Handy. Tom hatte Jaxons Telefon zum Hafen mitgenommen, falls sich ihr Date nochmal meldete, und ihm dafür seines dagelassen, damit sie in Kontakt bleiben konnten.

Er könnte Sarah anrufen, überlegte er, während er das Telefon entsperrte. Sie war bestimmt aus dem Urlaub zurück und könnte ihm erzählen, was seit seiner Flucht Zuhause passiert war. Wie es seiner Mutter und Oliver ging. Was mit dem kleinen Mädchen passiert war. Doch dann machte er sich klar, dass sie natürlich wissen wollen würde, wo er war. Und dass sie ihn über den Schuss ausfragen und er wieder würde erzählen müssen, wie und warum das alles passiert war.

Jaxon biss die Zähne aufeinander. Er dachte an den Tag zurück, an dem er Miriam davon erzählt hatte. Daran, wie sie ihn angesehen, sich neben ihn auf das Hotelbett gesetzt und an ihn herangerückt war. Obwohl sie gewusst hatte, was er getan hatte, war sie bei ihm geblieben. Sie hatte so lange an das Gute in ihm geglaubt, bis da einfach nichts mehr gewesen war, woran sie hatte glauben können. Und sie hat Recht, dachte er, als er auf Miriams Namen auf dem Display starrte. Er hatte sie gebraucht, ihr jedoch nie etwas zurückgeben können. Und selbst er wusste, dass Beziehungen so nicht funktionierten.

Auf einmal merkte er, wie gerne er jetzt ihre Stimme hören würde. Er könnte sie ja einfach mal fragen, ob sie gut Zuhause angekommen war, nachdem sie mitten in der Nacht von dem abgelegenen Hof aus aufgebrochen war.

Jaxon drückte die Wähltaste und wartete. Wie hinterhältig, sie von einem anderen Handy aus anzurufen, dachte er, während er zum Büro hinüberging. So konnte sie noch nicht einmal die Entscheidung treffen, nicht dran zu gehen, falls sie keine Lust hatte, mit ihm zu sprechen.

»Hallo?«, hörte er ihre Stimme.

»Hi. Ich bin´s. Jaxon.«

Eine Sekunde lang herrschte Stille.

»Jaxon.«

»Hmhm.« Gespannt wartete er ihre Reaktion ab, wollte ihr die Gelegenheit geben, wieder aufzulegen, ihn anzuschreien oder was auch immer sonst ihr Wunsch war, aber sie schwieg.

Er räusperte sich. »Ich wollte nur wissen, ob du gut weggekommen bist, aus diesem Dorf.«

Er hörte sie tief ein- und ausatmen. »Es ging schon.«

Er setzte sich auf den Stuhl und fuhr mit der rechten Hand über die glatte Oberfläche der Computermaus. »Gut. Ich habe mir ein wenig Gedanken gemacht.«

»Ach was.«

»Wegen der Infrastruktur. Du weißt schon.«

Miriam lachte humorlos. »Das ist ja was ganz Neues, dass du dir um mich Gedanken machst. Ich hatte eher das Gefühl, es ginge die ganze Zeit nur um dich.«

Jaxon biss sich auf die Unterlippe. »Hör mal, Miriam, es tut mir wirklich leid, dass das alles passiert ist.«

»Tatsächlich?« Sie machte eine Pause. »Du hast mich die ganze Zeit über angelogen, Jaxon. Und dann auf diesen Hof geschleppt und mit Tom gemeinsame Sache gemacht.«

Jaxon schwieg. Er wusste, wenn er weiter mit ihr sprechen wollte, musste er jetzt etwas Gutes sagen. Etwas, das sie verstehen konnte.

»Es ... es war diese Zeitungsmeldung. Irgendwie hat sie mich ... sie hat mich umgehauen.« Er stieß die Luft aus. Es war schwieriger als er gedacht hatte, sich zu erklären.

Sie wartete. »Und?«

»Und ... ich weiß auch nicht. Plötzlich war ich jemand, der einen Menschen getötet hat. Ich habe mich schlecht gefühlt. Ich meine, ich fühle mich schlecht. Wie ein schlechter Mensch. Ich weiß, ich bin ein schlechter Mensch, aber ...«

»Und dann dachtest du, dann werde ich einfach ein noch schlechterer Mensch, weil jetzt ist eh schon alles egal, oder was?«

»Nein! Aber ich dachte, du und ich, das passt jetzt nicht

mehr. Ich meine, du und jemand, der jemanden umgebracht hat ... zusammen.« Er seufzte auf. »Das erschien mir nicht richtig.«

Schwachsinn, Jax, halt einfach die Klappe. Oder, noch besser, leg einfach auf.

Miriam schwieg eine ganze Weile. »Verstehe«, sagte sie irgendwann. Sie klang etwas versöhnlicher. »Und ... wo seid ihr jetzt?«

Jaxon sah sich in der schlecht beleuchteten Halle um. »Frag lieber nicht.«

Eine Stille trat ein, die Jaxon auf eine Weise als tröstlich empfand.

»Hör mal«, sagte Miriam irgendwann, »gestern war jemand hier. Ein Mann. Er hat nach dir gefragt.«

Jaxon runzelte die Stirn und setzte sich etwas aufrechter. »Was für ein Mann?«

»Ich weiß nicht«, antwortete Miriam und Jaxon hatte das deutliche Gefühl, als sei sie sich nicht sicher, ob es richtig war, ihm davon zu erzählen.

»Was wollte er?«

»Er hat nach dir gesucht. Aber er war nicht von der Polizei«, fügte sie eilig hinzu.

»Woher war er dann?«

»Ich ... ich weiß nicht. Er sagte, er sei engagiert worden.«

Jaxon schluckte und spürte ein Ziehen in der Brust. Er hatte Miriam angerufen, weil er gedacht hatte, sie könnte ihn auf irgendeine Art und Weise aufmuntern. Und jetzt musste er hören, dass zusätzlich zu der ganzen Polizei auch noch irgendwelche Detektive nach ihm suchten.

»Und ... hast du ihm, du weißt schon, von mir erzählt?«

»Also, nein, nicht direkt. Lena hat ihm ein Foto gezeigt,

von Tom, und ich …« Sie schluckte hörbar und sprach dann schneller. »Weißt du, er hat irgendwie nicht den Eindruck gemacht, als würde er – «

Miriam redete weiter, aber Jaxon hörte nur noch sein Blut in den Ohren rauschen.

»Oh Gott, Miriam, du … du hast ihm meine Nummer gegeben«, unterbrach er sie atemlos. »Wieso hast du ihm meine Nummer gegeben?«

Miriam verstummte. »Weil«, begann sie nach einer Pause, »ich mir sicher bin, dass er dir helfen will.«

»Mir helfen?«, keuchte Jaxon, »wie kommst du denn darauf? Wieso sollte er mir helfen wollen? Und was war das überhaupt für ein Kerl?«

»Ich weiß nicht.« Miriam klang plötzlich unsicher. »Es war so ein Gefühl. Er war irgendwie seltsam.«

»Seltsam? Dann ist er vielleicht Levins Bruder oder so.«

»Er sagte, er sei von jemandem engagiert worden – «

»Na, dann ist er vielleicht von Levins Bruder engagiert worden.«

» – und außerdem war er Ausländer. Amerikaner. Und er war ziemlich groß und … ich weiß nicht, er hatte ziemlich auffällige Augen …«

Na, passt doch, dachte Jaxon. Er starrte die graue Betonwand an. Das Gefühl, dass da jemand mit allen Mitteln versuchte, an ihn heranzukommen, drückte ihm schwer auf die Brust.

»Jaxon? Bist du noch da?«

»Klar.« Seine Stimme klang erstickt.

»Es tut mir leid, wenn ich einen Fehler gemacht habe. Ich mache mir Sorgen, dass du in noch größere Schwierigkeiten gerätst, weil du mit Tom unterwegs bist, und dieser Typ gestern …«

»Schon gut«, fiel ihr Jaxon ins Wort, »lass uns einfach nicht mehr davon sprechen, okay?«

»Wenn du meinst.«

»Ja, sieh mal, ich fühle mich ohnehin schon nicht gerade großartig. Auch ohne Hiobsbotschaften von großen Typen, die mich verfolgen.«

»Tut mir leid«, wiederholte sie kleinlaut. »Ich dachte nur, es ist vielleicht besser, wenn du es weißt.«

»Das ist es auch, nur ...« Jaxon stand auf und begann, zwischen dem Lkw und der Wand hin- und herzugehen. »Irgendwie ist doch alles ziemlich dumm gelaufen mit uns, findest du nicht?«

»Was willst du damit sagen?«

Jaxon räusperte ich. Er wusste, was er damit sagen wollte. Er wollte sagen, dass sie zu einem verdammt falschen Zeitpunkt zusammengekommen waren. Dass er in jener Nacht, in der er auf Levin geschossen und geflohen war, niemals hätte zu ihr fahren, sie niemals mitnehmen und tagelang in falsche Sicherheit wiegen dürfen. Dass so vieles hätte anders laufen können, wenn sie schon früher seine Freundin gewesen wäre.

Dass er so viele falsche Entscheidungen getroffen hatte und ihn der Gedanke, dass es ganz einfach zu spät war, beinahe umbrachte.

Aber er wusste, es wäre zu viel.

»Nichts«, sagte er. »Nur, dass ich dich da nicht mit reinziehen wollte. In diese ganze Sache.«

»Schon gut. Ich wollte ja mitkommen.«

»Trotzdem. Ich bin ein Egoist gewesen.«

Sie schwiegen eine Zeitlang.

»Jaxon?«

»Ja?«

»Pass auf dich auf, ja?«

Jaxon schluckte. Er hasste es, dass sie sich anhörte, als würden sie sich nie wiedersehen.

Nie wieder. Er würde nie wieder nach Hause gehen. Sich nie wieder mit seiner Schwester zanken. Nie wieder mit Miriam im Unikum oder sonst wo rumknutschen. Nie wieder in eine einfache Schlägerei geraten. Denn jetzt hatte er eine Pistole in der Tasche.

»Sicher«, antwortete er.

***

Stirnrunzelnd ließ John das Nachtsichtgerät sinken. Dieser Tom Lamar wurde für ihn immer undurchsichtiger. Dass er heute Abend, kaum drei Minuten, nachdem er seine SMS an Jaxons Handy geschickt hatte, bereits eine Antwort mit einer Einladung zu einem Treffen bekommen hatte, entsprach bereits überhaupt nicht dem Drehbuch, das er vorgesehen hatte.

John war sich ziemlich sicher gewesen, dass sich Tom der mysteriösen SMS annehmen, sie sich sorgfältig durch den Kopf gehen lassen und entweder gar nicht antworten oder sich einen ausgeklügelten Plan überlegen würde. Und dass der ausgeklügelte Plan darin bestünde, ihn in eine gut vorbereitete Falle zu locken. Und dass Tom wiederum davon ausgehen würde, dass er, John, mit dieser Falle rechnete.

Es war ein verdammtes Katz- und Mausspiel, auf das er sich mit seinem Angebot eingelassen hatte. Jedoch eines, das John kannte.

Doch dann hatte, kurz nachdem er hier angekommen war und in einem abgestellten Lkw Stellung bezogen hatte, ein Frachtschiff am Kai angelegt. Ein paar Leute in Transportern waren aufgetaucht und der ganze Trupp hatte einen routiniert wirkenden, unaufgeregten Handel abgespult — und dieser kleine Mafia-Verschnitt von dem Foto war mit dabei gewesen.

Und eben dieser Typ lehnte nun, eine halbe Stunde, nachdem alle wieder verschwunden waren und auch das Boot wieder abgelegt hatte, seelenruhig an einer Gebäudewand und sah so aus, als würde er auf jemanden warten. Was wiederum passte, sie waren schließlich mehr oder weniger lose hier verabredet.

Nur, was sollte dann diese Vorstellung gerade eben? Wenn er sich wirklich mit ihm treffen wollte, wieso hatte er ihn ausgerechnet hierher gelotst und ihm dieses Schauspiel dargeboten? Und wieso hatte er überhaupt Geschäfte, die er anzapfen konnte? Leute, die aufgedeckt und von der Polizei verfolgt wurden, wurden normalerweise augenblicklich aus dem Ring geworfen und erhielten auch keinerlei Informationen mehr.

Genervt rieb sich John das Gesicht. Wieso konnte sich dieser Tom nicht so verhalten, wie John es sich für ihn ausgedacht hatte?

Er ließ die Hand wieder sinken, als plötzlich, von irgendwo, ein zweiter Typ aufgetaucht war, der auf den ersten zuging.

»Was zum Teufel …« John hob das Nachtsichtgerät und beobachtete, wie sich die beiden per Handschlag begrüßten und dann eine Unterhaltung begannen, während der sie dicht nebeneinanderstanden und unablässig ihre Umgebung im Blick behielten. Sie redeten schnell, wobei der, der später hinzugekommen war, immer wieder zur Anlegestelle hinüber gestikulierte.

John kniff die Augen zusammen und wünschte, er könnte ihrer Unterhaltung folgen. Und könnte sicher sein, wer von den beiden denn nun Tom Lamar war, denn so wie sie da nebeneinander in der Dunkelheit standen, hatte John auf einmal das Gefühl, den Typen auf dem Foto doch nicht so hundertprozentig im Gedächtnis zu haben. Er hatte das Bild nur sehr kurz gesehen, einer der beiden trug trotz der Wärme eine gestrickte Mütze und der andere hatte definitiv längere Haare als der Kerl auf dem Bild.

»Shit«, murmelte John und kurbelte die Fensterscheibe ein Stück hinunter, um frische Luft hereinzulassen. Dann zog er sein Handy hervor, ohne das Nachtsichtgerät abzusetzen und rief die Nummer an, die ihm das Mädchen gegeben hatte. Während es klingelte, beobachtete er die Gesichter der beiden und grinste erleichtert, als einer von ihnen ein Handy aus der Jackentasche zog, einen Blick darauf warf, etwas sagte und es wieder wegsteckte.

»Hab ich dich«, murmelte er und Erregung packte ihn bei dem Gedanken, dass dieser Kerl mit Jaxon zusammen auf der Flucht war. Dass er ihn vielleicht gleich schon zu ihm führen würde.

Er musterte den Mann nun genauer, während die beiden zum Kai hinübergingen. Er war etwa einsachtzig groß und sah jung aus, höchstens wie Mitte zwanzig. Er unterhielt sich immer noch mit dem anderen Typen und beide wirkten zusehends entspannter und hatten beinahe aufgehört, sich ständig umzusehen. Als sie die Kaimauer entlanggingen und aus Johns Blickfeld verschwanden, verließ er den

Lkw, drückte die Tür zu und folgte den beiden in großem Abstand.

Sie hatten an unterschiedlichen Orten geparkt, denn als sie eine Abzweigung erreichten, verabschiedeten sie sich voneinander. Während der eine zu Fuß Richtung Nordosten über die Bahngleise davonging, stieg der andere über eine niedrige Böschung auf einen angrenzenden Schotterparkplatz, auf dem nur ein einziges Fahrzeug stand: ein schwarzer Honda mit abgedunkelten Scheiben und einem weißen Schriftzug auf dem Heck, den John nicht entziffern konnte. Er hielt sich hinter einigen Containern versteckt und sah zu, wie der Kerl in den Wagen stieg und die Lichter und dann den Motor anließ.

Er hatte ihn. Nach nur sechsunddreißig Stunden hatte er ihn.

Sechzehn

Es war halb sechs Uhr morgens und schon hell, als Tom seinen Wagen im Schritttempo in den hinteren Teil der Lagerhalle hineinfuhr.

»Machst du mal zu?«, rief er durch das geöffnete Autofenster hindurch Jaxon zu, der an seine zusammengerollte Jacke gelehnt auf der offenen Ladefläche des Unimog saß.

Er stieg aus, als Jaxon gerade das schwere Rolltor schloss, so dass die Halle wieder in ihrem eigentümlichen, gelben Halbdunkel dalag.

»Ich hab Frühstück mitgebracht.« Tom winkte Jaxon mit einer Brötchentüte zu, bevor er auf die Ladefläche stieg. Er rückte bis zum Führerhaus nach vorne, lehnte sich an und begann damit, sich einen Joint zu basteln, während Jaxon eine Flasche Wasser aus dem Kasten nahm und die Tüte aufriss.

»Und?«, fragte er und sortierte den verrutschten Belag. »Hast du ihn gesehen?«

»Nein.« Tom hob eine Schulter. »Er hat sich versteckt.«

Doch er war dagewesen. Tom hatte es gespürt. Er hatte flach auf dem Dach eines Containers gelegen, das Hafengelände nach dem SMS-Schreiber abgesucht und genau gewusst, dass der gerade irgendwo im Verborgenen saß und genau das Gleiche tat.

Durch das dunstige Licht hindurch sah er Jaxon an, der aussah, als hätte er die vergangene Nacht durchgemacht, und langsam an seinem ersten Brötchen kaute. Er erinnerte sich an ihre Auseinandersetzung von gestern Abend und daran, wie besorgt Jaxon gewesen war, als er trotz seiner

Bedenken zum Hafen aufgebrochen war.

Er beschloss, ihm lieber nichts davon zu erzählen, dass heute eine Übergabe stattgefunden und er insgeheim gehofft hatte, der mysteriöse Polizist würde tatsächlich mit einer Hundertschaft anrücken und die ganzen Hundesöhne einsacken. Er wusste, dass das irrational war und ihr ganzes Vorhaben zunichtegemacht hätte, aber er konnte sich nicht helfen. Er war in diesem Ring, seit er achtzehn Jahre alt war und dennoch hatten sie ihn fallenlassen wie einen x-beliebigen Handlanger.

Sie hätten es verdient gehabt.

»Ich habe Simon getroffen«, sagte er, bevor er das Zigarettenpapier mit der Zunge anfeuchtete und sorgfältig eindrehte. »Und wir haben alles durchgesprochen. Heute Nacht geht's los.«

Er ließ sein Feuerzeug aufflammen und sah mit leuchtenden Augen zu Jaxon hinüber, der jedoch den Blick abwandte.

»Fünfhunderttausend Euro, Jax! Überleg mal, eine halbe Million!«

Diese horrende Geldsumme war der einzige Grund, warum sie den Überfall riskierten. Tom hatte erfahren, um welchen Frachter und welche Mannschaft es ging und er wusste, dass es gefährlich war. Armin war das Gegenteil von zimperlich und das musste er auch sein, denn er kam mit seinem Fruchtschiff, der Vankila, aus Costa Rica und hatte einige Bananenkartons mit Kokain an Bord; ein Feld, dem sich Tom normalerweise wohlweislich fernhielt. Aber jetzt, wo sie gejagt wurden und verschwinden mussten, lagen die Dinge nun mal anders.

Er sog tief an seinem Joint und versuchte, nicht an den

anstehenden Überfall zu denken. Und daran, wie labil Jaxon war. Dieses nervöse Herumtigern war keinen Tag länger auszuhalten. Und wie er mit der Browning in der Hand hinter der Lagerhalle gestanden hatte. Jaxon hatte die verdammte Knarre angesehen, wie man eine Knarre gefälligst nicht ansehen sollte.

Er war eindeutig ein Verrückter, der überhaupt nicht wusste, was gut für ihn war, und in den unpassendsten Momenten die Nerven verlor. Aber Tom wusste, er würde den Überfall niemals ohne ihn durchziehen können. Es war, als würde Jaxon durch seine Stärken seine eigenen Schwächen ausgleichen.

Er beugte sich nach vorne und reichte seinen Joint in Jaxons Richtung. »Hier. Du solltest dringend eine Runde schlafen, Kumpel.«

Unwillig runzelte Jaxon die Stirn. »Was ist mit dem Ami? Hat er dich verfolgt, oder was?«

»Natürlich nicht.« Tom lehnte sich wieder zurück. »Sonst wäre ich doch nicht hierher zurückgekommen.« Er blies den Rauch aus und begann sich allmählich zu entspannen.

»Er hat uns beobachtet und auf deinem Handy angerufen. Da habe ich ihn Simon auf die Fersen geschickt.« Er begann zu lachen. Er hatte das Handy in seiner Hosentasche vibrieren gespürt, es ignoriert und stattdessen Simon nach der Uhrzeit gefragt, so dass der seines herausgeholt und draufgeschaut hatte. Tom lachte weiter. »Ich wette, der Typ sitzt gerade in Dortmund vor Simons Haus und fragt sich, wo du wohl steckst.«

***

Johanna fand, dass kein Song ihre momentane Stimmung besser ausdrückte als *Moonlight Shadow* von Mike Oldfield. Dennoch drückte sie ihn weg, als er im Radio angespielt wurde. Sie wollte jetzt nicht an das erinnert werden, was in ihrem Flur passiert war.

Als der Regen nachließ, ließ sie das Fenster ihres Polos hinunter, um frische Luft hereinzulassen, und schaffte es für eine Weile, an etwas anderes zu denken.

Bis die Elf-Uhr-Nachrichten begannen und sie wieder den Namen ihres Sohnes hörte. Verdammtes Sommerloch, dachte sie, die aufkommenden Schmerzen in ihrem Brustkorb niederkämpfend. Das Land weiß mittlerweile, dass mein Sohn bewaffnet auf der Flucht ist. Habt ihr nichts anderes, worüber ihr berichten könnt? Olympische Spiele in Peking? Hochwasser in Rumänien?

Die freundliche Stimme ihres Navigationsgerätes verdrängte für einen Moment die der Nachrichtensprecherin und wies sie darauf hin, dass sie demnächst ihre Ausfahrt erreicht haben würde.

Ein nervöses Kribbeln breitete sich in ihrem Körper aus. Sie hatte Dana seit zwölf Jahren nicht mehr gesehen und ihren heutigen Besuch nicht angekündigt. Wie würde sie auf das unerwartete Auftauchen ihrer früheren Freundin reagieren?

JETZT abfahren!, riss ihr Navi sie aus ihren Gedanken und Johanna setzte den Blinker und verließ die Autobahn.

Während sie über Landstraßen weiterfuhr, sah sie sich ihre Umgebung genauer an und stellte fest, dass sie sich im tiefsten Sauerland befand. Die Berge, die sie umgaben, waren mit Kiefernwäldern bedeckt und die Brücken führten über tiefe Täler.

Das Haus, in dem Dana lebte, lag am Ende einer ruhigen Straße und war von einem wilden Garten umgeben. Johanna stellte ihren Polo hinter einen in die Jahre gekommenen rostroten Fiat, der vor der Garage parkte und sie optimistisch stimmte, dass sie nicht vor verschlossener Tür stehen würde.

Sie klingelte, lauschte und spürte ihr Herz hart gegen ihre Rippen schlagen, als sich Schritte näherten. Dann stand sie Dana gegenüber.

Sie hatte sich verändert, fiel Johanna auf. Sie hatte etwas zugenommen und trug ihre Haare mittlerweile lang und kastanienbraun.

»Hanna!« Dana starrte Johanna an, dann warf sie einen Blick über ihre Schulter in das Haus hinein und zog die Tür bis auf einen Spalt zu. Als ob sie ein Haustier hat, das nicht entwischen darf, schoss es Johanna durch den Kopf.

»Was … was machst du denn hier? Ich … ähm, habe leider gar keine Zeit heute.« Dana wirkte vollkommen konfus.

»Entschuldige, dass ich so unangemeldet vorbeikomme«, sagte Johanna ihren Text auf, den sie auf dem Weg hierher vorbereitet hatte. »Es ist nur so, ich war zufällig in der Gegend und ich … es ist wegen dem, was bei uns passiert ist …« Ihre Stimme verlor sich. Sie war auf einmal den Tränen nahe und schluckte.

Dana zog die Tür noch ein Stück weiter zu. »Oh Gott, Hanna, ich …«

»Ich würde gerne mit dir sprechen«, fiel Johanna ihr ins Wort. »Es dauert auch bestimmt nicht lange.« Sie machte eine Pause. »Kann ich kurz reinkommen?«

Dana sah Johanna an, ohne ein Wort zu sagen, dann schien sie sich zu besinnen und öffnete die Tür. »Ähm, klar. Klar. Komm rein.«

Johanna folgte Dana durch den Eingangsbereich in einen offenen Wohnraum und sah sich um.

»Du willst über Jax sprechen«, vermutete Dana. Sie forderte Johanna mit einer Armbewegung auf, auf dem Sofa Platz zu nehmen und ließ sich auf einem der Sitzhocker nieder, die um den Kaffeetisch herumstanden. Johanna nickte und wollte gerade zu sprechen anfangen, als Dana aufsprang, als hätte sie sich auf ein Nadelkissen gesetzt.

»Ich habe dir ja noch gar nichts zu Trinken angeboten. Warte mal einen Augenblick, ja?«

Und ehe Johanna etwas sagen konnte, war sie durch den Wohnraum und die offene Kellertreppe hinuntergegangen.

Johanna sah ihr eine Weile hinterher, dann stand sie auf und schlenderte zur Theke hinüber. Ein paar Frühstückszutaten standen hier. Butter, Marmelade und ein unbenutztes Gedeck. Ein Ei im Eierbecher und eine Thermoskanne. Über der niedrigen Lehne einer der drei Barhocker hing ein schwarzes T-Shirt, als wäre es im Vorbeigehen dort abgelegt worden. Johanna ließ ihre Finger über den Stoff gleiten, dann nahm sie es hoch. Es war ein Männer-T-Shirt, viel zu groß, als dass es Dana gehören könnte. Ohne darüber nachzudenken, hob sie das Shirt an ihr Gesicht und atmete ein. Eine Erinnerung überkam sie, so flüchtig, dass sie sie nicht greifen konnte, und ihr Herzschlag setzte einen Takt lang aus. Das T-Shirt war nicht von Jaxon, dennoch kam ihr der Geruch bekannt vor. Wie aus einem längst vergangenen Traum.

Dana kam die Kellertreppe hinauf, allerdings mit leeren Händen. Sie lachte. »Ich habe ganz vergessen, dass ich die Getränke alle in den Kühlschrank gestellt habe, wegen der Hitze.«

Johanna legte das T-Shirt wieder zurück über die Lehne, als Dana an ihr vorbei und in die Küche ging. Ihr Blick blieb daran hängen, bevor sie den Kühlschrank öffnete.

»Also, was möchtest du? Wasser? Cola? Ich habe auch Cola Light.«

Johanna schüttelte den Kopf und setzte sich auf einen der Hocker an die Theke. »Nein, danke. Ich möchte nichts. Ich will dich auch gar nicht lange aufhalten. Es ist nur so, ich habe nachgedacht, seit unserem Telefongespräch.«

Dana zog eine Flasche Cola aus dem Kühlschrank, schraubte sie auf und trank sie in einem Zug halbleer. Dann setzte sie die Flasche ab, sah Johanna an und zum ersten Mal hatte Johanna das Gefühl, dass sie gedanklich bei ihr war. Ihr Blick war fast entspannt.

»Tja, das glaube ich dir«, sagte sie.

»Mir ist einiges klargeworden. Dinge, die ich falsch gemacht habe, und …«

»Hanna«, lenkte Dana ein, beugte sich vor und legte eine Hand auf Johannas Arm. »Bitte glaub mir, dass ich dich nie verurteilt habe. Für gar nichts. Ich weiß, in was für einer furchtbaren Situation du warst. Ich wollte immer nur dem Jungen eine Chance geben, verstehst du?«

»Natürlich«, sagte Johanna. »Ich weiß. Deshalb bin ich auch hergekommen. Du hattest einen engen Draht zu Jaxon, früher. Er war oft bei dir und ich dachte …«

»… du dachtest, er wäre vielleicht hier aufgetaucht?«

Johanna schluckte. Dann nickte sie. Dass sie ohne Ankündigung hergekommen war, weil sie befürchtete, Dana könnte Jaxon decken, würde sie lieber nicht zugeben.

Dana schüttelte den Kopf. »Bisher ist er das nicht. Und ich glaube auch nicht, dass er das wird. Wir hatten keinen Kontakt mehr, seit ihr umgezogen seid.«

Johanna knetete ihre Hände.

»Du willst ihn finden?« Dana zog ihre Hand zurück. »Wieso?«

»Ich … ich weiß nicht. Es ist so merkwürdig, dass ich nicht weiß, wo er ist und wie es ihm geht. Ich habe Angst, dass ihm etwas passiert und ich nicht mehr die Gelegenheit bekomme, ihm einige Dinge zu sagen. Dinge, die ich ihm nie gesagt habe und die aber wichtig wären, dass er sie weiß, bevor …« Johanna stockte, als ihr zum ersten Mal klar wurde, dass genau dies die Gründe waren, weswegen sie Jaxon suchte.

Sie holte tief Luft. »Dana, wenn du ihn hier versteckst, dann …«

Dana, die Johannas Ausführungen mit leicht geöffnetem Mund gefolgt war, fuhr zurück.

»Nein. Ich schwöre es. Ich habe nicht die geringste Ahnung, wo er ist. Und es tut mir sehr leid, dass du das alles jetzt durchmachen musst. Nach allem, was du schon durchgemacht hast …« Sie war immer leiser geworden und verstummte schließlich. Hilflos sah sie Johanna an.

Johanna stand auf. »Danke. Ich … ich halte dich jetzt auch gar nicht mehr länger auf. Ich dachte nur, dass ich ihn vielleicht hier finden würde.«

Dana geleitete sie zur Tür. »Ach, Hanna, lass uns mal wieder treffen, ja? Irgendwann, an einem anderen Tag. Aus einem anderen Anlass.« Sie legte eine Hand auf die Türklinke.

»Natürlich.« Johanna starrte an Dana vorbei die Keller-treppe hinab. Erst jetzt wurde ihr klar, wie viel Hoffnung sie darin gesetzt hatte, Jaxon hier zu finden. Was genau sie sich von einem Treffen mit ihm erhoffte oder warum irgendwas zwischen ihnen anders sein sollte als in den vergangenen zwanzig Jahren, wusste sie nicht. Aber der Gedanke, ihn nie wiederzusehen, war unerträglich.

Sie schwankte, dann war Dana da und schlang die Arme um sie.

»Oh Gott, es tut mir so leid«, sagte sie und Johanna hörte sich schluchzen.

»Wieso?«, fragte sie. »Wieso musste ich ihn auch noch ver-lieren? Es ist zu viel, einfach zu viel. Erst Leroy, jetzt Jaxon …«

Dana schluckte. »Ich weiß«, murmelte sie in Johannas Haare und streichelte ihren Rücken. »Ich weiß.«

***

Jaxon saß seit einer Stunde hinter dem Steuer des Lkws und trommelte mit den Fingern auf das Lenkrad. Sie be-fanden sich etwas weiter östlich der Stelle, an der Jaxon vor nicht einmal zwei Wochen Charlie und seine Mannschaft getroffen und unverrichteter Dinge wieder abgezogen war, aber hier sah es genauso aus. Es gab eine ganze Reihe abge-stellter Container und Lkw-Anhänger, außerdem ein kleines Gebäude mit einem flachen Dach, vielleicht ein Verwal-tungsgebäude.

Tom saß mit gekreuzten Beinen auf der Beifahrerseite und war damit beschäftigt, Patronen aus einer Pappschachtel auf seinem Schoß in den Ladestreifen eines Gewehrs einzufädeln.

Jaxon streifte ihn mit einem Blick, bevor er wieder zur Anlegestelle hinübersah, die bisher verlassen dalag. Nur zwei Möwen schliefen am äußersten Ende, die Köpfe zwischen die Federn der Flügel gesteckt.

»Musst du mitten in der Nacht diesen Scheinwerfer einschalten?«, sagte er und sah gleich darauf aus den Augenwinkeln, dass Tom ihm einen spöttischen Blick zuwarf.

»Das ist ein *Leselämpchen*, Jax. Dazu konstruiert, eine Buchseite zu beleuchten und möglichst keine Aufmerksamkeit auf sich zu ziehen, okay? Also ruhig Blut.«

Jaxon streckte einen Arm aus und schaltete die Beleuchtung aus. »Dann brauchst du sie ja nicht. Ich hab dich jedenfalls noch nie ein Buch aufschlagen sehen.«

Tom hob das Gewehr an und stieß mit einem unheilvollen Klacken das geladene Magazin in seine Halterung.

»Bis dahin wird auch noch jede Menge Wasser die Spree hinunterfließen«, bestätigte er, klappte die Patronenschachtel zu und verstaute sie im Handschuhfach.

Dann schwiegen sie eine Weile, wie um sich auf etwas Großes vorzubereiten. Jaxon versuchte, nicht daran zu denken, was heute Nacht alles passieren konnte. Wie hoch die Wahrscheinlichkeit war, dass sie verhaftet oder jemand verletzt werden würden. Oder getötet. Auch wenn Tom mehrmals betont hatte, dass das unbedingt zu vermeiden war. Das Gewehr habe er nur dabei, um ordentlich Eindruck zu schinden.

»Keine Sekunde lang dürfen sie Zweifel haben, dass du es ernst meinst. Und du darfst auch keine haben.«

Und Tom hatte natürlich Recht. Er brauchte an diesem

Unterfangen gar nicht erst teilzunehmen, wenn er nicht an sein Gelingen glaubte. Aber er war mitgekommen, weil er es nicht über sich gebracht hatte, in der Lagerhalle zurückzubleiben und Tom alleine losziehen zu lassen. Nicht, weil er an einen Befreiungsschlag glaubte.

So oder so, dachte er, ihre Flucht würde heute Nacht vorbei sein.

Tom zog einen Kaugummi aus der Innentasche seiner Jakke, wickelte es aus und steckte es in den Mund.

»Wo bleiben die bloß?« Er sah auf die Uhr. »Es ist fast Mitternacht.«

»Was ist denn mit dir los? Kein Beruhigungsjoint heute?«, fragte Jaxon, ohne die Anlegestelle aus den Augen zu lassen.

»Erst, wenn das Ganze überstanden ist.« Tom kniff die Augen zusammen und spähte durch die regennasse Frontscheibe. »Dahinten kommt Simon.«

Eine dunkle Gestalt kam vom Kai herbeigelaufen. Sie trug eine dunkle Jacke mit hochgezogener Kapuze und hatte die Hände tief in den Taschen vergraben. Als sie den Lkw fast erreicht hatte, packte Tom sein Gewehr und stieß die Autotür auf.

»Los geht's«, sagte er und verließ das Führerhaus.

Jaxon stieg ebenfalls aus und trat gemeinsam mit Tom auf Simon zu, der mit vor dem Regen eingezogenem Kopf vor dem Auto stehenblieb. Er war ein ernster, dunkelhaariger Typ, vielleicht fünf Jahre jünger und etwas schmächtiger als Tom, und würde locker als sein jüngerer Bruder durchgehen.

Jaxon sah an Simon vorbei Richtung Wasserstraße, wo ein Schiff durch das schwarzglänzende Wasser auf sie zu pflügte.

»In zehn Minuten sind sie hier«, sagte Simon.

Tom kaute heftig auf seinem Kaugummi. »Hast du die Browning am Start?«, fragte er an Jaxon gewandt.

Jaxon spürte das Gewicht der Pistole in seiner rechten Jakkentasche, nahm sie heraus und schob sie sich ins Kreuz, wo er sie im Ernstfall schneller griffbereit haben würde.

»Weißt du noch?«, sagte Tom. »Du musst dich nur um die Kisten kümmern.«

»Es müssen dreißig Stück sein«, fügte Simon hinzu. »Sie haben eine gelbe Markierung an einer Seite.« Er reichte Jaxon eine Taschenlampe. »Sie ist ganz unscheinbar. Du siehst sie nur, wenn du weißt, wonach du suchst.«

Mit leisem Tuckern kam das Frachtschiff näher und begann damit, zum Anlegen zu wenden. Die beiden Möwen waren aufgewacht und trippelten mit schnellen Schritten über den Steg, bevor sie in Richtung See davonflogen.

Obwohl die Vankila nur etwa fünfzig Meter lang und damit verhältnismäßig klein war, kam Jaxon ihr Vorhaben bei ihrem Anblick unglaublich gewagt vor. Zumal in diesem Augenblick eine Menge Leute an Deck auftauchte und eine beunruhigende Geschäftigkeit ausbrach. Wie sollten sie zu dritt eine ganze Frachtermannschaft in Schach halten und nebenbei auch noch Kisten von Bord tragen?

»Keine Sorge«, sagte Tom an Simon und Jaxon gewandt und nickte zum Schiff herüber, das gerade seine Ankerposition erreicht hatte. »Wir gehen jetzt da rauf, holen die Kisten und ehe die kapieren, was überhaupt los ist, sind wir schon wieder weg.«

Er hatte einen grimmig-entschlossenen Gesichtsausdruck aufgesetzt und zusammen mit der schwarzen Kleidung und der Maschinenpistole an seiner Seite nahm Jaxon ihm auf einmal ab, dass es gelingen könnte. Vielleicht schafften sie es sogar, erbeuteten das Kokain und konnten wirklich für immer verschwinden.

***

Tom wurde durch nichts als Adrenalin und den Gedanken an sein Ziel gesteuert. Mit einem Anflug von Kaltblütigkeit hob er sein Gewehr und drückte dem Kerl, der am Poller kniete und die Leine befestigte, die Mündung in den Nakken, direkt unter den Rand seiner flachen, schwarzen Mütze.

»Hoch mit dir!« Er zog den Riegel zurück und beförderte eine Patrone in das Patronenlager.

Der Typ unter ihm erstarrte und ließ seine Zigarette aus dem Mundwinkel fallen, die mit einem leisen Zischen auf dem nassen Untergrund erlosch. Er war ein Handlanger; kräftig, aber ein Stück kleiner als er selbst und kaum älter als er gewesen war, als er mit dem ganzen Mist hier angefangen hatte.

»Rick, du Scheißkerl!«, brüllte in diesem Moment jemand vom Deck herunter. »Verpiss dich, verflucht nochmal! Wir haben Anweisungen, was wir mit dir tun sollen, wenn du hier aufkreuzen solltest.«

Tom spürte, wie ihm das Blut in den Kopf stieg. »Jetzt kriegt ihr neue Anweisungen!«, schrie er zurück, aber er erkannte die zähe, bullige Gestalt von Armin. Er war ungefähr fünfzehn Jahre älter als Tom, der bei dem Anblick seiner wettergegerbten, unerschütterlichen Miene ahnte, dass sie heute Nacht kein leichtes Spiel haben würden.

Entschlossen zog er den Schiffsjungen, der immer noch vor ihm kniete, an seinem zerschlissenen, dunkelblauen

Marinepullover auf die Füße, legte ihm einen Arm um den Hals und drückte ihm den Kanonenlauf an die Schläfe.

»Ihr bleibt alle auf Deck und verpisst euch geschlossen unter die Back!«

»Bist du verrückt geworden?«, rief jemand, aber es war Armin, der mit einem Satz von Bord kam, wobei er die rostige, viersprossige Stahlleiter übersprang. Tom reagierte blitzschnell, streckte den Arm aus und feuerte Armin in den linken Fuß. Mit einem Schmerzlaut knickte er um und rollte sich auf dem Landungssteg ab.

»Scheiße!«, schrie er, »Scheiße!«

»Habt ihr irgendwas von *verpisst euch unter die Back* nicht verstanden?« Tom stieß den Jungen von sich und beeilte sich, bevor er sich selbst eine Kugel einfing, Armin auf die Füße zu ziehen und ihm den Gewehrlauf an den Kopf zu drücken.

»Los! In den Pumpenraum und Tür zu.«

Mit einem Schulterblick vergewisserte er sich, dass Jaxon und Simon hinter ihm waren und ihm Feuerschutz gaben, bevor er Armin und den Jungen Richtung Leiter stieß und ihnen auf das leicht schwankende Schiff folgte, auf dem sich die restlichen Besatzungsmitglieder bereits auf das Vorschiff zurückzogen.

»Tür auf da vorne«, wies Tom sie an, packte Armin und sah zu, wie sich die restlichen Männer in den kleinen, dunklen Raum drängten, in dem sich Putzmittel, eine Sackkarre und die Feuerlöschpumpe befanden.

»Euren Käpt'n behalte ich bei mir und verpasse ihm noch eine Kugel, falls einer von euch irgendwas Dummes tut.«

Simon kam herbei und schlug die Tür zu.

Armin schwitzte, humpelte und fluchte vor Schmerzen.

»Was hast du mit ihm gemacht, damit er diese Scheiße hier mitmacht? Er hat das doch gar nicht nötig.« Er drehte den Kopf und spuckte in Simons Richtung. »Verräter.«

»Los, öffnet die Container und sucht die Kisten!« Tom postierte sich mit Armin im Schwitzkasten vor der Tür des Pumpenraumes und sah den Lichtkegeln der Stabtaschenlampen zu, die über die Reihen der Obstkisten hinweg tanzten. Erst jetzt nahm er den durchdringenden Geruch nach Bananen wahr, den Regen, der inzwischen stärker geworden war, und seinen hämmernden Herzschlag.

Sein Arm mit der Waffe wurde schwer und er stieß Armin von sich zwischen Back und Schiffswand.

»Hinsetzen!«, befahl er, woraufhin Armin in die Hokke rutschte. Aus seinem Schuh sickerte Blut. Er hatte die Zähne so fest zusammengebissen, dass die Kieferknochen hervortraten. Sein Blick war dunkel und unheimlich konzentriert, jedoch vom Schmerz überschattet. Tom wusste, er durfte den Kerl nicht eine Sekunde lang aus den Augen lassen. Es wäre besser gewesen, er hätte einen Anfänger erwischt. Andererseits war Armin seit Jahrzehnten der Kapitän der Vankila und würde nichts riskieren, was seine Mannschaft in Gefahr brachte.

»Jetzt guck nicht so grimmig. Ihr werdet es verkraften.« Tom spuckte seinen mittlerweile geschmacklosen Kaugummi zwischen Bord und Steg ins Wasser.

»Wieso tust du das?« Armin atmete schwer. »Wir haben so oft gut zusammengearbeitet. Wir hatten immer jeder was davon. So funktioniert Zusammenarbeit.«

»Ich weiß, wie Zusammenarbeit funktioniert. Ich glaube, ich bin nicht so dafür geschaffen«, erwiderte Tom.

Dann rief Simon vom hinteren Deck aus: »Wir haben sie gefunden!«

»Na bitte.« Tom verlagerte sein Gewicht auf beide Beine, den Blick unverwandt auf Armin gerichtet, der mittlerweile schweißüberströmt an die Schiffswand gelehnt dasaß. Hinter seinem Rücken begann Jaxon damit, die ersten Bananenkisten vom Schiff zu bringen.

»Du glaubst doch nicht, dass ihr damit durchkommt?«, sagte Armin, kurz nachdem auch Simon das Schiff verlassen hatte. Er stieß ein bellendes Lachen aus. »Komm schon, so dumm bist du nicht.«

»Dafür, dass du mit einer M4 am Kopf im Regen sitzt, hast du eine ganz schön große Fresse«, sagte Tom, aber er fühlte sich jetzt, wo er alleine an Bord war, angreifbarer als ihm lieb war und hoffte, seine Jungs würden sich mit dem Einladen beeilen.

Er nahm Jaxon wahr, der über den Hafenkai zurückkam, und Simons dunkle Gestalt, die ein Stück entfernt am Heck des Lkws stand. Dann glaubte er plötzlich, eine zweite, größere Gestalt neben Simon auftauchen zu sehen. Tom hörte sein Blut in den Ohren rauschen und packte das Maschinengewehr fester.

»Da drüben alles im Griff, Rick?«, fragte Armin leise und richtete sich in seiner hockenden Position ein wenig auf. Tom konnte förmlich spüren, wie er jeden Muskel seines bulligen Körpers anspannte.

»Du sollst unten bleiben!«, blaffte er und hatte plötzlich das irrsinnige Verlangen, dem Kerl auch noch eine Kugel in den rechten Fuß zu verpassen. Er hob sein Gewehr, aber das ferne Geräusch einer Zündung und gleich darauf das eines schwergängigen Motors lenkten ihn ab. Scheinwerfer leuchteten durch die regnerische Nacht, dann sahen sie den Unimog mit nur halb zugeklapptem Verdeck davonfahren.

Toms Herzschlag geriet aus dem Takt. War das etwa Simon, der sich mit seinem Lkw und einem Teil der Ladung davonmachte? Was zur Hölle sollte das?

Er öffnete den Mund, um Jaxon etwas zuzurufen, da wurde er unvermittelt gepackt und gegen die Reling geschleudert. Ihm blieb die Luft weg. Sein Gewehr flog ihm aus den Händen und noch bevor er danach greifen konnte, war Armin direkt vor ihm, ein Messer in der Hand und ein Ausdruck auf dem Gesicht, der keinen Zweifel daran ließ, dass er es auch benutzen würde.

Panik durchflutete Tom. Er schnappte nach Luft und versuchte Armin von sich zu stoßen, aber Armins Faust, die in fingerlosen, schwarzen Handschuhen steckte, krallte sich in seine Haare. Tom sah den glänzenden Stahl der Messerklinge, die auf sein linkes Auge zuraste und spürte den Schmerz wie ein Stromstoß in seinen Kopf hineinjagen. Die Welt verschwamm vor seinen Augen, er nahm heißes Blut wahr, das über sein Gesicht floss. Er klammerte sich an die Reling, um irgendwie stehenzubleiben, aber seine Hände rutschten ab und er ging in die Knie. Durch einen dunkelroten Vorhang sah er jemanden näherkommen.

Jaxon. Er musste nur auf Jaxon warten.

Er kämpfte gegen die Ohnmacht an, versuchte Jaxon etwas zuzurufen, aber Armin hielt ihn immer noch gepackt und hob das M4 vom Boden auf. Dann spürte er einen Schlag gegen den Kopf, der Schmerz schlug über ihm zusammen und es wurde dunkel um ihn herum.

***

Das Erste, was Jaxon trotz Dunkelheit und Regen sah, als er auf das Schiff zurückkam, war Toms Maschinengewehr in den Händen des falschen Mannes. Bewegungslos verharrte er in der Nähe der Reling und versuchte in Sekundenschnelle nachzuvollziehen, was während seiner Abwesenheit auf Deck passiert war, da entdeckte er die Gestalt, die Tom sein musste, und das Blut gefror ihm in den Adern. Tom war vor der Tür des Pumpenraums auf dem Stahlboden zusammengebrochen und rührte sich nicht.

Jaxon wusste, dass er eingetreten war, der Fall, für den er eine Waffe am Körper trug. Und dass dies der Moment war, in dem er sie ziehen sollte. Doch noch bevor er sich rühren konnte, hatte Armin ihn entdeckt und sich vor Tom postiert, die Waffe im Anschlag.

»Ob du taub bist, habe ich gefragt«, brüllte er zu Jaxon herüber. »Ich will deine verdammten Hände sehen!«

Jaxons Herz begann zu wummern. Sein Kopf fuhr herum, um zu sehen, wann Simon hier sein würde. Doch der Platz, an dem der Lkw gestanden hatte, war leer. Irgendetwas musste furchtbar schiefgegangen sein.

»Tom!«, rief er. »Tom!«

Mit einem lauten Klacken lud Armin das Maschinengewehr durch, nichts als zehn Meter schwankender Stahl zwischen Jaxon und dem auf ihn gerichteten Lauf.

»Ich sehe, du hast die Situation erfasst«, rief Armin durch Regen und Wind zu ihm herüber. Ohne ihn aus den Augen zu lassen, nahm er seine linke Hand vom Lauf der Waffe und hämmerte hinter sich an die Tür. »Ihr könnt rauskommen!«

Er versuchte, Toms reglose Gestalt mit dem Fuß von der Tür wegzuschieben, die gleichzeitig von innen aufgedrückt wurde.

Jetzt, dachte Jaxon, der wusste, dass die momentane Unruhe vor dem Pumpenraum die allerletzte Möglichkeit sein könnte, an seine Pistole zu gelangen. Doch da richtete Armin schon wieder seinen Fokus auf ihn.

»Wird´s bald?«, bellte er und gab seine Versuche, Tom beiseitezuschieben, auf. »Ihr Wichser habt versucht, uns auszurauben, dafür lege ich dich um.«

Und Jaxon wusste, er würde es tun. Er hatte bereits Tom erledigt und er würde auch bei ihm nicht lange zögern.

Wie es sich wohl anfühlen würde?, fragte er sich in dem Moment, als auch schon ein Schuss losging.

In der Erwartung, getroffen zu werden, schloss Jaxon die Augen, den Bruchteil einer Sekunde lang überrascht darüber, nichts zu fühlen. Bis er begriff, dass es sein Gegenüber war, der von der Wucht eines Schusses getroffen gegen die Wand des Pumpenraumes geworfen wurde. Das Maschinengewehr rutschte schlitternd über den nassen Boden davon und Armin umklammerte laut fluchend mit der linken Hand seine rechte Schulter, während er hinter dem Mast des Ladekrans in Deckung ging. Hektisch wurde die Tür wieder zugezogen.

Jaxon fuhr herum. Ohne es bewusst geplant zu haben, hatte er seine Pistole in beiden Händen und zielte auf die Gestalt, die aus dem Schatten der Kühlcontainer heraustrat. Der Mann schritt über das Oberdeck auf ihn zu, die Waffe, die mit seinem Arm verwachsen schien, vor sich haltend. Jaxon wich in Richtung Bootswand zurück.

»Komm bloß nicht näher, Mann«, rief er, als er die Reling

im Rücken spürte.

Der Mann verharrte etwa fünf Meter vor ihm und ließ seinen Blick schnell über das Deck gleiten; die geschlossene Tür mit dem reglosen Tom davor, einige Meter davon entfernt die Maschinenpistole, den Mast, hinter dem Armin kauerte. An Jaxon blieb er hängen.

»Nimm die Waffe runter, Junge.«

»Nimm du sie doch runter!« Jaxon wünschte, er könnte genauso gelassen klingen wie sein Gegenüber, aber ihm schlug das Herz bis zum Hals.

Der Mann hob die Hand mit der Pistole und sicherte sie. »Okay«, sagte er und steckte sie in ein Holster unter seiner Jacke. »Jetzt du.«

Jaxon starrte ihn an. Der Mann war vielleicht Mitte vierzig, etwa so groß wie er selbst und wirkte durch die raspelkurzen Haare, das Pistolenholster und die breitbeinige Art, mit der er Jaxon gegenüber auf dem Deck des leise schwankenden Schiffes stand, als würde er eine militärische Einheit befehligen.

»Los, Jaxon«, sagte er und Jaxon zuckte zusammen. Wie er seinen Namen aussprach. So ganz anders als alle anderen und so, als hätte er es schon tausendmal getan.

»Nenn mich nicht so!«

»Steck sie weg. Wir erschießen uns nicht, verstanden?«

Jaxon zögerte. Hinter dem Mast kämpfte Armin keuchend damit, wieder auf die Beine zu kommen.

»Fragst du dich nicht, wieso ich dir gerade den Hintern gerettet und diesen Typen außer Gefecht gesetzt habe?«

»Nein, verdammt«, schoss Jaxon zurück. »Was weiß ich, was du noch für eine Rechnung mit ihm offen hast.«

»Gar keine.« Der Soldat machte eine Pause, dann fügte er

hinzu: »Du weißt, dass ich versucht habe, dich zu finden.«

Jaxon drehte sich der Magen um. Er spürte die Reling schmerzhaft im Rücken.

»Was bist du? Ein Bulle?«, stieß er hervor. »Wo sind deine verdammten Leute?«

»Ich heiße John. Und ich bin kein Bulle. Ich will dich nicht verhaften.«

»Was willst du dann?«

Die Tür zum Pumpenraum stand wieder einen Spaltbreit offen, aber noch wagte sich niemand nach draußen. Armin schien seinen Leuten Anweisungen zuzurufen, die Jaxon auf die Entfernung nicht verstehen konnte.

»Ich will dich in Sicherheit bringen.«

Jaxon lachte ungläubig auf. »Ach ja? Und warum solltest du das tun?«, sagte er, aber er musste an das Telefongespräch mit Miriam denken, bei dem sie ihm von ihrer Begegnung mit ebendiesem Mann erzählt hatte.

Er war seltsam, weißt du? Er hat irgendwie den Eindruck gemacht, als würde er dir helfen wollen.

»Dein Lkw ist weg«, sagte John. »Ich habe meinen Wagen nicht weit von hier. Komm mit und ich erkläre dir alles unterwegs.«

»Vergiss es.« Jaxon stieß sich von der Reling ab. »Ich hole jetzt das Gewehr. Und dann hole ich Tom.«

Er ging einen Schritt, da packte John ihn am Oberarm, zog ihn mit sich in die Deckung eines Containers und stieß ihn mit dem Rücken gegen den Stahl.

»Du läufst jetzt nicht einfach da rein, verstanden?« Wütend funkelte er ihn an. »Du glaubst doch wohl nicht, dass niemand da drinnen eine Feuerwaffe hat. Und du wirst keine Hand frei haben, um dich zu schützen.«

Jaxon schlug das Herz bis zum Hals. Er begriff nicht, was der Typ von ihm wollte, aber er konnte nur an Tom denken. Und daran, dass die Zeit rannte. »Hast du eine bessere Idee?«

John verzog das Gesicht, dann warf er einen Blick in den verregneten Himmel. Jaxon konnte spüren, wie sehr es ihm widerstrebte, Tom da rauszuholen.

»In Ordnung«, sagte er nach ein paar Sekunden. »Ich gebe dir Feuerschutz. Aber du tust genau, was ich dir sage.«

Jaxon versuchte, sich loszumachen, aber John hielt ihn weiter fest und sah ihn eindringlich an. »Vertrau mir«, sagte er. »Ich will dich nicht wieder verlieren.«

Siebzehn

John saß am Steuer seines Wagens und klopfte mit den Fingern den Takt von *Army Dreamers* von Kate Bush auf das Lenkrad. Als der Regen stärker wurde, schaltete er den Scheibenwischer eine Stufe höher und drehte das Radio lauter. Bei der Gelegenheit warf er Jaxon, der schweigend auf dem Beifahrersitz saß, einen Blick zu. Er konnte seit ihrer Abfahrt aus Rotterdam vor knapp zwei Stunden kaum davon ablassen, ihn immer wieder anzusehen. Wahrscheinlich, weil er immer noch damit zu tun hatte, sein Weltbild zu aktualisieren.

Jaxon war in keiner Weise der Junge, der er in Johns Vorstellung gewesen war. Er war groß und breitschultrig, hatte dunkle, halblange Haare, ein kräftiges Kinn mit einem Bartschatten und trug blutfleckige Jeans und eine armeegrüne Jacke, in der er, wie John wusste, seine Browning HP verstaut hatte.

Also, dachte John und wandte seine Aufmerksamkeit wieder der A12 zu, über die sie mit exakt den erlaubten hundertdreißig Stundenkilometer fuhren, jetzt brauchte er nur noch den unerwünschten Passagier auf seiner Rückbank loszuwerden. Nach einem Blick durch den Rückspiegel in den Fond, wo Jaxons Kumpane immer noch bewusstlos lag, war er sich sicher, dass sich dieses Problem mehr oder weniger von selbst lösen würde.

Jaxon, der bislang kaum ein Wort gesprochen hatte, drehte sich immer wieder nach hinten, die Lippen sorgenvoll aufeinandergepresst. John hatte beschlossen, ihn vorerst in Ruhe zu lassen und sich im Moment einfach nur der Befriedigung hinzugeben, Jaxon unverletzt neben sich im Auto zu wissen.

Irgendwann, als sie bereits die Grenze nach Deutschland passiert hatten und John das Gefühl hatte, dass sich Jaxon allmählich entspannte, fand er, dass der Zeitpunkt gekommen war, ein paar offene Dinge anzusprechen. Er räusperte sich und setzte gerade dazu an, etwas zu sagen, als sich Tom auf der Rückbank regte.

Jaxon griff ihm an die Schulter und schüttelte ihn leicht.

»Hey«, sagte er, woraufhin Tom die Augen öffnete.

»Macht doch mal das Radio aus«, flüsterte er. »Die Musik tut meinem Kopf weh.«

Er schloss die Augen wieder und Jaxon schaltete das Radio aus.

»Also«, kam es nach einer Minute der Stille, in der nichts außer dem Motorengeräusch, den leise quietschenden Scheibenwischern und Toms schweres Atmen zu hören war, von der Rückbank. »Bei wem darf ich mich, außer bei Jaxon natürlich, für meine Rettung bedanken?«

Bei diesen Worten wandte sich Jaxon John zu und sah ihn zum ersten Mal, seit sie losgefahren waren, aufmerksam an. Als könnte er sich erst jetzt, nachdem Tom erwacht war, mit der Frage befassen, wer der Kerl überhaupt war, zu dem er vor zwei Stunden ins Auto gestiegen war.

»Immer gerne«, wich John Toms Frage jedoch aus. »Ich musste nur einem Typen die Schulter durchlöchern dafür.«

»Wow … ich hoffe, es war Armin.« Durch den Rückspiegel sah John, wie Tom den offenen Schnitt berührte, der sich über seine linke Gesichtshälfte zog. Als er versuchte, sich aufzusetzen, nahm seine Haut eine ungesunde, fahle Färbung an.

»Bleib bloß liegen«, blaffte John. »Und wag es ja nicht, mir den Mietwagen vollzukotzen.«

»Wo ist unser Laster hin? Was ist mit Simon passiert?«

»Was denkst du wohl?«

»Was ich denke? Ich denke, dass du Simon beschattet und zum Hafen verfolgt hast. Und dass du dich in Angelegenheiten eingemischt hast, die dich nichts angehen.«

»Und ob es mich etwas angegangen wäre, wenn Jaxon erschossen worden wäre«, gab John zurück und fragte sich gleichzeitig, warum er sich mit dem Wrack auf seinem Rücksitz überhaupt auf eine Diskussion einließ. Bis er Jaxons misstrauischem Blick begegnete.

»Phf«, machte Tom, ließ sich wieder in die Polster sinken und legte sich einen Arm über die Augen. »Ich möchte wirklich mal wissen, was du an meinem Kumpel gefressen hast.«

»Das werde ich ihm auch sagen. Sobald wir dich am nächsten Krankenhaus abgesetzt haben.«

»Haha«, sagte Tom. »Jax, gib mir deine Kanone, bitte. Ich muss dem Kerl mal eben den Schädel wegschießen für seine blöden Witze.«

»Du hast dafür gesorgt, dass Simon mit dem Lkw abhaut, stimmt´s?«, schaltete sich Jaxon an John gewandt ein.

Unwillig warf John ihm einen Blick aus den Augenwinkeln zu. Warum hatte dieser Tom nicht einfach ohnmächtig bleiben können?

»Natürlich.«

Er hatte ein ganz gutes Gefühl gehabt, was den Typen mit der Strickmütze betraf, auch noch, nachdem ihm klargeworden war, dass er nicht Tom war. Deshalb war er weiterhin an ihm drangeblieben, hatte ihn und den Lkw im entscheidenden Moment jedoch loswerden müssen und ihn mithilfe seiner Waffe dazu gebracht, abzuhauen.

»Weil du unbedingt an Jaxon rankommen wolltest«, wehte Toms schwache Stimme vom Rücksitz aus zu ihnen nach vorne.

»Ja.«

»Weil du wolltest, dass er mit dir kommen muss.«

John drehte den Kopf nach hinten. Tom saß an die Scheibe gelehnt da und kämpfte schwitzend damit, bei Bewusstsein zu bleiben. Für einen kurzen Moment begegneten sich ihre Blicke.

»Warum?«, sagte Tom.

»Um ihn von Typen wie dir fernzuhalten.« John mied Jaxons Blick, konzentrierte sich wieder auf die dunkle Straße und wechselte auf die rechte Spur.

»Hast du das gehört?«, keuchte Tom. »Er will dich *von Typen wie mir fernhalten*. Dass ich nicht lache. Wer bist du … überhaupt?« Er schnappte nach Luft und begann zu husten. »Du beschattest Leute. Du zerschießt Schultern.« Er hustete immer stärker. »Ich hatte alles im Griff … *alles* … bis du aufgetaucht bist …« Er stöhnte auf, als John den Wagen abbremste, eine Ausfahrt nahm und sein Kopf durch die Fliehkraft der Kurve gegen die Tür gedrückt wurde.

»Warum fahren wir hier runter?« Alarmiert war Jaxon auf die Beschilderung aufmerksam geworden. Er fuhr zu Tom herum, der die Augen geschlossen hatte und kein Wort mehr sagte.

»Du willst ihn nicht wirklich in einem Krankenhaus absetzen?«

John bog auf eine Landstraße ab. »Auf keinen Fall. Wir werden ihn *in der Nähe* eines Krankenhauses absetzen.«

Jaxon sagte nichts. Er schüttelte Tom wieder, aber er wachte nicht auf.

John sah auf das Navigationsgerät, fuhr in einen Kreisverkehr hinein und bog gleich darauf auf einen kleinen, kreisrunden Parkplatz ein. Ein paar Autos waren hier abgestellt, in der Mitte gab es einen Wendehammer. In der Ferne, zwischen dicht belaubten Bäumen, leuchteten die Fenster eines Krankenhauses.

John schaltete den Motor aus und für einen Moment herrschte vollkommene Stille.

»Okay«, sagte er nach einer Weile. »Du steigst jetzt aus und bringst ihn in den Park da vorne. Leg ihn auf jeden Fall in die stabile Seitenlage. Ich rufe einen Krankenwagen.« Er zog sein Handy aus der Brusttasche seiner Jacke, hielt jedoch inne, als Jaxon sich nicht rührte.

»Was ist denn?«

»Es gefällt mir nicht.«

»Was gefällt dir nicht?«

»Diese Entscheidung über seinen Kopf hinweg zu treffen.«

John holte Luft. »Dein Freund verreckt gerade auf unserem Rücksitz, Jaxon. Er hat eine Menge Blut verloren und war fast zwei Stunden lang bewusstlos. Wahrscheinlich hat er einen Schlag auf den Kopf bekommen. Vielleicht hat er ein Hirntrauma, oder innere Blutungen. Diese Entscheidung müssen wir jetzt einfach für ihn treffen. Und zwar schnell.«

Jaxon sah durch die regennasse Frontscheibe. John konnte geradezu spüren, wie er mit sich haderte. Er wandte sich ihm zu und legte den Arm um die Lehne des Beifahrersitzes.

»Hör zu«, sagte er. »Nimm ihm sein Zeug ab, dann werden sie ihn nicht so einfach identifizieren.« Er wartete, bis Jaxon ihn ansah, dann drückte er seine Schulter. »Geh schon. Und beeil dich.«

***

Jaxon stand in der Dunkelheit des kleinen Parks zwischen dicht belaubten Bäumen und beobachtete, wie der Rettungswagen näherkam. Er hielt am Rand des Parks auf dem Gehweg und zwei Personen stiegen aus. Während sie auf Tom zueilten und sich im Schein der Blaulichter über ihn beugten, musste Jaxon wieder daran denken, wie er über das Frachterdeck zu Tom gelaufen war. Der Boden war von Blut und Regenwasser glitschig gewesen. Um ihn her waren Schüsse gefallen und er und Armin hatten sich einen kurzen, aber heftigen Kampf um das Maschinengewehr geliefert. Danach hatte er Tom von Bord gebracht, von dem er sich in diesem Moment nicht einmal sicher gewesen war, ob er überhaupt noch lebte.

Jaxon zog sich die Kapuze seiner Jacke über den Kopf und wich tiefer in den Park zurück, als die Stimmen der Rettungskräfte zu ihm herüberwehten. Jemand leuchtete mit einer Taschenlampe zwischen die Bäume hindurch. Jaxon wusste, dass es nicht mehr lange dauern konnte, bis die Polizei hier war. Dass es höchste Zeit für ihn war, von hier zu verschwinden. Aber er konnte sich nicht dazu entschließen, zu John zurückzukehren; wusste nicht einmal, ob er es überhaupt tun sollte.

Er sah zu, wie Tom auf einer Trage hochgehoben und in den Rettungswagen geschoben wurde. Das Geräusch der zuschlagenden Türen hatte etwas Endgültiges. Kurz darauf fuhr der Rettungswagen in Richtung des nahegelegenen Krankenhauses davon. Jaxon sah ihm hinterher, sein Brustkorb fühlte sich schmerzhaft eng an. Er wollte sich nicht vorstellen, wie Tom sich fühlen musste, wenn er aufwachte und feststellte, wo er sich befand. Wenn er sich fragte, wie zum Teufel er an diesen Ort gekommen war. Warum Jaxon das nicht irgendwie verhindert hatte.

Gedankenversunken drehte er sich um, ging den Weg zurück, den er gekommen war, und wog seine Möglichkeiten ab. Er traute John nicht über den Weg und hatte nach wie vor keine Ahnung, warum er so versessen darauf gewesen war, ihn zu finden. Sein Verhalten während des Überfalls heute Nacht ließ darauf schließen, dass er zumindest kein Polizist war. Sein Interesse schien vielmehr persönlicher Natur zu sein.

Kurz bevor er den Parkplatz erreichte, sah er zu dem silberfarbenen Renault hinüber, der ein Stück von den übrigen Autos entfernt unter einer mattscheinenden, orangefarbenen Laterne parkte. John stand an das Auto gelehnt, die Arme vor der Brust verschränkt, ein Bein über das andere geschlagen.

Wie vom Donner gerührt blieb Jaxon stehen. Er hatte diesen Mann schon einmal gesehen, ging ihm auf einmal auf. Er kannte ihn von … irgendwoher.

Er legte sich eine Hand auf die Brust, weil sein Herz plötzlich viel zu schnell schlug, und zwang sich dazu, sich nichts einzubilden. Er hatte heute Nacht einiges durchgemacht. Er war müde. Und er hatte gerade zugesehen, wie sie Tom weggebracht hatten.

Aber er hatte das Bild schließlich in seiner Hosentasche mit sich herumgetragen, vor kurzem erst!

In diesem Moment drehte John den Kopf in Jaxons Richtung und erblickte ihn zwischen den Bäumen.

»Na endlich.« Er stieß sich vom Blech des Autos ab. Die

Erleichterung über seine Rückkehr stand ihm ins Gesicht geschrieben. »Können wir fahren?«

Er wandte sich der Autotür zu, aber Jaxon rührte sich nicht. Eine Erinnerung war plötzlich in seinem Kopf aufgetaucht. Seine Mutter, die neben ihm saß und ihm das Foto zeigte.

Er hat sich umgebracht, weil er kein Vater sein wollte.

Das Blut rauschte ihm so laut in den Ohren, dass ihm schwindelig wurde. Er merkte kaum, dass John auf einmal vor ihm stand.

»Jaxon? Was ist los mit dir? Ist irgendwas passiert?«

Wie? Wie konnte dieser Mann hier vor ihm stehen?

John kam noch einen Schritt näher. »Ich weiß, dass es nicht einfach für dich war, deinen Freund zurückzulassen«, hörte Jaxon ihn sagen. »Aber jetzt wird ihm …« Seine Stimme verlor sich in dem Moment, in dem er Jaxons Blick auffing.

»Was willst du von mir?« Jaxons Stimme klang wie Glasscherben.

John schien eine Sekunde lang zu erstarren. Dann begannen seine Kieferknochen zu mahlen, während er den Kopf in alle Richtungen drehte.

»Jaxon …«

»*Was?*«, schrie Jaxon, der auf einmal die Beherrschung verlor. Er konnte einfach nicht fassen, dass dieser Mann hier auftauchte, ihn ohne Federlesen von der Straße aufsammelte und zwei Stunden lang schweigend neben ihm im Auto saß, ohne ein einziges Wort über seine verdammte Identität zu verlieren.

»Ich stehe vor dir, wie du es dir gewünscht hast. Also, wann wolltest du mir erzählen, wer du bist? Und was genau deine Pläne für mich sind?«

»Still, Jaxon …«

»*Still?*« Jaxons Stimme überschlug sich. »Das ist alles, was du mir zu sagen hast? Dass ich *still* sein soll?« Er lachte auf, es klang fast hysterisch. Er hatte in den letzten Wochen mehr als einmal Momente durchlebt, in denen er keinen Ausweg mehr für sich gesehen hatte. Aber diese Situation war noch verzweifelter. Als er John auf diesem Parkplatz gegenüberstand und ihm die Wahrheit allmählich bewusst zu werden begann, zweifelte er nicht mehr nur seine Tat und die Zeit danach an, in der er sich auf der Flucht befand. Auch all die Jahre davor, sein ganzes Leben, war auf einmal … ein einziger Weg in die falsche Richtung gewesen.

»Oh Gott, du … du hast keine Ahnung«, brachte er heraus.

»Wie bitte?«

»Keine Ahnung, was all die Jahre bei uns los war …«

Ungeduldig rollte John die Schultern und ließ seinen Blick schweifen. »Natürlich weiß ich, was bei euch los war. Ich habe mich auf dem Laufenden gehalten …«

»Das kann ich mir kaum vorstellen«, fiel Jaxon dazwischen. »Sonst würde dir nicht einfallen, nach zwanzig Jahren hier aufzutauchen und dieses Theater zu veranstalten.«

Johns Blick verhärtete sich. Er sah über Jaxons Schulter hinweg, dann wandte er sich ab und öffnete die Autotür.

»Du steigst jetzt ein und kommst mit mir, wenn du weißt, was gut für dich ist.« Er fokussierte Jaxon, der es jetzt auch bemerkte: Blaulicht, das von der Straße jenseits des Parks bis zu ihnen herüberflackerte.

Panik durchflutete ihn. Das also waren sie, seine verbliebenen Optionen: er konnte hierbleiben und verhaftet werden. Oder zu John in den Wagen steigen und so tun, als hätte es die letzten zwanzig Jahre nicht gegeben, in denen er seine Spielchen getrieben hatte.

Ich habe mich auf dem Laufenden gehalten.

»Ich habe recht zuverlässige Mittel und Wege, um zu verhindern, dass du ins Gefängnis gehst«, hörte er John mit dringlicher Stimme auf ihn einreden.

»Ich gehe nicht ins Gefängnis«, erwiderte Jaxon, ohne zu wissen, was er sonst tun sollte. »Und zwar ohne deine Mittel und Wege.«

Und dann war sie plötzlich wieder da, seine Pistole. Weil es sonst nichts gab, was er tun konnte.

Johns Brauen zogen sich zusammen, als Jaxon die Waffe auf ihn richtete. »Jaxon, Herrgott nochmal. Wieso tust du das? Wieso machst du es mir so verdammt schwer? Weißt du eigentlich, was im Knast mit dir passiert? Du verrohst dort.«

Jaxon schwankte auf der Stelle. Er hasste John so sehr, dass es in ihm brannte. Er wünschte sich, er wäre nie aufgetaucht. Aber er wollte auch wissen, warum er all das getan hatte. Warum war er damals weggegangen und hatte seine Mutter glauben lassen, er hätte sich umgebracht?

»Das kannst du doch nicht wollen«, sagte John jetzt, während er näherkam. »Und ich will das auch nicht für dich.«

Jaxon konnte nicht anders, als die Augen zu schließen, um ihn nicht mehr sehen zu müssen. Da spürte er, wie John sein Handgelenk umschloss. Noch bevor er ihm die Pistole entziehen konnte, öffnete Jaxon die Hand und ließ sie fallen. Er wusste, das hier war zu groß, um ihm mit einer Pistole zu begegnen.

»Komm mit mir und ich zeige dir, dass dein Weg hier nicht zu Ende sein muss.« Johns Stimme war nahe bei ihm und als

Jaxon die Augen wieder öffnete, sah er ihn direkt vor sich. Jaxon wusste nicht, wovon John sprach und er fühlte sich zu müde, um sich weiter aufzulehnen. Er konnte sich beim besten Willen nicht vorstellen, wie es für ihn weitergehen sollte. Aber die Hand, die immer noch seinen Arm umschloss, war stark. Außerdem, dachte er, hatte John bereits bewiesen, dass er Unvorstellbares vollbringen konnte.

Achtzehn

Jaxon erwachte von Schritten und Stimmen genau über ihm. Er drehte sich auf den Rücken, legte sich einen Arm über die Augen und versuchte, sich an Dana zu erinnern. Die Gestalt, die sich vor sein inneres Auge schob, war Dana, wie sie damals gewesen war, als er sie an ihrem Umzugstag das letzte Mal gesehen hatte: blond, mit fröhlichen, unbeschwerten Augen. Er hatte sie geliebt, erinnerte er sich, weil sie ihn jedes Mal, wenn er unglücklich gewesen war, herausgeholt hatte.

Er konnte nicht begreifen, dass sie während der ganzen Zeit gewusst haben sollte, dass Leroy am Leben war. Dass sie dieses Spiel mitgespielt haben sollte.

Er hob den Arm vom Gesicht und sah sich um. Er befand sich im Kellergeschoss, das mit mehreren kleinen Fenstern direkt unter der Decke, einem hellen Teppich und einem eigenen kleinen Badezimmer recht heimelig ausgestattet war. Direkt hinter dem Fußende des Bettes führte eine offene Holztreppe ins Erdgeschoss.

Jaxon nahm sein Handy von dem kleinen Tisch neben dem Bett, auf den er seinen und Toms Kram gelegt hatte, und klappte es auf. Es war elf Uhr am Vormittag. Vor etwa sieben Stunden hatten Leroy und er nach einer recht schweigsamen Fahrt Danas Zuhause erreicht. Nachdem Leroy den Wagen vor dem Haus abgestellt hatte, hatte er Jaxon gefragt, ob er sich noch an Dana erinnern würde und ihm erzählt, dass sie bei ihr in Sicherheit wären. Dass sie über alles Bescheid wusste. Jaxon hatte fast nichts gefühlt bei dieser Neuigkeit.

Aus dem Stockwerk über ihm hörte er immer noch das Murmeln eines Gespräches, dazwischen das Klirren von Besteck auf Porzellan. Er wusste, dass er irgendwann würde aufstehen und nach oben gehen, sich Leroys *Mitteln und Wegen* würde stellen müssen.

Er stand so lange unter der Dusche, dass es fast Mittag war, als er schließlich die Treppe hinaufstieg. Am Geländer blieb er stehen und konnte sich nicht überwinden, zum Tresen zu gehen, an dem Leroy und Dana saßen und sich unterhielten.

Dana stand auf und kam auf ihn zu.

»Jax, mein Gott! Du bist erwachsen geworden.« Sie lächelte und schien ihn in die Arme nehmen zu wollen, aber er warf ihr einen hinreichend warnenden Blick zu, der sie davon abhielt.

Heuchlerin, dachte er und konnte bei ihrem Anblick an nichts anderes mehr denken, als daran, dass sie ihn und Johanna belogen hatte.

Sie schaffte es, ihr Lächeln aufrechtzuerhalten. »Hast du gut geschlafen?«

Und jetzt hatte Leroy ihn hierhergeschleppt und sie zog diesen Zirkus mit ihm ab.

»Bestens.«

»Schön. Dann komm doch rüber zu uns und iss etwas. Du hast bestimmt Hunger.«

Jaxon folgte ihr und bedachte Leroy, der von einer Zeitung aufsah, im Vorbeigehen mit einem kurzen Blick. Nachdem er sich auf einen der Barhocker gesetzt und sich von Dana Brotkorb und Glaskaraffe hatte reichen lassen, faltete Leroy die Zeitung zusammen. Er schob sie von sich und sah Jaxon beim Frühstücken zu.

»Kann ich dich etwas fragen?«, sagte er irgendwann, als Jaxon sein Saftglas geleert und sich ein Brötchen belegt hatte.

Jaxon antwortete nicht. Die Art, wie Leroy ihn permanent im Auge behielt, wie er den Zeitpunkt der Befragung genau abwog, vermittelte ihm ebenso wie die verpackten Zahnbürsten und Einwegrasierer auf der Waschbeckenablage im Souterrain das Gefühl, das alles hier sei Teil eines von langer Hand ausgearbeiteten Plans. Als hätte er selbst nie eine Wahl gehabt und sei nur deshalb hier, weil Leroy es genauso beabsichtigt hatte.

»Wieso hast du diesen Typen, diesen Levin, eigentlich erschossen?«

Jaxon spürte, wie er sich innerlich verkrampfte, und hielt im Kauen inne. Als wenn er es über sich bringen würde, Leroy zu schildern, was in jener Nacht bei ihnen im Flur passiert war. Als wenn er selber wüsste, was ihn geritten hatte, auf diesen Mann zu schießen.

Er ließ den Kopf sinken.

»Versteh mich nicht falsch«, sagte Leroy. »Ich bin nicht hier, um dich deswegen zu verurteilen. Mich interessiert nur dein Motiv, das ist alles.« Er lächelte Jaxon zu und auch Dana, die in seiner Nähe an der Anrichte stand, sah zu ihm herüber.

»Was hat er gemacht? War er nicht Johannas Freund?«

Jo-Anna sagte er, auf seine ganz eigene Weise. Jaxon musste schlucken.

»Ja, war er.« Sein Puls ging zu schnell. Außerdem war es unangenehm heiß in diesem Raum.

»Du willst nicht darüber sprechen?«

»Du hast es erfasst.«

»Wieso nicht? Hat er ihr etwas getan?« Leroys bisher beinahe gefühlsfreie Stimme bekam einen angespannten Klang. Jaxon merkte, wie ihm das Blut in den Kopf stieg.

»Das ist so deine Vorstellung, was?«, fuhr er auf. »Der böse Levin fasst die Mama an und der Sohn wirft sich dazwischen und rettet sie. Ja, genau so war es, *Daddy*.«

»Du und Hanna, ihr hattet nie eine gute Beziehung, stimmt's?«, fragte Dana leise dazwischen und Jaxon fuhr so heftig zu ihr herum, dass der Barhocker zu schwanken begann.

»Nein, und du weißt verdammt genau, warum«, blaffte er sie an und stand gleichzeitig vom Hocker auf. Was mussten sie ihn auch so ins Kreuzverhör nehmen?

Leroy stand ebenfalls auf und kam um die Theke zu ihm herum. Er lehnte sich dagegen und Jaxon begriff, dass er einfach nur in seiner Reichweite sein wollte.

»Komm runter, Jaxon, wir unterhalten uns bloß mit dir, ja?«

»Ich komm runter, wenn sie aufhört, so zu tun, als wüsste sie von nichts. *Alles* hast du gewusst und meiner Mutter die beste Freundin vorgespielt!« Er sah, dass Dana und Leroy sich kurze Blicke zuwarfen und wusste, dass er zu laut sprach.

»Was ist der Grund für diesen Pakt, den ihr beide geschlossen habt?«, fuhr er fort. »Hast du jemanden umgebracht und wolltest ungeschoren davonkommen? Musstest du deshalb deinen eigenen Tod inszenieren?«

»Jetzt mal langsam.« Leroy trat einen Schritt vor. »Es ist nicht so, dass ich damals eine andere Möglichkeit gehabt hätte. Ich musste verschwinden, um Johanna, Sarah und dich zu beschützen.«

»Ach ja?« Jaxon starrte Leroy an und hoffte, dass sich das,

was er von seiner Erklärung hielt, in seinem Blick widerspiegelte.

»Du hättest sie nicht mit dieser Lüge zurücklassen dürfen.«

Leroy schüttelte den Kopf. »Es gab keinen anderen Weg.«

Jaxon presste die Lippen aufeinander. Er musste an Tom denken, der vor ihm stand und ihm die Pistole aus der Hand riss.

Welche Möglichkeiten wir haben? Jede Menge. Oder was glaubst du, wozu ich das alles veranstalte?

»Es gibt immer einen anderen Weg.«

»Wenn es so wäre, hättest du kaum Levin erschossen, oder?«, entgegnete Leroy und obwohl Jaxon bewusst war, dass er den Spieß absichtlich umdrehte, weil er nicht über sich sprechen wollte, stieg er darauf ein.

»Ich habe Levin erschossen, weil ich in diesem Moment nicht anders konnte.«

»Eben. Ich konnte auch nicht anders.«

»Du hast deinen Tod wohl kaum im Affekt inszeniert.«

»Und du? Du hast Levin im Affekt erschossen?«

»Ja!«

»Und warum?«

»Weil du ein gottverdammter Scheißkerl bist, darum!«, schrie Jaxon ihn an. Das Bild seiner Mutter tauchte plötzlich vor ihm auf, wie sie im rosaweißen Nachthemd in der Schlafzimmertür gestanden und ihn angestarrt hatte.

Er war ein Mörder! Ein Mörder!

Sie hatte ihn Leroy genannt, kurz bevor er abgedrückt hatte, erinnerte er sich und Schwindel erfasste ihn. Es war immer und immer nur er gewesen, an den Johanna bei Jaxons Anblick gedacht hatte. Und letztendlich war das, was

Johanna in ihm all die Jahre gesehen hatte, in jener Sonntagnacht Wirklichkeit geworden.

Jaxon wollte etwas zerschlagen, er wollte Leroy wehtun, aber Leroys abgeklärter Blick sagte ihm ganz genau, wohin er sich damit katapultieren würde: noch weiter unter seinen Vater.

Jaxon fuhr herum, zog die Glastür auf und floh in den verregneten Garten hinaus.

Er riss einen feuchten Zweig von einem der Bäume und zerpflückte ihn, während er in den hinteren Teil des Gartens ging. Solange er seine Emotionen nicht in den Griff bekam, würde er immer der Verlierer sein, soviel war klar. Er zerriss die letzten Blätter und blieb stehen, als er Dana bemerkte, die ihm durch das ungemähte Gras und die tiefhängenden, belaubten Zweige folgte. Ihre Clogs quietschten in der feuchten Wiese. In seiner Nähe blieb sie stehen und schlang sich die Arme um den Oberkörper.

»John hätte dich nicht so provozieren dürfen gerade«, sagte sie. »Er hat es nicht so gemeint.«

Jaxon schob sich die Hände in die Taschen seiner Jeans. »Du brauchst für mich nicht mehr den Babysitter zu spielen, Dana.«

»Das weiß ich. Ich wollte mich nur von dir verabschieden. Ich muss für eine Weile weg und wenn ich zurückkomme, werdet ihr nicht mehr hier sein.«

»Ach ja? Hat Papa das so geplant? Na, dann …« Er sah an Dana vorbei zum Haus hinüber, in dem Leroy damit angefangen hatte, die Küche aufzuräumen. Er erschien Jaxon ungeheuer mächtig. Ein Drahtzieher, der damals mit einer einzigen Entscheidung über sein und das Leben seiner Familie gerichtet hatte.

»Jax, bitte. Leroy wusste immer und er weiß auch jetzt, dass er ein miserabler Vater ist. Und er hat nie gewollt, dass du ihn überhaupt kennenlernen musst. Aber jetzt bist du in Schwierigkeiten und er kann nicht zulassen, dass du ins Gefängnis gehst. Du solltest seine Hilfe wirklich annehmen und es ihm nicht so schwermachen.«

Jaxon biss sich auf die Innenseite seiner Wangen und wandte den Blick ab. Dicht am Zaun entlang schlich eine schwarze Katze auf der Jagd nach Mäusen durch das hohe Gras.

»Er hat es uns all die Jahre auch nicht gerade leichtgemacht.«

»Denk nicht, dass es für ihn einfach war, von einem Tag auf den anderen alles aufzugeben, selbst seine Identität, und zu verschwinden«, sagte Dana. »Er hat Hanna in einem Abschiedsbrief versucht zu erklären, warum er gehen musste, aber sie ... so wie er es formuliert hatte, musste sie glauben, das alles hinge mit ihrer Schwangerschaft zusammen und damit, dass Leroy keine Kinder wollte. Ich habe ihr immer wieder gesagt, dass das nicht stimmt, aber sie hat mir nicht geglaubt.«

Dana schwieg, als wollte sie Jaxon die Möglichkeit geben, etwas zu sagen.

»Hat sie den Brief eigentlich aufgehoben? Hat sie ihn dir jemals gezeigt?«, fragte sie.

Er hatte ihn in der Hand gehabt, erinnerte er sich. In der Nacht seines zwanzigsten Geburtstages, als er von Eriks Party nach Hause gekommen und das Foto gesucht hatte. Er hatte die Tagebücher und Briefe seiner Mutter gefunden, sie aus Angst vor ihrem Inhalt jedoch schnell wieder eingepackt.

»Ich habe ihn nicht gelesen«, sagte er. »Aber sie hat mir davon erzählt.«

»Er hat darin tatsächlich geschrieben, dass er unter den gegebenen Umständen kein Vater sein kann. Und das konnte er auch nicht. Er hatte zu der Zeit einen äußerst gefährlichen Job. Er hat innerhalb der Armee Waffen geschmuggelt. Außer Landes gebracht. Dabei ging es um ungeheuer viel Geld. Und nur wenige Tage, bevor die Sache mit dem inszenierten Selbstmord passiert ist, haben sie einen riskanten Coup versucht, der aber schiefging. Sie hatten sich verschätzt, konnten die Waren nicht rechtzeitig liefern, wollten das Geld aber trotzdem einstreichen.«

Dana machte eine Pause, ihr Blick war weit weg, und Jaxon beschlich das unheimliche Gefühl, dass sein Leben vorherbestimmt war. Warum passierte das alles, ohne dass er auch nur irgendetwas davon gewollt hatte?

»Ja, Leroy hat einen Mord begangen«, fuhr Dana fort. »Er hat damit zwar seine Leute und den Coup gerettet, sich selbst aber in Gefahr gebracht. Er musste ab sofort damit rechnen, verfolgt zu werden, also musste er verschwinden. Es musste schnell gehen, er brauchte viel Geld dafür und niemand durfte davon erfahren.«

»Niemand außer dir.«

»Leroy brauchte jemanden, der sich um Hanna kümmerte. Ich habe auch im Regional Medical gearbeitet, damals. Ich war in der Army. Ich wusste von den dubiosen Geschäften, die in den obersten Reihen abliefen. Und ich war mit Hanna befreundet. Also habe ich auf sie aufgepasst. Ich habe sie unterstützt und dich im Auge behalten, auch nach eurem Umzug.« Sie schüttelte den Kopf, dann seufzte sie. »Du hast sie immer so sehr an ihn erinnert.«

Jaxon knirschte mit den Zähnen. »Was du nicht sagst.«

»Sie war hier«, sagte Dana, als fiele es ihr eben erst ein. »Sie hat dich gesucht und dachte, du wärst vielleicht bei mir.«

Jaxon hob den Kopf und runzelte die Stirn. »Nein«, sagte er. »Sie würde nie …«

»Doch, sie war hier, gestern erst.«

Jaxon fiel der Unterkiefer herab. »Und … ist sie Leroy begegnet?«

Vergeblich versuchte er sich vorzustellen, was das für Johanna bedeuten würde. »Wie hat sie …«

»Um Gottes willen, nein!«, fiel ihm Dana mit einer Handbewegung ins Wort. »Hanna darf Leroy auf gar keinen Fall begegnen.«

»Was soll das heißen, sie darf ihm nicht begegnen? Soll sie etwa weiterhin glauben, dass er tot ist?«

»Leroy ist gekommen, um dich zu finden und hier rauszuholen, Jax.« Danas Stimme klang plötzlich scharf. »Aus keinem anderen Grund. Ich glaube, das ist dir überhaupt nicht klar.«

Ungläubig starrte Jaxon Dana an. Leroy und sie erwarteten also allen Ernstes, dass er bei dieser Intrige mitspielte und Johanna gegenüber Leroys Existenz verheimlichte? Er schnaubte. »Ich kann mich nicht erinnern, ihn um Hilfe gebeten zu haben.«

»Sei nicht albern. Leroy hat mir von letzter Nacht erzählt, als ihr Jungs im Hafen in ernsten Schwierigkeiten wart. Wäre er nicht da gewesen und hätte euch rausgehauen, wärst du wahrscheinlich mittlerweile verhaftet. Wenn nicht sogar erschossen.«

Jaxon schwieg dazu. Wer wusste schon, wie der Überfall auf dem Frachter ausgegangen wäre, wenn Leroy nicht aufgetaucht und Simon mit dem Lkw verschwunden wäre? Vielleicht hätten sie es sogar geschafft und wären jetzt schon über alle Berge.

Sein Blick begegnete Danas, die ihn mit einer Spur Bedauern ansah.

»Du solltest euch beiden eine Chance geben«, sagte sie. »Das wollte ich dir nur sagen.«

Sie senkte den Blick auf ihre Armbanduhr. »Ich muss dann auch los. Ich glaube, es ist ganz gut, wenn Leroy und du ein wenig Platz und Zeit für euch habt.«

Jaxon zog einen Mundwinkel in die Höhe. »Sicher.«

»Leb wohl, Jax.«

»Ja, du auch.«

Er sah ihr nach, wie sie durch das knöchelhohe Gras zum Haus zurückging und dachte dabei nur an eines: Seine Mutter war hier gewesen, um nach ihm zu suchen.

***

Leroy streckte die Arme aus, legte sie über die Lehne des Sofas und lockerte seine Beine. Er war völlig verspannt. Die Dunkelheit senkte sich bereits über den Raum, was bedeutete, dass es auf zweiundzwanzig Uhr zuging. Und Jaxon war immer noch weg. Leroy wusste, er sollte sich keine Sorgen machen. Jaxon war zwanzig Jahre lang ohne ihn ausgekommen, er war erwachsener, als er ihn sich ausgemalt hatte, und wenn er nicht zu ihm zurückkommen wollte, war das seine eigene Entscheidung. Aber ... verflucht nochmal, er *wollte* ganz einfach, dass Jaxon bei ihm blieb. Er fühlte sich für das Leben dieses Jungen mindestens so verantwortlich wie für sein eigenes.

Wie er es hasste, abhängig zu sein und sei es von seinen eigenen Gefühlen. Was auch der Grund dafür war, warum er damals aus Johannas Leben verschwunden war: Weil er es nicht ertragen konnte, gebunden zu sein, hatte er ihr ebenfalls die Möglichkeit geben müssen, ganz ohne ihn weitermachen zu können.

Nur bei Jaxon funktionierte das irgendwie nicht, erkannte er, als Jaxon in der Terrassentür erschien und ihn die Erleichterung durchflutete.

Er zog seinen rechten Fuß auf den linken Oberschenkel, als Jaxon den Raum durchquerte, so dass er ihn bemerkte und zu ihm herumfuhr.

»Du bist es«, sagte er.

»Ich habe auf dich gewartet.«

Jaxons Brauen senkten sich über seine Augen. »Hattest du Sorge, ich würde dir davonlaufen?«

Leroy hob eine Schulter und ließ sie wieder fallen. »Wir müssen reden.«

»Worüber?«

»Du weißt, dass ich hergekommen bin, um dich hier rauszuholen? Aus diesem Land?«

Jaxon, der bis jetzt ungewohnt kontrolliert gewesen war, wich einen halben Schritt zurück und in Leroy zog sich etwas zusammen.

Er wird nicht mitkommen.

»Ich werde nicht tun, was du getan hast.«

»Was meinst du damit?«

»Johanna und Sarah sind auf deiner *Beerdigung* gewesen. Sie haben Blumen auf deinen Sarg gelegt. Willst du es nicht mal besuchen, dein Grab?«

Leroys Blick ging an Jaxon vorbei zur Küchenzeile hinüber. Nie hatte er es sich angetan, sich vorzustellen, was Jaxon ihm gerade gezeichnet hatte: seine eigene Beerdigung; Johanna weinend, in Schwarz gekleidet, von Dana getröstet; Sarah, die sich an ihr Bein klammerte; ein Sarg, in dem irgendjemand lag. Jemand, der für seine Angehörigen für immer wie vom Erdboden verschluckt sein würde.

»Es wäre auf jeden Fall der sicherste Weg«, sagte er. »Und der einzige, der gewährleistet, dass sie aufhören, dich zu suchen.«

Jaxon erwiderte nichts. Und als Leroy die schwarze Silhouette ansah, die sein Sohn war, stellte er sich zum ersten Mal die Frage, ob das alles nicht falsch war. Jaxon war so ehrlich, so voller Skrupel, so unverdorben. Im Grunde war er all das, was Leroy vor einer Ewigkeit aufgegeben hatte zu sein, nachdem er rekrutiert worden und in all das hineingeraten war. Wäre es nicht vielleicht der bessere Weg, er würde Jaxon einen guten Anwalt besorgen, den besten, und er würde seine Jahre absitzen und dann hier weitermachen, von der Last der Schuld befreit?

Aber nein. Knast war keine Alternative zu dem, was er Jaxon zu bieten hatte. Er würde mehrere Jahre bekommen, egal welchen Anwalt er ihm an die Seite stellte. Und er würde hart werden im Bau. Hart und unerbittlich.

»Aber es würde ohnehin nicht gelingen«, fuhr er in die Stille hinein fort. »Ich hatte damals die Army im Rücken, die die Macht und Mittel hat, sowas zu inszenieren und von vorne bis hinten, bis hin zur Bestätigung des Leichnams, durchzuziehen. Mich haben sie währenddessen mit einem vergoldeten Hintern außer Landes geflogen. Ich musste mir nicht mal die Hände schmutzig machen.«

Er konnte nichts dafür, dass er ein wenig selbstgefällig

klang. Wirklich nicht. Seine Stellung damals war sein Leben gewesen, sein Stolz; das Fundament seiner Charakterbildung.

Jaxon verzog das Gesicht. »Nein. Die hast du dir bei was ganz anderem schmutzig gemacht«, sagte er leise.

Leroy stand auf. »Du kannst mit mir in die USA fliegen. Morgen Nachmittag«, sagte er beinahe beiläufig. Er ging zur Stehlampe neben dem Bücherregal und schaltete sie ein. Mittlerweile war es dunkel geworden. Ein gelber Schein beleuchtete nun den zuvor finsteren Raum. Die bodenlangen Fenster zum Garten hinaus hatten sich in Spiegel verwandelt. Leroy sah sich selbst; seine harten Gesichtszüge, die hellen Augen, sein dunkles Haar, das er seit Jahren kürzer trug.

Mit einem Ruck drehte er den Scheiben den Rücken zu und sah Jaxon neben der Esstheke stehen, die Hände in den Hosentaschen.

»Und dann?«, fragte er.

»Bekommst du eine neue Identität, eine neue Staatsbürgerschaft. Eine neue Chance. Du kannst …«

… bei mir bleiben.

»… zur Army gehen«, fügte er hinzu. »Und Geld verdienen.«

Beinahe gespannt wartete er auf Jaxons Antwort.

Ein Achselzucken. »Von mir aus.«

Leroy lachte mit einer Mischung aus Erleichterung und Unglauben auf. »Das ist alles? *Von mir aus?*«

»Was soll ich sagen? Es gefällt mir nicht. Aber es ist ja nicht so, dass ich eine andere Wahl hätte.«

Für einen kurzen Augenblick war Leroy sprachlos. Er hatte sich darauf vorbereitet, eine Wand aus Stein abzureißen und während des ersten Schlages festgestellt, dass sie lediglich aus Papier bestand.

»Okay ….«, sagte er. »Bestens.«

Doch Jaxon hatte sich schon abgewandt und ging die Treppe in das Kellergeschoss hinunter. Leroy blieb im Halbdunkel des Wohnzimmers stehen und hörte ihn im Untergeschoss herumlaufen. Kurz darauf begann er zu telefonieren. Seine Stimme drang als leises Murmeln durch den Fußboden zu ihm herauf.

Er ging zu Danas Hausbar, holte eine Flasche und ein Glas heraus und schenkte sich einen doppelten Whisky ein. Während er das Glas schwenkte und zusah, wie sich das schwache Licht in der bernsteinfarbenen Flüssigkeit brach, wünschte er sich, er hätte jemanden zum Anstoßen bei sich. Jaxons Ablehnung ihm gegenüber war etwas, auf das er sich zugegebenermaßen nicht vorbereitet hatte. Mit allem hatte er gerechnet: dass er Jaxon aus wer weiß was für einem Loch oder Pulk würde herausholen müssen, dass es Leute gab, von denen er sich nicht trennen lassen würde, dass er verhaftet sein könnte, noch bevor es ihm gelungen war, ihn zu finden. Aber die Momente nach ihrem ersten Aufeinandertreffen hatte er in seiner Planung irgendwie … übergangen. Zumindest waren sie kein eigener Punkt gewesen.

Wie auch immer, dachte Leroy, legte den Kopf in den Nacken und leerte das Glas. Er spürte den Whisky seine Kehle hinunterrinnen und kurz darauf die angenehme Hitze, die sich in seinem Magen ausbreitete. Sobald das Gefühl nachließ, schenkte er sich einen zweiten Drink ein, stellte die Whiskyflasche auf den Couchtisch und ließ sich wieder in das Sofa fallen. Jaxon hatte seinem Plan zugestimmt, er konnte sich also entspannen. In achtzehn Stunden würden sie zusammen im Flugzeug sitzen und das Land verlassen. Zum ersten Mal in seinem Leben hatte er seine Pflicht als Vater erfüllt. Nachdem er sich zwanzig Jahre lang aus der Ferne hatte über ihn berichten lassen müssen, konnte er seinen Sohn von nun an rund um die Uhr im Auge behalten, wenn ihm danach war.

Leroy gab sich diesem Gedanken eine Weile hin, das angenehme Brummen von Jaxons Stimme drang immer noch zu ihm hoch. Es war einschläfernd. Fast wie Wasserplätschern.

Neunzehn

Johanna erwachte von der unheimlichen Stille im Haus. Sie drehte sich auf den Rücken und lauschte, aber außer einem leisen Geschirrklappern in der Küche war da nichts. Seit mehr als fünfzehn Jahren waren Treppengepolter, Basswummern, Türenschlagen oder das Gebrüll von Oliver, wenn er mit Jaxon aneinandergeriet, die Geräuschkulisse, die sie an ihren freien Samstagvormittagen aus ihren Träumen begleitete. Heute war da gar nichts. Selbst der Kater kratzte und miaute morgens nicht mehr an ihrer Schlafzimmertür. Seit Jaxon nicht mehr da war, übernachtete er anderswo.

Sarah, dachte sie in dem Moment, im dem es leise an ihre Tür klopfte, war das einzige ihrer drei Kinder, das ihr geblieben war.

Die Schlafzimmertür öffnete sich einen Spaltbreit und Sarah steckte den Kopf herein. Als Johanna die Kaffeetasse in ihrer Hand wahrnahm, setzte sie sich auf.

»Was ist passiert?«, sagte sie. Sarah hatte eine Falte zwischen den Augenbrauen, die sonst nicht da war. Außerdem hatte sie Johanna gegenüber noch nie fürsorgliche Ambitionen gezeigt und ihr Kaffee ans Bett gebracht. Die einzige Person, um die sich Sarah stets sorgte, war Jaxon.

Oh Gott, dachte Johanna, ignorierte den Kaffee, den Sarah ihr auf den Beistelltisch stellte, und blieb auf ihr angespanntes Gesicht fokussiert. Jaxon ist verhaftet.

»Sag schon, Sarah, was ist los?«

Sarah setzte sich an das Fußende ihres Bettes und holte Luft. »Er hat mich angerufen«, sagte sie.

Johannas Herzschlag geriet für einen Moment aus dem Takt. Ein Lebenszeichen. Das erste, seit vierzehn Tagen.

»Wie geht es ihm?«

»Ich ... ich weiß es nicht. Er ist verändert ... irgendwie.«

Natürlich war er verändert. Dass er einen Menschen umgebracht und sein Zuhause verlassen hatte, ging nicht spurlos an ihm vorüber.

»Was hat er gesagt?«

Sarah beobachtete sie mit besorgtem Blick und schien unsicher, was sie sagen sollte.

»Er ... also, die ganze Sache tut ihm furchtbar leid. Und ... er sagte, dass er heute Nachmittag verschwinden wird.«

»Verschwinden? Was meint er damit? Er ist doch schon verschwunden.«

Sarah schüttelte den Kopf. »Er ist bei Dana.«

Johanna überlief es kalt. »Was?«

Sarah hatte die Lippen zusammengepresst und nickte. In ihren Augen flackerte etwas.

»Ich war vor zwei Tagen erst bei Dana.«

»Da war er noch nicht da.«

Unruhe breitete sich in Johanna aus und sie stand vom Bett auf. Wie war es möglich, dass Jaxon und sie sich so knapp verpasst hatten? Oder hatte Dana sie angelogen? Hatte sie in Wahrheit doch Kontakt zu ihm gehabt?

Ohne es zu merken, war sie vor ihre Regalwand getreten, hatte den Vorhang beiseitegeschoben und ließ ihren Blick über ihre Kleidung wandern.

»Mama?«

Johanna drehte sich um. Sarah saß immer noch auf dem Bett. »Was hast du jetzt vor?«

Hinter Johannas Stirn baute sich bedrohlicher Kopfschmerz auf. »Wohin will er verschwinden?«

»Das wollte er mir nicht sagen.«

»Wirklich nicht?«

Sarah schüttelte den Kopf, aber ihr Blick ging an Johanna vorbei. Johanna musste an Dana denken, an ihre Arme, die sich um sie geschlungen hatten, als sie den Boden unter den Füßen zu verlieren gedroht hatte.

Oh Gott, Johanna, es tut mir so leid.

»Warum hat Dana mich nicht angerufen, als er bei ihr aufgetaucht ist?« Johanna griff sich Unterwäsche, eine Hose und ein T-Shirt aus dem Regal.

»Ich weiß es nicht. Vielleicht hatte sie keine Zeit ...«

»Ich fahre da jetzt hin.«

Mit dem Kleiderpacken in den Armen ging sie zur Tür, da sprang Sarah vom Bett auf. »Ich begleite dich.«

Johanna blieb stehen und sah ihre Tochter an. Sie wusste, wie sehr Sarah an ihrem Bruder hing. Und welche Vorwürfe sie sich machte, in jener Nacht, in der Jaxon auf Levin geschossen hatte, nicht dagewesen zu sein. Aber sie musste an den Tag denken, an dem sie Leroys Abschiedsbrief vor ihrer Wohnungstür in dem Buch gefunden hatte. An das Grauen, das sie in diesem Moment überkommen hatte. An das ohnmächtige Gefühl, zu spät gekommen zu sein. Sarah war drei Jahre alt gewesen und hatte das alles, Johannas Schock, den Verlust und die Trauer, auf ihre Weise miterlebt. Und obwohl sie nur knapp vier Jahre älter war als Jaxon, hatte sie sich die Verantwortung für ihren Bruder schon viel zu früh auf die Schultern geladen.

Das musste jetzt vorbei sein.

»Nein«, sagte sie. »Ich fahre ohne dich.«

Sarah holte Luft, um etwas zu erwidern, aber Johanna

schnitt ihr mit einem Kopfschütteln das Wort ab. »Wirklich, Sarah. Ich möchte das alleine machen.«

Sarah ließ die Schultern fallen und nickte. »Okay«, sagte sie. Sie sah besorgt aus und Johanna spürte, dass sie ihr etwas verheimlichte. Aber sie wusste auch, dass sie keine Zeit verlieren durfte.

***

Jaxon saß an der Theke und stocherte mit der Gabel in seinem Essen herum. Sein Magen fühlte sich an wie mit Beton ausgegossen. Er versuchte Leroy auszublenden, der damit beschäftigt war, Mikrowellen-Pfannkuchen in sich hineinzuschaufeln und Jaxon über sein Verhalten auf dem Flughafen und während des Fluges zu instruieren.

»Ich will Tom noch einmal sehen, bevor wir losmüssen«, verkündete Jaxon in einer Atempause Leroys.

Leroy verzog das Gesicht. »Wozu das denn?«

»Ich will ihm seine Sachen zurückgeben.«

»Wir schicken sie ihm mit der Post.«

»Und ich will mit ihm sprechen.«

»Dann rufst du ihn an.«

Jaxon legte seine Gabel ab, rieb sich den Nacken und warf einen Blick auf sein Handy, das neben seinem Teller lag. Es wurde allmählich Zeit.

»Du gehst kurz vor unserem Abflug kein solches Risiko ein«, erklärte Leroy, während er seinen Teller beiseiteschob und die WAZ entblätterte. Jaxon sah ihm dabei zu, wie er die Titelseite überflog, dann wanderte sein Blick über Leroys Schulter hinweg zur Haustür und sein Herzschlag beschleunigte sich.

»Wir müssen es ihr sagen«, hatte er Sarahs Stimme wieder im Ohr. »Sie muss es erfahren, Jax.«

Nachdem Leroy ihn gestern Abend über seine Zukunftspläne in Kenntnis gesetzt hatte, war Jaxon in das Kellergeschoss hinuntergegangen, um seine Schwester anzurufen. Sarah hatte eine halbe Stunde gebraucht, um zu glauben, was Jaxon ihr über das Auftauchen seines totgeglaubten Vaters erzählt hatte, und eine weitere, bis sie es verarbeitet hatte.

»Oh Gott, stell dir vor, sie könnte Leroy wiedersehen. Sie könnten sich *aussprechen.*«

»Da gibt's nichts auszusprechen, Sarah. Der Typ ist vollkommen verrückt.« Jaxon war im Souterrain auf- und abgegangen, das Handy am Ohr und die offene Holztreppe im Blick. »Du musst es ihr erzählen«, hatte er gedrängt.

Sarah hatte ein ersticktes Geräusch von sich gegeben. »Ich? Und wie soll ich das anstellen?«

»Woher soll ich das wissen?« Jaxon war immer noch so wütend über Leroys und Danas Verrat an seiner Familie, dass er an diese Frage bislang keinen Gedanken verschwendet hatte. »Sag es ihr einfach. Und zwar schnell. Morgen Nachmittag werden wir nicht mehr hier sein.«

Sarah hatte eine Zeitlang geschwiegen. Jaxon hatte sie aufgebracht atmen gehört.

»Und wie stellst du dir das vor?«, hatte sie irgendwann gefragt. »Johanna wird außer sich sein. Sie wird sofort zu euch fahren wollen und nie im Leben heil ankommen.«

Da hatte Sarah natürlich Recht. Und Jaxon war froh darüber, jetzt nicht in ihrer Haut zu stecken. Er jedenfalls wollte nicht zugegen sein, wenn seine Mutter erfuhr, dass sie zwanzig Jahre lang mit dieser Lüge gelebt hatte.

»Du kriegst das hin. Sorg einfach nur dafür, dass sie herkommt.«

Er hatte sich nicht besonders wohl gefühlt, während er das gesagt hatte. Er tat es auch jetzt noch nicht, nachdem eine Nacht vergangen war und Leroy ihm gegenüber seelenruhig mit der Zeitung raschelte.

»Sie schreiben nichts mehr über dich, seit ein paar Tagen«, bemerkte er.

Abermals warf Jaxon einen Blick auf das Display seines Handys. »Gut.«

Leroy sah auf und runzelte die Stirn. »Du brauchst dir keine Sorgen zu machen. Dein neuer Reisepass ist einwandfrei.«

»Ich mache mir keine Sorgen«, erwiderte Jaxon. Aber als er seine Hand vom dunklen Holz der Esstheke hob, hinterließ sie einen verräterischen Abdruck.

Leroy legte die Zeitung zusammen. Dann erhob er sich. »Ich mache mich fertig und hole das Gepäck. Räumst du hier ab?«

Jaxon nickte und ließ seinen Blick wie beiläufig über das Frühstück wandern. »Klar.«

Er zwang sich sitzenzubleiben, bis er die Dusche im hinteren Teil des Hauses rauschen hörte, dann stand er auf, schob sich sein Handy in die Jeanstasche und lief die Treppe in das Souterrain hinunter. Eilig zog er sich seine Jacke über und verstaute Toms Sachen darin, bevor er die Treppe wieder nach oben lief. Auf halber Höhe blieb er stehen, aber Leroy stand immer noch unter der Dusche und pfiff irgendeinen seiner Lieblingssongs aus den Achtzigern. Mit wenigen Schritten legte Jaxon den Rest der Treppe zurück, schnappte sich den Autoschlüssel von der Ablage neben der Garderobe und öffnete mit Schwung die Haustür.

Wie festgefroren blieb er stehen, die Hand immer noch auf der Klinke, als er seiner Mutter gegenüberstand.

Eine Weile, die ihm wie eine Ewigkeit vorkam, sahen sie sich an, bis sich ein Lächeln auf ihrem Gesicht ausbreitete.

»Hallo«, sagte sie.

Jaxon ließ die Tür los, doch er konnte nichts erwidern, denn alles, woran er dachte, war, dass nun doch eingetreten war, was er unbedingt hatte vermeiden wollen: dass er bei dem Aufeinandertreffen seiner Eltern genau zwischen ihnen stand.

***

Die Erleichterung darüber, ihn zu sehen, durchflutete sie und blendete alles andere aus.

»Du bist noch da«, brachte sie atemlos heraus.

Er senkte den Blick. »Hallo.«

Er konnte ihr nicht in die Augen sehen, aber das hatte sie erwartet. Sie wusste, dass er sich wegen dem, was er getan hatte, furchtbar fühlte und ihr Herz zog sich zusammen.

»Sarah hat mir gesagt, wo ich dich finden kann.«

»Ja, ich weiß«, erwiderte er und Johanna erkannte, dass sie sich abgesprochen hatten. Der Schweiß brach ihr aus. Jaxon war seit vierzehn Tagen auf der Flucht. Warum hatte er ausgerechnet jetzt beschlossen, seine Familie zu kontaktieren?

»Du wolltest, dass ich herkomme, stimmt's?«, sagte sie. »Warum?« Das Herz schlug ihr bis zum Hals. »Willst du dich

… verabschieden?«

Jaxon hob den Kopf und Johanna wusste, was Sarah gemeint hatte, als sie behauptet hatte, er sei irgendwie verändert. Es war die hitzige Ausstrahlung, die ihn stets umgeben hatte. Seine unkontrollierbare Art, die jedem in seinem Umfeld signalisiert hatte, dass jeden Moment ein Feuerwerk losgehen konnte. Das alles lag jetzt nicht mehr offen wie sonst, vielmehr schien es, als würde er aus irgendeinem Grund sein wahres Wesen unter Verschluss halten.

Es hatte in letzter Zeit wenig gegeben, was Johanna mehr erschüttert hatte.

»Jaxon«, sagte sie, weil er nicht antwortete, und sie hörte selber, dass ihre Stimme dafür, dass sie sich genau gegenüberstanden, zu laut war. »Ich sehe doch, dass etwas passiert ist.«

Er senkte den Blick wieder auf die Fußmatte, auf der sie stand. »Ich habe Levin umgebracht, weißt du nicht mehr?«

Johanna nickte. »Darüber wollte ich mit dir sprechen.«

Jaxon schüttelte den Kopf. Sie konnte sehen, wie sich die Sehnen in seinem Hals anspannten.

»Ich war … ich stand neben mir an dem Tag. Ich weiß, ich kann es nicht wieder gut machen«, sprach er schnell weiter. »Aber ich wollte nie und nimmer, dass er stirbt …« Seine Stimme brach bei dem letzten Wort.

Johanna unterdrückte ein Schlucken. Es tat ihr weh, Jaxon so gebrochen zu sehen. Einen äußerlich so großen, kräftigen Mann, der immer voller Lebendigkeit und Energie gewesen war. Und es schmerzte sie nach wie vor, was er getan hatte. Aber sie hatte ihn gesucht und gefunden und dies war vielleicht die einzige Möglichkeit, sich mit ihm auszusprechen.

»Siehst du«, sagte sie mit fester Stimme. »Du hast nur zwei

Wochen gebraucht, um das zu verstehen. Ich habe zwanzig Jahre gebraucht.«

Sein Kopf ruckte hoch. »Was meinst du damit?«

»Ich meine, dass es Dinge gibt, die wir nicht wieder gut machen können, auch wenn wir es noch so sehr wollen.«

Er schluckte, dann nickte er. »Das stimmt.«

»Und all die Dinge, die ich dir gesagt und angetan habe«, sagte sie und wunderte sich darüber, wie einfach es auf einmal war, »kann ich auch nicht wieder gut machen.«

Sie fing seinen Blick auf, um ihren Worten Nachdruck zu verleihen und sah es in seinen Augen unter der Oberfläche flackern.

»Nichts davon hast du verdient, Jaxon«, fuhr sie dort. »Es tut mir so leid.«

Das Flackern verstärkte sich und sie dachte, er würde sich endlich öffnen, da war es auch schon wieder vorbei.

»Dir muss überhaupt nichts leidtun«, sagte er mit einer Kälte in der Stimme, die so gar nicht zu der Situation passte.

Johanna blinzelte. »Wie bitte? Dein ganzes Leben lang habe ich dir Unrecht getan und das weißt du auch. Du hast es mir oft genug versucht zu sagen.« Sie machte eine Pause. »Als Levin versucht hat, dich rauszuwerfen«, fuhr sie fort, »da hätte ich dir beistehen sollen. Stattdessen habe ich … furchtbare Dinge zu dir gesagt. Auch ich habe neben mir gestanden an dem Tag.«

Sie wünschte, er würde sich erinnern, ihr zustimmen, ihr Vorwürfe machen. Aber nichts davon geschah. Jaxon war vollkommen angespannt. Sie sah, wie sich sein Brustkorb ausdehnte, sah, wie er sich am Türstock festhielt, bis seine Knöchel weiß hervortraten, und dann hörte sie es auch: schwere Schritte hinter ihm im Haus. Die Schritte eines Mannes.

»Du hast keine Schuld«, stieß Jaxon hervor. Sein Blick wurde eindringlicher, je näher die Schritte kamen, als versuchte er, ihr etwas mitzuteilen. Aber Johanna verstand nicht, worauf er hinauswollte. Sie kannte seine Sprache nicht.

»Er hat dich angelogen, damals«, sagte er leise.

Obwohl seine Worte für sie keinen Sinn ergaben und ohne genau zu wissen warum, setzte ihr Herzschlag aus. Reflexartig packte sie seine Oberarme und krallte ihre Finger in seine Jacke.

»Wovon redest du?«, stieß sie hervor, in dem Augenblick, in dem sie seine Stimme hörte, so unverkennbar wie damals.

»Mit wem sprichst du, Jaxon?«

Eine Hand erschien ein Stück oberhalb von Jaxons Kopf am Türstock und sie sah ihn ganz kurz die Augen schließen, mit einem Ausdruck, als würde er einen Güterzug auf sich zurasen sehen und wissen, dass er es nicht mehr rechtzeitig von den Gleisen schaffen würde. Und dann, in dem Moment, in dem die Tür aufgezogen wurde, trat er einen Schritt beiseite und gab den Blick frei auf die Gestalt, die sie all die Jahre verfolgt, die sie nie losgelassen hatte. Beinahe unverändert und so unwirklich wie aus einem Fiebertraum. Nicht halb so sehr vom Leben gezeichnet wie sie selbst.

»Nein«, keuchte sie, während sie an ihren Sohn geklammert dastand und anstarrte, was unmöglich sein konnte.

»Oh … nein«, hörte sie ihn sagen. Wie er so vor ihr stand, mit feuchten Haaren, einem Handtuch um die nackten Schultern und einer eilig übergezogenen Hose, schien er so mitten aus dem Leben gepflückt, dass ihr die Knie weich wurden. Sie spürte, dass sie nicht länger würde stehen können, doch bevor ihr die Beine den Dienst versagten, stürmten die Fragen auf sie ein. Sie öffnete den Mund, aber sie wusste nicht, welche sie zuerst stellen, oder wie sie überhaupt ein Wort herausbringen sollte.

Eine Stimme drang an ihr Ohr, leise und eindringlich. *Er hat dich angelogen, damals.*

Sie wusste nicht, ob Jaxon wiederholte, was er zuvor gesagt hatte, oder ob seine Worte lediglich in ihrem Kopf nachklangen, aber die Erkenntnis war plötzlich da.

»Was hast du getan?«, brach es aus ihr heraus, aber er antwortete nicht, sah sie nur weiter an, als hätte er nur diesen einen Moment mit ihr und würde sich alles an ihr einprägen wollen.

»Sag etwas!«, schrie Johanna ihn an. »Was hast du getan? Wo warst du all die Zeit?« Sie fühlte sich besser, als sie merkte, dass sie ihren Schmerz in Wut umwandeln konnte. Und dass es jemanden gab, dem sie diese entgegenschleudern konnte.

»Pssst, Johanna, nicht doch.« Leroy streckte einen Arm aus, als wollte er sie ins Haus ziehen, aber Johanna wich ihm aus. Jaxon war nicht mehr da, bemerkte sie, bevor sie über die Schwelle in das Haus trat.

Besser für ihn. Er hatte sich in seinem Leben bereits genug anhören müssen.

***

Kurz bevor er sein Ziel erreichte, fiel Jaxon auf, dass sich die vom Navigationsgerät zu Beginn seiner Fahrt prognostizierte Ankunftszeit gravierend von der tatsächlichen Uhrzeit unterschied. Er warf einen Blick auf die Tachonadel und nahm den Fuß vom Gas. Er musste aufhören, an die

Begegnung mit seiner Mutter zu denken. An ihren Gesichtsausdruck in dem Moment, in dem sie ihren totgeglaubten Ex erkannt hatte. An Leroy, der nur dagestanden und sie angeglotzt hatte, als hätte er die letzten zwanzig Jahre keine Frau zu Gesicht bekommen. So wie er drauf war, traute Jaxon ihm sogar zu, dass er Johanna eine Gehirnwäsche verpasste, um sie wieder für sich zu gewinnen.

Jaxon schob diese Gedanken weit von sich, während er auf den Parkplatz des Krankenhauses einbog und nach einem Stellplatz möglichst nah am Nebeneingang Ausschau hielt. Er sollte sich auf das konzentrieren, was unmittelbar vor ihm lag. Nach dem, was Judith ihm am Telefon berichtet hatte, würde das ebenfalls alles andere als ein Spaß werden.

Er verriegelte Leroys Renault, betrat das Gebäude und lief die Treppen in den vierten Stock hinauf. Durch eine beschriftete Glastür gelangte er direkt auf die Station, auf der ihm der Geruch nach Desinfektionsmittel und billigem Kantinenessen entgegenschlug. Der Korridor lag breit und still vor ihm, ein paar Türen standen offen. Am entgegengesetzten Ende begann eine hellblonde Frau vom Krankenhauspersonal, einen laut klappernden Servierwagen vor sich herschiebend, mit der Essensausgabe.

Jaxon wartete nicht, bis sich sein Atem normalisiert hatte. Sobald er das richtige Zimmer gefunden hatte, schob er sich durch die Tür – und zuckte zurück. Der Typ, der vor ihm im Bett lag, sah so fremd aus, dass Jaxon im ersten Moment glaubte, Judith hätte ihm eine falsche Zimmernummer genannt. Tom hatte einen Verband um den offensichtlich rasierten Kopf, eine ungesunde, gelblich-blasse Gesichtsfarbe und eingefallene Wangen. Die Wunde, die Armin ihm mit dem Messer zugefügt hatte, beschrieb von der Stelle, an der seine linke Braue endete, bis hinunter zum Kieferknochen ein leichtes S. Sie schien zwar ordentlich vernäht, hob sich jedoch so deutlich von der blassen Haut ab, dass sie ihm ein völlig anderes Aussehen verlieh.

Jaxon lauschte auf den Servierwagen, dann durchschritt er das Zimmer und schüttelte Tom leicht an der Schulter.

»Aufstehen, Kumpel. Wir gehen.«

Tom rührte sich und gab einen gequälten Laut von sich. In seinem Handrücken steckte eine mit Pflastern befestigte Kanüle, aber er war frei von Schläuchen oder Kabeln, die Alarm schlagen würden, sobald er sie entfernte.

Entschlossen schob Jaxon einen Arm unter Toms Nakken, zog ihn in eine sitzende Position und schlug die Decke beiseite.

»Los, komm!«

Tom öffnete die Augen. Ein paar Sekunden lang schien er verwirrt, dann erkannte er Jaxon und begann damit, sich auf die Beine zu kämpfen. Jaxon war heilfroh, als er merkte, dass Tom auf ihn gestützt gehen konnte. Er hatte den Kerl vor nicht einmal zwei Tagen im bewusstlosen Zustand über das Hafengelände und später durch eine Parkanlage geschleppt und wusste, was für ein Kraftakt dazu nötig war. Und dass das kaum unauffällig vonstattenging.

Jetzt half er Tom dabei, in seine Stiefel zu steigen und sich die schwarze Kapuzenjacke überzuziehen, die er am Tag des Überfalls getragen hatte. Dann lotste er ihn durch den breiten Korridor und die Glastür in das Treppenhaus, noch bevor die blonde Küchenkraft die Hälfte der Zimmer mit Mittagessen versorgt hatte.

Als sie ein Stockwerk hinter sich gebracht hatten, lehnte sich Tom vornübergebeugt gegen die gemauerte Wand und stemmte schwer atmend die Hände auf die Knie. »Wohin gehen wir?«

Jaxon sah auf die Uhr. »Wir treffen uns mit Judith, ein paar Straßen weiter von hier.«

Er horchte auf, als über ihnen eine Tür geöffnet wurde. Mit seinem Körper schirmte er Tom gegen die Blicke vorbeikommender Leute ab, aber ihm war bewusst, dass er kaum verbergen konnte, einen offensichtlich bettlägerigen Patienten aus dem Krankenhaus zu schleusen. »Kannst du weitergehen?«

Tom biss die Zähne zusammen. Der Schweiß lief ihm über das Gesicht und in den Nacken. »Gleich.«

Von Judith wusste Jaxon, dass Tom eine Gehirnblutung gehabt hatte. Er war gestern Morgen erst notoperiert und heute von der Intensivstation entlassen worden. Deshalb zwang er sich dazu, ihn pausieren zu lassen. Er hatte schließlich gar nichts davon, wenn Tom im Treppenhaus kollabierte.

»Wurdest du schon verhört?«, fragte er mit leiser Stimme.

Tom deutete ein Kopfschütteln an. »Heute Nachmittag.«

Na, das nannte er mal Timing.

»Hast du mit irgendjemandem gesprochen? Hast du deinen Namen genannt?«

»Nicht ... wirklich.«

Schwere Schritte kamen die Treppe hinunter in ihre Richtung und Tom stieß sich von der Wand ab.

»Okay, weiter«, murmelte er.

Jaxon folgte ihm treppab Richtung Parkplatz, froh darüber, so nah am Gebäude geparkt zu haben, als er sah, wie schwach Tom auf den Beinen war.

»Ist das nicht der Wagen von diesem Typen? Vom Ha-

fen?«, bemerkte Tom, nachdem er in die Polster des Beifahrersitzes gesunken war und Jaxon den Motor gestartet
hatte. Er steuerte den Renault vom Parkplatz hinunter und
antwortete nicht.

»Wie geht es dir?«, fragte er, während er nach rechts auf
die Straße hinausfuhr und Tom bei der Gelegenheit einen
Blick zuwarf.

Toms Gesichtsausdruck verfinsterte sich. »Wie soll es mir
schon gehen?« Er begann damit, die weißen Pflaster auf
seinem Handrücken abzuziehen. »Armin hat mir fast den
Hahn abgedreht. Unser Überfall ist gescheitert.«

Er gab seine Versuche, die Kanüle zu entfernten, auf und
klappte den Spiegel der Sonnenblende hinunter. »Scheiße.«

Eine Weile schwiegen sie und Jaxon konzentrierte sich
darauf, in der fremden Stadt den Weg zu ihrem Treffpunkt
zu finden. Als sie die Werftstraße entlang auf den Hafen zufuhren, tat sich vor ihnen der Rhein auf, auf dessen Wasser
die Mittagssonne glitzerte. Jaxon kniff die Augen zusammen.

»Konntest du herausfinden, wo Simon mit unserem Lkw
hin ist?«, hörte er Tom neben sich fragen.

Er brauchte ein paar Sekunden, um dahinterzukommen,
wovon Tom sprach. Er hatte, seit er entdeckt hatte, dass er
einen Vater hatte, nicht mehr an Simons Fahnenflucht und
den verschwundenen Lkw gedacht.

Ein Containerschiff, das gemächlich durch das Wasser
pflügte, erinnerte ihn wieder an die Details ihres Überfalls
auf der Vankila. An Tom, der vor dem Pumpenraum zusammengebrochen war. An das Geräusch des Maschinen-
gewehrs beim Durchladen. Daran, wie er in der Erwartung
des eigenen Todes genau in seinen Lauf geblickt hatte. Er

wünschte sich, sie hätten einen anderen Treffpunkt gewählt.

»Jaxon?« Er spürte Toms lauernden Blick auf sich. Die schwarzrote Narbe verlieh seinem Gesicht etwas Raues, fast Aggressives. Jaxon dachte, dass er sicher nie wieder unbemerkt irgendwo würde hingehen können.

Er schüttelte den Kopf. »Ich habe keine Ahnung.«

»Du hast keine Ahnung? Wie viele Kisten hattet ihr eingeladen? Sechs? Acht?«

Jaxon parkte den Renault rückwärts auf einem freien Platz neben einigen Silos, um die Hafenstraße im Blick zu haben, und sah auf die Uhr. Sie waren gegen zwölf hier verabredet, aber Judith kam aus Berlin und hatte einen längeren Anfahrtsweg, so dass sie sich nicht sicher gewesen war, ob sie es pünktlich schaffen würde.

»Der Typ hat Schnee im Wert von hundertfünfzigtausend Euro dabei«, redete Tom weiter. »Ist dir das etwa völlig egal?«

»Natürlich nicht.«

»Trotzdem hast du mich in diesem Krankenhaus abgesetzt und dich nicht weiter darum gekümmert?«

Jaxon wandte sich Tom zu. Der Gedanke an Simon und das verlorene Geld schien seine Lebensgeister besser zu wecken als jede Infusion, denn er saß aufrechter und hatte wieder etwas Farbe im Gesicht.

»Was hätten wir deiner Meinung nach tun sollen?«, gab Jaxon zurück. »Dich sterben lassen?«

»Ach, jetzt seid ihr schon ein *Wir*, oder was?« Toms Augen bekamen einen harten Glanz, als er seinen Blick durch Leroys Dienstwagen wandern ließ und sich schließlich auf Jaxon fokussierte. »Wer ist dieser Typ, mit dem du neuerdings abhängst, Jax?«

»Ich hänge nicht mit ihm ab.«

»Wieso hat er sich in unseren Kram gemischt?«

Jaxon sah nach vorne auf die sonnige Hafenstraße. Ein Elternpaar mit einem Zwillingskinderwagen und einem kleinen Terrier an der Leine spazierte an ihnen vorbei. Dann kamen zwei Frauen, die nebeneinander her joggten und sich angeregt unterhielten. Lauter normale Leute mit einem ganz normalen Leben.

»Er hat mich gesucht – «, sagte er langsam.

»Was du nicht sagst. Soviel habe ich auch schon mitbekommen.«

»Weil er mein Vater ist«, beendete Jaxon den Satz und fand, dass das, so ganz für sich stehend, eigentlich ganz schön klang.

Tom neben ihm schwieg. Dann begann er zu lachen. »Dieser Typ? Dein Vater? Das ist ... das ist harter Tobak, Junge. Ehrlich.«

Er wandte sich um und zog eine Wasserflasche aus einem eingeschweißten Sixpack auf dem Rücksitz.

»Es stimmt.«

»Ach ja? Und wo soll der so plötzlich hergekommen sein? Hat irgendwo gesessen und darauf gewartet, dass du seine Konkurrenz aus dem Weg ballerst, oder was?«

»So ungefähr.«

»Ach, komm schon.« Tom schraubte die Flasche auf und trank ein paar Schlucke.

Jaxon wandte sich wieder zur Frontscheibe um. Ich könnte es tun, dachte er, während er auf die Rheinauen starrte, die sich auf der anderen Flussseite erstreckten. Ich könnte diesen Wagen nehmen, irgendwohin fahren, mir den Lauf meiner Browning in den Mund stecken und es Leroy so richtig besorgen.

Um auch kein Detail auszulassen, könnte er vorher die Polster des Renaults mit Benzin tränken und in Brand setzen.

Ein Abgang, genau wie seiner. Nur *in echt*.

»Jaxon?« Tom hatte die Wasserflasche sinken lassen.

»Er hat eine Informantin, die mich im Auge behalten hat«, brach Jaxon sein Schweigen. Er spürte sein Herz hart schlagen. »Und nachdem die ihm gesteckt hat, dass ich hier in Schwierigkeiten bin, ist er gekommen, um mich rauszuholen. Er hat auch schon einen tollen Plan, wie es für mich weitergehen soll. Einen gefälschten Pass, einen Job. Ein neues Leben«, gab er Tom eine Kurzfassung. Er lächelte ihn an, als fühlte er sich gesegnet, einen so vorausschauenden Vater zu haben.

Tom schien es die Sprache verschlagen zu haben. Er starrte Jaxon an, als sähe er ihn zum ersten Mal. Dann runzelte er die Stirn.

»Das ist … toll«, sagte er schließlich. »Du bist aus dem Schneider, Jax.« Er senkte den Blick auf die geöffnete Flasche in seiner Hand, setzte sie wieder an und stürzte den Rest hinunter.

Jaxon schüttelte den Kopf. »Ich werde nicht mit ihm gehen«, sagte er, eigentlich nur für sich selbst, um diese Entscheidung einmal laut auszusprechen. Doch Tom spuckte vor Schreck eine Ladung Wasser zwischen seine Beine hindurch in den Fußraum.

»Sei nicht verrückt!«

»Bin ich nicht.«

Ärgerlich wischte sich Tom mit dem Handrücken über den Mund. »Doch, bist du, wenn du dir diese Chance entgehen lässt.«

»Leroy hat meine Familie zwanzig Jahre lang belogen, Tom. Er darf nicht gewinnen. Deshalb kann ich nicht mitgehen. Du kannst … das verstehst du nicht.«

Tom zog die Brauen zusammen, während er die leere Flasche zudrehte und auf den Rücksitz warf. »Scheiß auf Gewinnen oder Verlieren. Das ist doch jetzt unwichtig. Der Typ hat all das für dich organisiert, weswegen wir den Überfall riskiert haben. Einen Pass, eine neue Identität. Verdammt, wahrscheinlich hat er sogar schon den Flug gebucht.«

Jaxon versuchte mit der Hand den Knoten wegzureiben, der sich bei Toms Worten in seiner Brust bildete.

»Ich muss …«

»Du müsstest mal meinen Vater sehen«, fiel Tom dazwischen. »Der kriegt es nicht mal auf die Reihe, mittwochs die graue Tonne rauszustellen. Deiner taucht hier auf, setzt Himmel und Hölle in Bewegung, um dich zu finden, haut dich aus einer Schießerei raus und präsentiert dir einen Rettungsplan. Der Typ ist eine verdammt coole Sau, wenn du mich fragst.«

Jaxon starrte Tom an. Einen Moment lang war er versucht, ihm die ganzen Hintergründe zu erklären. Da er sich aber sicher war, dass Leroy in Toms Wertung dadurch keinen einzigen Punkt verlieren würde, sparte er sich das.

Dann sah er über Toms Schulter hinweg einen graugrünen, in die Jahre gekommen Ford Explorer näherkommen.

»Dein Taxi ist da«, sagte er mit trockener Kehle.

Tom folgte seinem Blick. Dann wandte er sich Jaxon zu, so eindringlich, dass er ein ganz flaues Gefühl im Magen bekam.

»Tu nichts Dummes, Jax. Versprich es mir«, sagte er.

Jaxon reagierte nicht. Er sah Judith zu, die sie entdeckt

hatte und den Explorer in ihrer Nähe parkte. Dann spürte er, wie Tom ihn an der Jacke packte.

»Du sollst es mir versprechen!«

»Okay.«

Er wollte sich losmachen, aber Tom verstärkte seinen Griff. »Und überleg dir verdammt gut, was es dir wert ist, zu gewinnen«, sagte er. »Denn du hast Einiges zu verlieren, Jaxon.«

Mit diesen Worten ließ er ihn los. Er wandte sich um, öffnete die Autotür und stieg in dem Moment aus, in dem Judith zu ihnen rüberkam. Ihr Gesicht verzog sich schmerzlich, als sie Tom erblickte und ihn umarmte.

Bewegungslos blieb Jaxon sitzen. Er spürte die Hitze, die sich trotz geöffneter Fenster in dem abgestellten Wagen breitmachte. Auf der Beifahrerseite beugte sich Judith in den Innenraum. Sie sah verschwitzt und müde aus, aber sie lächelte.

»Danke, dass du ihn da rausgeholt hast«, sagte sie.

Mit beiden Händen umklammerte Jaxon das Lenkrad. »Schon gut. Ich habe ihn ja auch da reingebracht.«

»Hör schon auf. Du hast ihm das Leben gerettet. Er wäre gestorben, wenn er nicht operiert worden wäre.« Sie richtete sich wieder auf und legte ihren Arm um Tom, der sich an der Dachkante des Wagens festhielt.

»Fahr jetzt lieber«, sagte er zu Jaxon. »Du solltest am hell-lichten Tag nicht allzu lange hier herumstehen. Und melde dich mal, wenn du kannst.«

Jaxon nickte mechanisch, dann startete er den Motor.

»Und denk an dein Versprechen. Und daran, was ich dir gesagt habe«, fügte Tom hinzu, bevor er die Autotür zu-drückte und die Hand zum Abschied hob.

Jaxon ließ den Renault vom Parkplatz auf die Straße rollen. Durch den Rückspiegel sah er Tom und Judith, die gemeinsam zu ihrem Auto gingen. Der Knoten in seiner Brust war wieder da, größer als zuvor, aber er versuchte, ihn zu ignorieren.

Bald schon ist es vorbei, dachte er. Das Weglaufen, die Angst, die Schuldgefühle. Bald würde das alles hinter ihm liegen.

***

Schweigend saß Leroy auf Danas Sofa. Er hatte Johanna alles so gut wie möglich zu erklären versucht und jetzt stand sie mit verschränkten Armen weit weg von ihm an der Terrassentür und sah in den Garten hinaus.

»Ich hätte mich damals nicht auf dich eingelassen, wenn ich gewusst hätte, womit du dein Geld verdienst«, sagte sie, als Leroy schon nicht mehr daran glaubte, dass die Stille zwischen ihnen jemals enden würde.

»Natürlich nicht.« Deshalb hatte er es ihr ja auch all die Jahre verschwiegen.

Sie fuhr zu ihm herum, ihre Miene eine Mischung aus Wut und Schmerz. »Du hättest es mir sagen müssen.«

»Das wollte ich.«

Ganz am Anfang zumindest noch. Er erinnerte sich genau an ihr Gespräch in diesem Krankenzimmer, in dem sie sich kennengelernt hatten. Er hatte sich vom ersten Moment an zu ihr hingezogen gefühlt, hatte gespürt, dass es da etwas gab zwischen ihnen und dieses Etwas nicht mit einer Lüge beginnen wollen.

»Ich habe respektiert, dass du in nichts hineingezogen werden wolltest. Das habe ich wirklich. Ich habe dir im Krankenhaus diesen Brief hinterlassen und bin gegangen. Aber du ...«

»Ich bin dir nachgelaufen.«

»Ja. Aber die Wahrheit hast du immer noch nicht hören wollen. Du wolltest nichts wissen von dem hässlichen Rattenschwanz, den ich hinter mir herzog. Die ganze Zeit nicht.«

Mit leicht geöffnetem Mund sah sie ihn an, dann schüttelte sie den Kopf. »Als ich das letzte Mal bei dir gewesen bin, habe ich dich danach gefragt. Aber du hast es mir nicht erzählt.«

Leroy schloss die Augen, als die Erinnerungen an jenen Herbstabend zurückkamen. Alles war von vorne bis hinten schiefgegangen. Zuerst hatte Johanna mitbekommen, wie er seine astronomische Ablösesumme ausgehandelt hatte, dann hatte er mit seiner Beretta auf sie gezielt und schließlich hatte sie ihm erzählt, dass sie ein Baby erwartete. *Sein* Baby. Ausgerechnet an dem Tag, an dem er seine Flucht unter Dach und Fach gehabt hatte.

Er hatte es ihr nicht sagen können. Es war zu spät gewesen.

Er stand auf und ging zur Terrassentür hinüber, aber sie drehte ihm den Rücken zu. Dicht hinter ihr blieb er stehen und senkte den Kopf, bis er ihren Duft einatmen konnte.

»Erinnerst du dich, dass ich gesagt habe, dass wir zusammen weggehen könnten?«, murmelte er in ihr Haar hinein und wartete, bis sie nickte.

»Vielleicht könnten wir das immer noch«, fuhr er leise fort.

Als ihre Schultern zu beben begannen, legte er die Arme um sie, doch sie wand sich heraus und drehte sich zu ihm um. Ihr Blick traf ihn, als hätte sie ihn geschlagen.

»Ich kann nicht glauben, dass du so etwas sagst. Dass du so etwas *tust*«, fuhr sie ihn an. »Dass du denkst, alles könnte einfach so weitergehen.«

Leroy ließ die Arme sinken. »Warum sollte es nicht?«

»Weil ich dich *beerdigt* habe!«, schrie sie. »Weil du gegangen bist und ich all die Jahre dachte, du seist tot!« Sie atmete hörbar ein und aus. »Vielleicht«, fuhr sie fort. »Vielleicht hätte es irgendeinen Weg gegeben, wärst du wegen mir zurückgekommen. Aber das bist du nicht.«

Sie machte eine Pause, wie um ihm die Möglichkeit zu geben, zu widersprechen, dann sagte sie: »Du bist gekommen, um mir Jaxon wegzunehmen.«

Leroy öffnete den Mund, um irgendetwas zu erwidern, aber es gab nichts, was er sagen konnte, deshalb schloss er ihn wieder, als ihn auf einmal Unruhe ergriff. Das alles, ging ihm auf, gehörte überhaupt nicht zu seinem Plan.

Er hatte die Zeit verloren.

Er musste sein Flugzeug bekommen.

»Jaxon!«, bellte er in das leere Haus hinein, ging ein paar Schritte Richtung Kellertreppe und blieb wie angewurzelt stehen, als er feststellte, dass sein Autoschlüssel von der Ablage neben der Garderobe verschwunden war.

Nein, dachte er. Er stützte sich am Treppengeländer ab und zählte seine Atemzüge, um nicht die Nerven zu verlieren und seinen nächsten Schritt zu überlegen, aber Johannas leises Lachen lenkte ihn ab.

»Hast du wirklich geglaubt, er würde mit dir kommen?«

***

»Ich verstehe ihn einfach nicht.« Leroy stieß sich von dem Treppengeländer ab. Johanna konnte seine Unruhe durch den ganzen Raum hindurch spüren.

»Wie solltest du? Du kennst ihn ja nicht«, erwiderte sie. Ihr Innerstes brannte immer noch von seiner Nähe. Ihr Körper und ihr Herz wollten ihn genauso wie es vor zwanzig Jahren gewesen war. Aber was er getan hatte, war unverzeihlich. Sie wusste das. Ihr Verstand musste diese Botschaft nur noch an den Rest ihres Körpers weitergeben.

Leroy tigerte vom Wohnzimmer in die Küche und wieder zurück. »Was soll dieser Unsinn? Was will er da draußen?«

»Wahrscheinlich ist er nur dort draußen, weil er nicht bei dir sein will.«

»Er hat gestern noch gesagt, dass er mitkommt. Heute Morgen noch. Warum sollte er es jetzt nicht mehr wollen? Was hat er sonst für Möglichkeiten?« Leroy warf einen Blick auf die Küchenuhr und ließ sich auf das Sofa fallen.

»Oh Gott. In eineinhalb Stunden ist Boarding. Das ist ja nicht auszuhalten.« Er legte den Kopf zurück und schloss die Augen, während sich Johanna in einen Sessel in seine Nähe setzte. Obwohl sie wusste, dass sie es tun sollte, konnte sie nicht gehen, solange Leroy hier war. Und solange sie nicht wusste, wie es mit Jaxon weiterging.

»Leroy?«, sagte sie, als sie den Eindruck hatte, er hätte sich dem Schicksal des Wartens hingegeben. »Was hast du eigentlich gemacht, die letzten zwanzig Jahre?«

Er öffnete die Augen und hob den Kopf von der Lehne. Eine Weile sah er sie an, dann zuckte er die Achseln. »Weiter für die Army gearbeitet. Waffen geschmuggelt. Leute aufgespürt. Das, was ich hier auch gemacht habe.«

»Die ganze Zeit? Zwanzig Jahre lang?«

Er deutete ein Kopfnicken an und Johanna spürte, dass sie die Tatsache, dass er all die Jahre etwas getan hatte, womit sie ohnehin nicht klargekommen wäre, etwas erleichterte.

»Hast du denn nie … eine Familie gegründet?«

»Nein. Nachdem ich euch verlassen hatte, war mir klar, dass ich keine Familie haben kann.« Er machte eine Pause. »Und auch … wegen meines Lebensstils.«

Johanna schwieg. Auch der Gedanke, dass er keine andere Frau und weitere Kinder gehabt hatte, beruhigte sie ein wenig.

»Außerdem«, fuhr er mit einem Lächeln in ihre Richtung fort, »hatte ich doch immer eine Familie. Hier.«

Johanna zog die Augenbrauen in die Höhe. »Mit dem unbedeutenden Umstand, dass dich diese Familie für tot gehalten hat.«

Leroy setzte zu einer Erwiderung an, aber Johanna schnitt ihm mit einer Handbewegung das Wort ab. »Ich weiß schon, du warst verhindert. Aber du brauchst dich jetzt nicht darüber zu wundern, dass Jaxon nicht nach deiner Pfeife tanzt. Er hat nicht wirklich Gutes von dir gehört.«

»Das habe ich auch nicht erwartet«, sagte Leroy mit ruhiger Stimme. Ein paar Sekunden lang schwiegen sie, während sein Blick auf ihr ruhte, als würde er nachdenken. Dann sagte er: »Warum hat er auf diesen Mann geschossen, Johanna?«

Johanna fuhr zusammen und spürte, wie es sie bei dieser Frage kalt überlief. Mit einem Ruck stand sie auf und ging zum Fenster. Vor dem Haus stand, halb auf der Straße geparkt, ihr eilig abgestellter VW Polo. Sie spürte Leroys Blick im Nacken, dann hörte sie, wie er aufstand und sich ihr näherte.

»Ich kann es dir nicht sagen«, sagte sie und sah auf ihre Hände hinunter, die die Fensterbank umklammerten. Eine fleischfressende Pflanze stand dort in einem grünrot bemalten Übertopf. Zwischen ihren geschlossenen Fangblättern lugten die gekrümmten Beine einer Fliege hervor. Johanna überkam Übelkeit.

Ihr Sohn war, auf welche Weise auch immer, an eine Waffe gekommen. Er war mitten in der Nacht nach Hause gekommen und aufgewühlt gewesen. Dann war er von Levin gepackt und bedrängt worden. Aber das alles, dachte sie, war nicht das gewesen, was letztendlich den Schuss ausgelöst hatte.

»Dass er wie du ist, habe ich ihm gesagt, als er mit dieser Pistole im Flur stand«, begann sie mit tonloser Stimme zu erzählen. »Das hat ihm wehgetan, denn so wollte er nie sein.« Sie stieß die Luft aus und sah zu, wie die Fensterscheibe vor ihrem Gesicht beschlug. »Immer hat er versucht, mir zu beweisen, dass er anders ist. Aber ich habe ihn nicht gesehen.«

Leroy war jetzt direkt hinter ihr. Sie drehte sich um und sah ihm in die Augen. »Ich habe immer nur dich gesehen.«

Leroys Gesichtsausdruck war verhärtet, während er die Hände in die Taschen seiner Jeans grub. Johanna wartete darauf, dass er etwas sagte, aber sein Blick wanderte an ihr vorbei aus dem Fenster. Dann hörte auch sie ein Auto vorfahren. Eine Autotür wurde zugeschlagen, knirschende Schritte auf dem Kies.

Als kurz darauf Jaxon in der Haustür erschien, stieß Leroy ein erleichtertes Stöhnen aus.

»Wir müssen los.« Jaxon winkte mit den Autoschlüsseln. Sein Blick glitt von Johanna, die mit dem Rücken vor dem Fenster stand, zu Leroy, der ihr barfuß, in Jeans und ein weißes T-Shirt gekleidet, gegenüberstand.

»Bist du noch nicht fertig?«

Leroy wirkte eine Sekunde lang, als müsste er sich den nächsten Schritt seines Plans in Erinnerung rufen. Er nickte. »Ich … komme sofort.«

Er ging an Jaxon vorbei in das Schlafzimmer. Nachdem die Tür hinter ihm ins Schloss gefallen war, betrat Jaxon das Wohnzimmer.

»Du willst mit ihm gehen?«, fragte Johanna, als er auf sie zukam.

Er schüttelte den Kopf, dann umarmte er sie, schloss einfach nur die Arme um sie, ohne sie an sich zu ziehen.

»Ich habe ihn angelogen«, sagte er leise, dann zog er sich wieder zurück. Streifte mit den Lippen ihre Wange, das erste Mal, seit sie denken konnte. Irgendwas an dieser Geste schnürte ihr die Kehle zu.

Ihr Herz begann heftig zu schlagen. Sie wollte ihn zurückhalten, aus ihm herausbekommen, was er vorhatte, aber Leroy kam zurück. Mit Hemd und Jackett bekleidet und einer Tasche über der Schulter, durchquerte er den Wohnraum.

»Ich fahre«, erklärte Jaxon, der ihm zur Haustür folgte und sie für ihn öffnete.

»Du fährst?«

»Ja. Mir gefällt das Auto.« Er zog einen Mundwinkel in die Höhe, als er Johanna ansah, die in der Haustür stehenblieb, und öffnete die Zentralverriegelung.

Leroy warf seine Tasche auf die Rückbank. »Von mir aus.«

Jaxon glitt hinter das Steuer, während Leroy zu ihr zurückkam, um sich von ihr zu verabschieden.

Sie wusste, es war Irrsinn, aber in diesem Moment wünschte sie sich, Jaxon würde doch mit ihm mitgehen. Damit Leroy auf ihn aufpasste.

***

Leroy hatte sich noch nie alt gefühlt. Keinen Tag seines Lebens. Irgendwie war dieses Thema immer an ihm vorbeigegangen. Bis jetzt.

Die Warterei, die Ungewissheit, ob er seinen Plan würde weiterverfolgen können, das nervenaufreibende Gefühl, die Kontrolle zu verlieren; das alles hatte ihn in den letzten Stunden mindestens zehn Jahre gekostet.

Wieso, um Himmels willen, hatte ausgerechnet in dem Moment ihres Aufbruchs Johanna vor der Tür gestanden? Was hatte Jaxon bloß geritten, sie anzurufen und ihre Abreise dermaßen zu gefährden?

Er warf Jaxon, der am Steuer des Mietwagens saß, einen Blick zu. Er fuhr viel zu schnell. Fast doppelt so schnell, wie erlaubt war. Was niemand tat, der ohne Zwischenfall von A nach B gelangen wollte.

»Brems mal ab«, sagte Leroy. »Sonst wirst du geschnappt, noch bevor wir am Flughafen sind. Und deinen Führerschein bist du auch los.«

Jaxon sah aus, als würde er ein Grinsen unterdrücken. Dann drosselte er das Tempo ein wenig.

»Worüber habt ihr geredet?«, fragte er, während sie allmählich den Ort hinter sich ließen.

»Geredet? Wer?«

»Du und Johanna.«

Einen Moment lang vergaß Leroy, auf die Umgebung und etwaige Blitzkontrollen zu achten. »Über … alles Mögliche. Die letzten zwanzig Jahre, vor allem – fahr langsamer, habe ich gesagt!«

»Deine oder unsere?«

Leroy runzelte die Stirn. Er wollte jetzt nicht über alte Kamellen diskutieren. Er wollte sichergehen, dass Jaxon sie beide wohlbehalten nach Düsseldorf brachte und bereute mittlerweile, ihn ans Steuer gelassen zu haben. »Reiß dich zusammen, verdammt noch mal!«

»Habt ihr auch über mich gesprochen? Darüber, wie verkorkst ich bin?« Zurückgelehnt saß er da, die rechte Hand locker auf dem Schalthebel, während die Kuhweiden und Fichtenwäldchen viel zu schnell an ihnen vorbeirasten. Leroys Blutdruck stieg immer weiter an. Auf einmal war er sich gar nicht mehr so sicher, ob sie überhaupt noch auf dem richtigen Weg waren.

»Natürlich haben wir auch über dich gesprochen, Herrgott nochmal. Du bist schließlich der Grund dafür, dass ich überhaupt zurückgekommen bin.« Er knirschte mit den Zähnen. »Beziehungsweise dieser Mist, den du veranstaltet hast.«

Jaxon schien nur mit halbem Ohr zuzuhören. Er warf einen Blick auf das Navigationsgerät, dann auf das gelbe Straßenschild, unter dem sie hindurch und auf eine Kreuzung zufuhren. Leroy erkannte, dass er sich beruhigen und seine Taktik ändern musste, wenn er seinen Einfluss auf Jaxon wiedergewinnen wollte. Er holte Luft und wollte gerade etwas sagen, irgendwas Entschuldigendes, von dem er glaubte, dass Jaxon es hören wollte, als sie die Kreuzung bei Rot überfuhren.

»Was ist los mit dir?«, fuhr Leroy auf. »Wozu veranstalten wir diesen ganzen Zirkus, wenn du uns nicht einmal bis zum Flughafen bringen kannst?«

Er musste sich mit Gewalt daran hindern, Jaxon ins Steuer zu greifen, aber der verzog keine Miene und dann bog er falsch ab. Anstatt den Weg zur Autobahn beizubehalten, fuhr er rechts in eine Landstraße hinein. Kurvenreich, schlecht einsehbar, zu beiden Seiten in unregelmäßigen Abständen von Bäumen gesäumt.

Leroy stieg das Blut in den Kopf. »Du hältst jetzt an und lässt mich fahren. Das ist die verflucht falsche Richtung.«

Jaxon deutete ein Nicken an. »Ich weiß.« Seine Stimme klang unheimlich ruhig. »Man kann sich seinen Weg nun mal nicht aussuchen, wenn man nicht am Steuer sitzt.«

Leroy biss die Zähne zusammen. Daher wehte also der Wind. Der Kleine wollte ein wenig die Muskeln spielen und ihn auflaufen lassen.

Er schob seinen Jackettärmel zurück und sah auf die Uhr. Es würde verdammt knapp werden, selbst wenn sie jetzt auf direktem Weg zum Flughafen fuhren und in keinen Stau mehr geraten sollten. Wonach es nicht aussah. Dennoch zwang er sich dazu, sich zurückzulehnen und nichts mehr zu sagen. Bis eine Hofeinfahrt in Sicht kam und Jaxon das Tempo drosselte.

»Können wir dann bitte tauschen, da vorne?«, sagte er. »Noch so einen Trip überstehe ich nicht.«

Jaxon antwortete nicht. An der Stelle, an der er zum Wenden noch weiter hätte abbremsen müssen, behielt er die Geschwindigkeit bei. Dann passierten sie die Hofeinfahrt und

Leroy brach der Schweiß aus: Unter den tief herabhängenden Zweigen der Weiden, auf eine Weise, auf die kein normaler Mensch einen Wagen abstellte, war ein dunkelblauer Kombi geparkt.

Er schlug gegen Jaxons Oberarm und packte zu. »Dreh um! Dreh um!«

Doch Jaxon machte keine Anstalten umzudrehen. Schwindel überkam Leroy, als plötzlich Johannas leises Lachen in seinen Ohren erklang.

Hast du wirklich geglaubt, er würde mit dir kommen?

Sie war seine Mutter. Sie kannte ihn.

»Wenn du nicht auf der Stelle umdrehst, fahren wir direkt hinein«, schrie er, als er das Blaulicht durch die Bäume flakkern sah. Und hinter der nächsten Kurve standen sie schon. Als hätten sie den ganzen Tag auf sie gewartet.

***

Sie hatten sich recht geschickt positioniert. Den schwarzen Bus des SEK, der ihnen den Rückweg abschnitt, sah Jaxon erst, nachdem er Leroys Renault etwa zwanzig Meter vor der Straßensperre zum Stillstand gebracht hatte. Ihm gefiel der Anblick. Er hatte etwas Endgültiges. Es war zu Ende. Es gab keinen *anderen* Weg mehr.

Das schien auch Leroy erkannt zu haben; In dem Moment, in dem ihnen zwei Streifenwagen mit Blaulicht die Straße versperrten, ließ er Jaxon los und hörte auf damit, auf ihn einzureden. Die Polizisten hatten ihre Autos verlassen und sich dahinter verbarrikadiert. Eine Stimme forderte sie auf, mit erhobenen Händen das Fahrzeug zu verlassen.

Obwohl ihr Sprecher ein ganzes Stück von ihnen entfernt war, klang sie unheimlich nah und ging Jaxon durch Mark und Bein.

Er schloss die Augen, als er spürte, dass er nun doch Angst hatte.

Für die Leute da draußen war er niemand, außer der Mörder, den sie seit zwei Wochen suchten. So würden sie ihn ansehen. So würden sie ihn behandeln. So würde ihn von jetzt an jeder behandeln. Seine Strafe für das, was er getan hatte.

Er holte tief Luft und öffnete die Augen, da nahm er wahr, dass Leroy seine Beretta aus dem Halfter unter seinem Jackett gezogen hatte und im Schoß versteckt hielt. Ein Anflug von Ärger überkam ihn. Es mochte Leute geben, die ihn, Jaxon, als gefährlich und verrückt bezeichneten. Doch er hatte keinen Zweifel daran, dass Leroy noch gefährlicher und verrückter war.

Höchste Zeit für ihn, von ihm wegzukommen.

Er stieß die Autotür auf, da spürte er Leroys Hand auf seiner Schulter. »Jaxon, warte!«

Die Stimme aus dem Lautsprecher wiederholte ihre Aufforderung und die rotierenden Blaulichter erinnerten ihn daran, dass die Zeit weiterfloss. Und dass er nicht ewig hier verharren konnte.

Er machte sich los. »Wir gehen jetzt da raus«, sagte er. »Das Theater hat ein Ende.« Dann stieg er aus dem Auto.

Es war ein sonniger Augustnachmittag. Die Luft war heiß und wie aufgeladen vor Spannung. Und in diesen Sekunden der Stille, kurz bevor das Chaos ausbrach und sie alle aus ihrer Deckung kamen, begann irgendwo ein Hund anzuschlagen. Ein Geräusch, das Jaxon daran erinnerte, dass dieser Tag für andere ein ganz normaler war.

Ende

Lesen Sie weiter in:

Im Schutz des Drachen (Wanted Men, Band 2)

Sechs Jahre später – Judith ist verschwunden und Tom steht vor einer der größten Herausforderungen seines Lebens. Um sie zu finden, muss er Türen öffnen, die er einst für immer verschlossen hat. Gut, dass in seiner dunkelsten Stunde sein damaliger Weggefährte Jaxon bei ihm auftaucht. Ist er in der Lage, Tom dabei zu helfen, das Rätsel um Judiths Verschwinden zu lösen und die Dämonen seiner Vergangenheit zu vertreiben?

»Jemanden, der gehen will, kannst du nicht aufhalten.«

Suza Hensson
Im Schutz des Drachen

ISBN: 9783755700883
Als eBook und Paperpack